dtv

Gabriela Jaskulla

Die Geliebte des Trompeters

Roman

Deutscher Taschenbuch Verlag

Für Barbara

Originalausgabe
April 2008

www.dtv.de
Umschlagkonzept: Balk & Brumshagen
Umschlaggestaltung: Wildes Blut, Atelier für Gestaltung,
Stephanie Weischer
Umschlagfoto: William Claxton/Courtesy Demont Photo
Satz: Greiner & Reichel, Köln
Gesetzt aus der Goudy Old Style 10/12·
Gedruckt auf säurefreiem, chlorfrei gebleichtem Papier
Printed in Germany · ISBN 978-3-423-21058-4

I.

Die Begegnung

Das erste Mal war nicht großartig gewesen. Es war eben so geschehen. Er hatte sie am Straßenrand stehen sehen, und sie hatte ihn auch entdeckt und ihn angeschaut. Sie hatte ihn lange nicht aus den Augen gelassen, was leicht möglich war, denn er saß mit seinen Kameraden rückwärts auf der offenen Ladefläche eines olivgrünen Lastwagens, lachend, lässig, eine ganze Bande war das, und er, ruhig, groß, dunkel, hatte aufgeschaut und sie entdeckt, dort, an der Ecke Kolonnenstraße – Kaiser-Wilhelm-Platz. Der Armeelastwagen entfernte sich langsam, und sie wurde immer kleiner unter seinen Blicken, weil sich der Lastwagen entfernte, es kam ihm so vor, als würde sie herausgezogen aus seinen Blicken, herausgesogen wurde sie, und dass er keinen Einfluss darauf hatte, machte ihn wütend, zum ersten Mal in vier Monaten bei der Army wurde der Soldat wütend und fluchte und hieb seinem Sitznachbarn auf den Oberarm, dass er ächzte. Und alles wegen dieses Mädchens am Straßenrand, das kurz den Rock gelüftet hatte, um einen löchrigen Strumpf zu richten.

Am Straßenrand! Als ob es noch Straßen mit ordentlich befestigten Rändern gegeben hätte! Schneisen waren es, graue, staubige, unebene, holprige, unansehnliche Wege in einem Trümmerfeld. Das Trümmerfeld, das war Berlin gewesen. Da war der junge Mann vorbeigekommen, auf dem Weg vom Hauptquartier der US Army in Zehlendorf nach Tempelhof. Ein Junge war das eigentlich noch, keine zwanzig, und sie hatte ihn angesehen.

Gestiert hast du, hätte ihre Mutter gesagt, geglotzt, der Vater und hinzugefügt: Mach, dass du Land gewinnst. Aber die Mutter hatte Riccarda selbst auf die Straße geschickt, schon vor langer Zeit, und der Vater – war da und doch nicht da, wie so viele. Der junge Mann, der eigentlich noch ein Junge war, hatte ihren Blick erwidert, verblüfft, wie es schien, und das war's. Nicht mal hallo gerufen oder guten Tag oder die Hand gehoben zum Gruß.

Beiläufig hätte man das wohl früher genannt, als es solche Begegnungen noch gab, die gerade dadurch ihren Charme gewannen, dass sie zufällig waren. Beiläufig wie Wasserholen, wie den Staub von der Schreibmaschine wischen, wie die Spange aus dem Haar nehmen vor dem Zubettgehen. Jetzt gab es nichts Beiläufiges mehr, keine Zeit zu verschwenden hatte man. Die letzte Perlmuttspange schon lange versetzt, Wasserholen noch vor kurzem ein lebensgefährliches Abenteuer, um Bürostaub kümmerte sich keiner mehr, seit meterhoher Schutt in den Straßen lag, den Heerscharen gebeugter Frauen mit bloßen Händen wegräumten, in Kitteln, mit Tüchern um den Kopf, die wie Lumpen aussahen, als hätten diese Frauen alle Kopfschüsse, alle seien sie versehrt, *krank im Koppe*, wie Riccardas Mutter sagte.

In dieser Welt glaubte man nicht an Zufälle und hatte vergessen, was Beiläufigkeiten waren, *da war kein Verlass drauf*, sagte Riccardas Mutter, alles musste sitzen, musste passen, wollte organisiert und bewerkstelligt sein. Nie waren die Berliner organisierter gewesen als in dem Chaos, in das der Krieg sie gestürzt hatte, nie wurden straffere Pläne geschmiedet, hastigere Verabredungen getroffen, minutengenauere Abläufe ersonnen und eingehalten als in den ersten Monaten nach dem Krieg.

Und dann das. Ein Mädchen, das glotzt. Und ein Junge, der sich fragt, was das zu bedeuten hat. Sie lächeln beide. Und etwas passiert in der Kehle des Jungen, so dass er sich verschluckt und zu husten beginnt und ihm der Nachbar, den er eben noch geboxt hat, auf die Schulter schlägt: *Come on* … Mehr nicht: Ein Blick, ein Innehalten, ein kleiner Schluckauf. Etwas, das zum Rest der Zeit nicht passte. Mehr war nicht an diesem trügerisch warmen Apriltag des Jahres 1947. Und doch wusste Riccarda mit einem Mal, dass der Winter vorbei war.

Es war der Winter aller Winter gewesen. Schlimmer als alles, was davor gewesen war, und schlimmer als alles Vorstellbare. Es war der Winter der Heimsuchung oder der Rache, und die Berliner Frauen wurden stumm über diesen Vermutungen. Die Vermutungen oder Verfolgungen ließen selbst nachts nicht von ihnen ab, wenn sie unter immer zu dünnen Decken lagen, bemüht, sich nicht zu rühren, bemüht, nicht die kalten Stellen der schäbigen Matratzen zu berühren, da, wo früher der Mann gelegen hatte, der Verlobte, der Freund.

Und während sie wach lagen und auf den Schlaf warteten, der nicht kam, verwandelte sich das Wasser in den Leitungen in Eis, platzten die Rohre. In der Küche froren die ungespülten Teller aufeinander fest und bildeten bizarre Türme. In den Nissenhütten in Wilmersdorf hingen die Decken steif zwischen den behelfsmäßigen Wohnräumen der Flüchtlinge. Die zweite Kältewelle traf Berlin im Januar 1947, als alle schon müde waren und mürbe vom Kampf ums Überleben. Das war, als der letzte tröstliche Rest Wodka ausgetrunken war, den die russischen Besatzer zu Neujahr spendiert hatten: neunzigtausend Flaschen für die Berliner. Freilich nur für die Männer, die Frauen hatten das Nachsehen, und als dann auch noch die städtischen Badeanstalten wegen Kohlemangels geschlossen wurden und es keinerlei Möglichkeit mehr gab, sich zu waschen, igelten sich die Frauen noch mehr in ihren unzureichenden Jacken und Mänteln ein, mummelten sich zu, verhüllten sich, verschwanden unter schmutzigem Filz und Wolle, gingen darin unter, schauten kaum heraus, denn was sie da sahen, machte sie nur noch wütender und hungriger und trauriger.

Manchmal sahen die zornigen Augen einer Berliner Frau einen Bekannten, einen Vertrauten, den eigenen Mann: Sie entdeckte da hinten auf der Straße einen Heimkehrer, der behauptete, ihr Ehemann zu sein, der lange Vermisste. Und während sie ihn mit echten Tränen, aber ohne viel Gefühl, umarmte, betastete sie wohl auf seinem Rücken den Stoff des Armeemantels, den er trug: Den würde er ohnehin ablegen müssen, die Alliierten verboten den besiegten Soldaten das Tragen von Uniformen, und so ließ sich aus dem warmen Mantel sicher noch etwas Nützliches schneidern, für sie selbst, dachte Irmgard, und für die Töchter, für Renate und vielleicht auch für Riccarda. Irmgard Krampitz schämte sich nicht für diese Gedanken, Scham war ein Luxus wie Reinlichkeit oder Brot, nur womöglich noch seltener zu haben. Im Januar 1947 also kehrte der Kohlehändler Siegfried Krampitz aus der Gefangenschaft heim nach Schöneberg, wo es keine Kohlehändler mehr brauchte, und mit ihm Zehntausende andere.

Die Männer retteten sich zurück, aber das Zuhause war nicht mehr da. Eng wurde es in den behelfsmäßig wieder hergerichteten Wohnungen – eng wurde es, aber nicht warm. Männer und Frauen konnten nicht mehr viel miteinander anfangen, die Frauen hatten gelernt, allein zurechtzukommen, und so zog sich Siegfried Krampitz schon nach wenigen

Wochen zu seinem Bruder und der Schwägerin zurück. Irmgard und die beiden Töchter machten weiter wie bisher, als ob sie immer noch warteten, nur wussten sie nicht mehr, worauf.

Dass es nicht der Mann war, nicht der Vater, auf den sie ihre Hoffnungen gründen konnten, das wussten sie nun. Aber das Warten ließen sie nicht. Das Wort *hoffen* hätten sie nicht benutzt, es schmeckte ranzig wie die Butter, die die umsichtige Renate in ihrem Kleiderschrank gerettet hatte. Zu lange gerettet, so was gibt's auch, sagte Irmgard und gab der Tochter einen gutmütigen Klaps, bevor sie die übelriechende Masse doch noch in einer Art Suppe zu verarbeiten suchte. Der Geruch war stechend: eine Mischung aus Fett, toter Maus und Mottenpulver, und doch sammelten sie sich alle drei um den Kohleherd, die Mutter und die beiden halbwüchsigen Töchter, streckten die sehnig gewordenen Hände aus nach dem Dampf, der aus dem Kochtopf stieg, gierig nach der Wärme des Kochwassers, das unlustig simmerte. Zum Sieden reichte es nicht. Die Brühe ließ den Geruch von Tran in der Haut zurück, und die Haut wurde schrumpelig und schrundig, und vielleicht war es der dauernde Gestank, diese Mischung aus ungewaschenen Leibern und abgetragenen Kleidungsstücken, aus Staub und Schutt und Stillstand, der Riccarda auf die Straße trieb, dorthin, wo sie den fremden Soldaten sah. Vielleicht war es aber auch die Mutter, die sie dazu anhielt.

Irmgard zählte auf ihre Töchter. Das konnte sie auch, sie wusste es, seit damals die Russen da gewesen waren. Da hatten sie noch im Keller gehockt, die ganze Hausgemeinschaft – wie die Asseln, sagte Irmgard verächtlich, lichtscheues Gesindel waren sie geworden, argwöhnisch, geräuschempfindlich, panisch wie Katzen, wenn ein ungewohnter Laut an ihre Ohren drang. Katzen allerdings gab es längst nicht mehr, auch sonst keine Haustiere, keine Pflanzen, nur Menschen und Steine und Steine und Menschen, grau und grau und grau. Und eines Abends waren sie da gewesen, die Russen, nach Tagen unerträglicher Agonie. Hatten die Kellertüre aufgestoßen, mit ihren Lampen in die Runde geleuchtet und gleich ein paar Frauen herausgegriffen, Irmgard darunter und die leutselige Marie, die hinkte und von der alle glaubten, dass sie Frauen liebte. Und dann war das Unfassbare geschehen: Da hatte Irmgard, vorgeblich, um die arme Marie zu schützen, ihre beiden Töchter vorgeschickt und zitternd gesagt: *Ja otschen bolen* … ich bin krank. Der Trick in schlechtem Russisch hatte gewirkt. Die Russen waren abgezogen mit den schreckensstarren Töchtern, hinauf in eine der Wohnungen …

Aber die Mädchen hatten Glück im Unglück gehabt, denn die Russen hatten ihnen Geld dagelassen, einen Batzen Geld, und sie waren wiedergekommen und hatten sie vor den anderen beschützt, mehr oder weniger jedenfalls. Die Nachbarn aber redeten seitdem nicht mehr mit Irmgard, sie wurde geschnitten wie eine Verbrecherin, und gleich am nächsten Tag hatten Seidels und der dürre Gropius ihre Wohnung verlassen, obwohl sie nicht gewusst hatten, wohin.

Das war der Anfang gewesen, der Anfang des Friedens, und Irmgard hatte gewusst, dass sie nie mehr dieselbe sein würde, dass der Frieden sie zu etwas gebracht hatte, was fünf Jahre Krieg nicht geschafft hatten, aber vielleicht war der Krieg ja gar nicht zu Ende, vielleicht ging er weiter, obwohl nicht mehr geschossen wurde oder nur ganz selten. Die Töchter hatten nicht protestiert, sie hatten auch nicht protestiert, als ihre russischen Galane wiedergekommen waren und offenbar glaubten, sich eine Art Gewohnheitsrecht erworben zu haben. Manchmal hoffte Irmgard, dass Renate und Riccarda begriffen oder geahnt hätten, was ihre Mutter zu ihrer Tat veranlasst hatte. Es war doch ein Notfall! hatte sie einmal hilflos gesagt. Es war doch ein Notfall.

Wörter waren nie Irmgards Stärke gewesen, immer schon hatte sie sich damit in Schwierigkeiten gebracht. Marie konnte reden. Marie redete oft für ihre Freundin. Vielleicht konnte sie so gut reden, weil sie sonst nicht viel taugte, mit ihrem Hinken, dachte Riccarda. Jedenfalls für die anderen. Aber zu dem Vorfall im Keller schwieg Marie. Gerade Marie schwieg dazu. Je mehr Irmgard sich danach sehnte, dass Marie etwas dazu sagte, desto beharrlicher schwieg sie. Sie war ja davongekommen. Und die Davongekommenen hatten nichts zu sagen. Als hätten sie das Recht zu reden verwirkt. Wenn Marie danke gesagt hätte, wäre das wie eine Absolution gewesen – gleichzeitig aber auch das Ende. Das wusste Irmgard und hoffte trotzdem auf ein Wort, vielleicht nicht auf einen Dank, aber doch auf ein Wort. Das Wort aber blieb aus. Und als Irmgard vom Notfall sprach, zum Nachbarn Schlüter, der sich daraufhin abrupt umdrehte und durch das zerschossene Treppenhaus nach oben forthumpelte, da zuckte auch Marie zusammen. Es war nicht gut für Irmgard, zu reden. Sie spürte es. Sie spürte, dass *der Notfall* gar nichts erklärte. Seit Kriegsende war doch immerzu Notfall gewesen. Er hörte gar nicht mehr auf, dieser Notfall, er wurde zum Normalfall, der Notfall, und wer das nicht ertrug, der hängte sich auf. Oder steckte den Kopf in den Herd.

Im Herbst 1946 häuften sich die vermeintlichen oder echten Gasunfälle bei den Berlinern. Die Fensterstürze. Die aufgeschnittenen Handgelenke. Und dann kam der Winter, in dem alles einfror, auch die Verzweiflung, auch die Wut. Die erste Kältewelle noch vor Weihnachten. Die Stadt atmete ein und aus und wieder ein – und dann nicht mehr. Die Flüsse hielten inne; ihr Eis schloss die Kohlefrachter ein. Die Menschen gingen nicht, sie liefen gebückt, gekrümmt von den Minusgraden. Sie verließen die Häuser nur für das Notwendigste, um Brennholz zu holen, beim Händler an der Ecke. Eine Kiste pro Haushalt, das reichte hinten und vorne nicht und war klamm und stank und rauchte, dass man die Türen aufriss und so die kostbare Wärme wieder entwich. In den Fenstern knisterten die Pappen vor Frost. Noch eine Schicht Pappe davorgeschoben, noch ein paar Lumpen geopfert. Fensterglas gab es nicht mehr in dieser Stadt, allenfalls Reste, zerbrochene Scheiben, Drahtglas an Oberlichtern, durch die schon lange kein Licht mehr drang. Nie war es Tag in diesen Wohnungen. Im Winter vor Weihnachten fiel in Neukölln ein Mädchen spätabends mit der Tür ins Haus. Sie schloss auf, aber der Riegel bewegte sich nicht, sie ruckelte und ruckte und kippte schließlich mit einem Knall in den Flur. Die Hausbewohner stürzten sich auf Rahmen und Türe: brennbar auch das. Von morgen an ertrüge man die Kälte, morgen, morgen zahlte man den Preis für die Unvernunft, aber heute, heute soll's warm sein! Den Türwegräumern kam ein Nachbar entgegen, verschämt, ein kleines Päckchen unter dem Arm: Das war die Notdurft des Mannes und seiner ganzen Familie, er war geschickt worden, sie zum nächsten Trümmergrundstück zu bringen, zum Versenken. Dafür taugten sie noch, die Heimkehrer, die Welteroberer. Der Mann zog seine Mütze tief ins Gesicht und huschte grußlos vorbei.

Toiletten und Wasserhähne funktionierten seit Wochen nicht mehr. Licht nur stundenweise. Dem Pferd, das auf dem Damm gestürzt war, schnitt man die Kehle durch und räumte es aus wie die Wohnungen der Besiegten. Die Gedärme des Pferdes schlängelten sich auf dem Pflaster, aber nicht lange, dann gefroren auch sie. An den Haltestellen sah man gelegentlich Frauen, die trugen Pantoffeln. Und unter den Pantoffeln trugen sie Lappen. Und unter den Lappen suppte und eiterte die entzündete Haut, aufgeplatzt von der Kälte. Einem

Säugling erfroren die Hände im Kinderwagen. Jeder wusste solche Geschichten. Das Kopfschütteln war allgemein und die lebhafteste Regung.

Irmgard und ihren Töchtern blieben die Verehrer weg. Zu kalt war es auch den nachgerückten Amerikanern, die Tempelhof und Neukölln von den Russen übernommen hatten. Immer mehr Amerikaner kamen, so schien es. Aber die Neuankömmlinge glaubten, sie gelangten in eine verlassene Stadt. Oder in eine fiktive Stadt.

In diesem Winter 1946 legte die *Missouri* in Bremerhaven an. Ein Truppentransporter der US Army, mit eintausendachthundert Soldaten an Bord. Junge Kerle, die meisten aus Georgia, Mississippi und South-Carolina. Nicht alle waren auf der zehntägigen Überfahrt seekrank geworden, aber doch genug, um das Schiff zu einem schwimmenden, stinkenden Lazarett zu machen. Die, die aufrecht stehen konnten, hielten sich mit selbstgemachten Drinks über Wasser: Rasierwasser, gemischt mit Orangensaft, machte erst high und dann blind. Nie war Aqua Velva begehrter gewesen.

Der Soldat aus Oklahoma war erst siebzehn, und sein Handicap war: Er sah aus wie zwölf. Meinten jedenfalls die Menschenfresser unter den Sergeants, die sich immer neue Schikanen ausdachten. Aber der Junge fand einen Beschützer: Dick, nur drei Jahre älter als er, jedoch lässig wie kein zweiter. Das Schiff, mit dem sie fuhren, nannte Dick nur *Parmesan*, weil er fand, es stänke wie eine Dose von dem billigen Reibekäse, den er sich in Pasadena über die Spaghetti kippte. Stinkt – sagte Dick – aber stinkt irgendwie ein bisschen wie zu Hause! Und lachte und haute sich vor Vergnügen über den eigenen Witz auf die Schenkel.

Einmal wollte einer von den Menschenfressern im engen Gang zwischen den Kabinen an Dick und dem Jungen vorbei. Dick zog eine Schulter ein, um ihn durchzulassen. Da rempelte ihn der andere an, nicht besonders heftig, aber mit absichtsvoller Geringschätzung. Dick packte ihn am Arm und drehte ihn zu sich herum. Eine schnelle Bewegung, ein Hieb – und der unhöfliche Flegel lag ohnmächtig am Boden. Der Junge erzählte die Geschichte noch viele Jahre später, sie begründete ihre Freundschaft. Dick beschützte, der Junge bewunderte. Darin war er gut. Jedenfalls, wenn es um Männer ging. Immer suchte sich der Junge solche Freunde. Leidenschaftlich hatte er sich gewünscht, seinen Vater zu bewundern, wie er es nun bei Dick tat, aber sein Vater gab ihm keine Gelegenheit dazu. Nichts als Kontrolle und Gewalttätigkeit. Als der Junge zehn Jahre alt war, waren sie fortgezogen, von Oklahoma nach Kalifornien, es war nicht der erste Umzug, immer auf der Suche nach Arbeit. Der Vater, Musiker von Beruf, fand keine Anstellung in den Jahren der Krise und in den Jahren danach, er tourte nur hier und da und spielte in zweitklassigen Bars.

Die Mutter saß zu Hause und zitterte und spürte ihre Schönheit von sich abblättern wie den Putz von den Wänden. Der Mann schlug oft mit den Fäusten gegen die Wände und gegen die Möbel. Wenn sie Glück hatten – sie und das Kind. Das Kind liebte sie abgöttisch, mit der gleichen verheerenden Inbrunst, mit der ein Priester seine Madonna verehrt. Bewahre mich davor, den Glauben zu verlieren! Zur Madonna betete sie auch, denn ihre Eltern stammten aus Italien, aber sie betete nur heimlich und versteckte die kleine Gipsfigur der Maria vor dem Mann. Sie verzärtelte den Jungen, sie nähte ihm Kleider, die einem kleinen Mädchen gut gestanden hätten, sie zwang ihn, in der Kirche mit seinem Knabensopran die Alten zum Weinen zu bringen.

Den Vater machte das wütend, unendlich wütend, oder vielleicht suchte seine allgemeine Wut, sein Hass auf die eigene Hilflosigkeit, auch nur ein Ventil. Aus dem Jungen sollte ein Mann werden, verdammt noch mal! Der Vater nahm das selbst in die Hand. Alles und jedes wurde bestraft und verboten. Nur eine Posaune schenkte er dem Zehnjährigen, deren Gewicht den zarten Jungen allerdings schier zu Boden zog. Das sah selbst der Vater ein: Eine Posaune war nicht das richtige. Die Trompete, die das allzu mächtige Instrument ersetzte, die spielte der Junge bald so hingebungsvoll, dass kein Kirchenchor und keine Altenversammlung mehr eine Chance hatten. Der Vater war zufrieden: Er würde einen richtigen Mann aus dem Jungen machen!

Wo ist mein Baby geblieben?, weinte die Mutter, die vergeblich darauf hoffte, dass der Mann ihr ein neues Kind machte. Aber der Mann dachte nicht daran. Ihm war die kleine Familie jetzt schon zu viel. Er war, das spürte er, eigentlich nicht zum Familienvater bestimmt. Sondern zu etwas anderem, Größerem. Und daran hinderte ihn die Frau! So viel war klar.

Und wieder brach sie durch, die große Wut. Und entlud sich in Schlägen und Fausthieben gegen die Mutter des Jungen. Der Zwölfjährige war in seinem Zimmer und versuchte die großen Swing-Melodien aus dem Radio nachzuspielen. Sie waren verwirrend, diese Melodien: große, kühne Schleifen und dann wieder scharfe, schnelle Akkordfolgen, wie Schwalben, die Formation fliegen, und der Junge, wenn er so Radio hörte, die Trompete an den Lippen, legte unwillkürlich den Kopf in den Nacken, als wolle er wirklich versuchen, dem Flug der Schwalben zu folgen und sich ihre Lieder einzuprägen. Mit seiner Trompete konnte er fliegen. Aber die Schreie, die er hörte, waren keine Vogelschreie, sie kamen von seiner Mutter. Und seine Mutter flog nicht, sie stürzte. Der Junge rannte voller Angst in die Küche, um ihr zu helfen. Es gab kein Instrument gegen den Schmerz.

Also brach er auf, mit sechzehn, zur Army. Das war nun ein bisschen mehr Männlichkeit, als dem Vater recht war, aber was sollte er machen? Die Frau hing weinend an seinem Arm, da musste er so tun, als ob er es gut fände. Und eigentlich fand er's auch gut: Irgendwer musste es den Japanern ja zeigen oder den verdammten Nazis, was spielte es für eine Rolle, dass die schon vor anderthalb Jahren kapituliert hatten! Der Vater trug sogar den Instrumentenkoffer des Jungen, er reichte ihm das Gepäckstück die Gangway hinauf: Mach's gut, Junge, zeig's denen da drüben. So richtig hatte er nicht kapiert, wo's hinging, auch der Junge hatte es erst in letzter Minute erfahren, nach der üblichen Grundausbildung, die drei Monate dauerte und für Indochina genauso nützlich sein sollte wie für das besiegte Deutschland: Durch den Dreck robben, Handgranaten schmeißen, das Sturmgewehr putzen. Putzen schien die Lieblingsdisziplin aller sadistischen Sergeants zu sein. Und es gab eine Menge Sadisten in Fort Lewis. Dort war ihm Dick zum ersten Mal aufgefallen.

Dick, ein einfacher Rekrut wie er, *Private Dick Douglas* aus Pasadena, hatte zum dritten Mal den Boden der Offiziersmesse schrubben müssen. Und Dick? Nahm den Eimer, füllte das scharf riechende Putzmittel und acht Liter Wasser hinein – dann öffnete er seinen Hosenstall und pisste ins Wasser. Dabei begann er fröhlich zu pfeifen und putzte und zwinkerte dem verblüfften Jungen zu, der sich bemühte, nicht auf Dicks Hose zu starren, denn *so ein Ding* hatte er noch nicht gesehen.

Der Junge hielt sich in Dicks Nähe und war fast ärgerlich, dass sie von Fort Lewis noch einmal nach Hause kamen für dreißig Tage. Aber da stellte er fest, dass er schon ein Fremder war, selbst Shirley roch fremd und fühlte sich fremd an, auch wenn sich ihre vorwitzigen kleinen Zitzen noch genauso eifrig unter seinen Fingern aufrichteten wie vor sechs Monaten. Was hätte er ihr erzählen können? Und so nestelte er lustlos an Shirley herum, zog sie halb aus und dann wieder an und versuchte, dabei nicht an das M1 zu denken, das genauso glatt und widerstandslos in seinen Händen lag wie das Mädchen.

Und dann schifften sie sich ein, in Camp Kilmer, New Jersey, nun keine Jungen mehr, sondern Männer mit einer Mission. Das Hochgefühl hielt, bis die ersten drei Dutzend seekrank wurden. Dann weitere fünfzig. Irgendwann gut ein Drittel der eintausendachthundert. Und während das große graue Schiff über den Atlantik schleuderte und die Männer in seinem Inneren hin- und herwarf wie nutzlosen, falsch geladenen Ballast, machten die Männer gleich mehrere Verwandlungen durch: Die eben noch überzeugten GIs, die Männer, die der Welt Demokratie, Ordnung und Sicherheit bringen würden, verwandelten sich wieder in Jungen, ängstliche, unsichere Rotzlöffel, die darauf warteten, dass jemand käme und sie bei der Hand nähme – oder ihnen wenigstens die durchgeschwitzten T-Shirts wüsche.

Und wieder eine Weile später wurden sie apathisch, eine aggressive Gleichgültigkeit befiel sie, eine furchtbare und grundsätzliche Müdigkeit – allen Aufgaben zum Trotz, die sie an Bord zu erledigen hatten und die, das war leicht zu durchschauen, vor allem dazu dienten, die Disziplin aufrechtzuerhalten: Wache schieben, Antreten, Waffen pflegen, Essen vorbereiten und immer wieder Putzen. Sie schwankten beim Wachdienst vor Lethargie, sie traten an, starr wie mechanisches Spielzeug, sie glotzten beim Putzen auf die nassen Streifen, die ihre Lappen hinterließen, als stünde darauf eine Lösung geschrieben. So groß und so allgemein war diese Müdigkeit, dass sogar die Pornohefte ungelesen von Mann zu Mann weitergereicht wurden, manchmal besorgte es sich einer nachts und gab sich wenig Mühe, das zu verheimlichen, und das Stöhnen klang eher wie Kindergreinen. Meistens gaben sie es auf halber Strecke auf. Und immer stank es. Nach Erbrochenem, nach Urin und Schweiß und schlechtem Schlaf. Nach den Resten der immer gleichen Suppen und nachts nach der Mischung aus Aqua Velva und Orangensaft und Tabak, den sie heimlich, trotz des strengen Verbots, einander verkauften.

Nachts versuchten die Jungen, die tagsüber gehorchten wie folgsame Kinder, erwachsen zu sein. Nachts stießen sie Rauch in die Luft, rülpsten vernehmlich und marschierten breitbeinig herum, standen mit verschränkten Armen hinter den Kartenspielern. Das Kartenspiel war natürlich verboten. Glenn und Johnny organisierten die Pokerrunden, und sie hatten es geschafft, dass es als Ehre galt, dabei zu sein.

Irgendwann erwischten sie auch den Jungen. Der Kleine aus Glendale, Kalifornien, hatte keine Chance gegen die Tricks der Alten. Sie wollten sich totlachen über seine schlecht verborgene Zuversicht, als sie ihm am Anfang ein gutes Blatt zuspielten, damit er sich in Sicherheit wiegte: *Two Pairs*, auch mal einen *Flush*, es war erstaunlich, wie schnell man dem Jungen eine Freude machen konnte! Die Einsätze wurden erhöht. Jemand warnte den Jungen. Der Jemand war Dick, der ihn nicht aus den Augen ließ, aber der Junge wies die Warnungen zurück und spielte weiter. Und verlor.

Er verlor eine Runde und dann noch eine, und irgendwann war er blank und war pleite und hatte nichts mehr, keinen einzigen Cent vor sich auf dem Tisch. Da erwachte er, wurde zornig, begriff, dass sie ihn betrogen hatten, und die Tränen der Wut schossen ihm in die Augen. *Heul doch! Oder sing uns was vor, Kleiner! Singst ja eh wie Cab Calloway, dieser Schwanzlutscher. Aber ein Schwanzlutscher bist du ja auch, stimmt's! Eine kleine Schwuchtel!* Und sie machten das Getänzel des Sängers aus Baltimore nach, oder vielleicht machten sie auch den Jungen nach, der morgens im Waschraum manchmal vor sich hin sang und sich dazu leise bewegte: Singen beim Zähneputzen! Sie lachten sich tot!

Angesichts der Hänselei stürzte sich der eher schmächtige Junge auf Glenn, den Rädelsführer. Er mochte Cab Calloway, er liebte die Musik aus dem New Yorker Cotton Club, aber darum ging es jetzt nicht. Der Tisch wurde umgeworfen, Gläser flogen, Fäuste landeten hier und da, und im allgemeinen Getümmel wurde übersehen, dass jemand den Jungen beim Kragen packte und aus dem Raum zerrte, unnachgiebig, entschieden: Dick. Mach so einen Bullshit nie wieder!, sagte er streng. Das ist nichts für dich. Ich weiß noch nicht, was du für einer bist, aber das hier ist nichts für dich.

Schwer atmend standen sie an Deck, der Junge, der vor Empörung und vor Kälte zitterte, und Dick, schwitzend. Der Junge fühlte sich hingezogen. Dick war stark. Er war mutig. Er hatte ihn beschützt. Dick fand den Jungen seltsam. Ungewöhnlich. Ein hübscher Bengel, sicher, aber das konnte Dick nicht beeindrucken. Es gab vielmehr etwas im Gesicht dieses Jungen, das ihm gefiel. Es gefiel ihm – und gleichzeitig beunruhigte es ihn. Etwas in diesem Gesicht flackerte. War unstet. War unberechenbar. Chet konnte von einem Augenblick zum anderen völlig in sich versinken – oder, wie eben, in eine unkontrollierte Wut ausbrechen. Und die Wut hatte nur scheinbar etwas mit dem abgekarteten Spiel der anderen zu tun, die Wut, das ahnte Dick, hatte einen anderen Ursprung, sie wurde genährt von Erlebnissen, die sehr weit zurücklagen. Dick wusste nicht, was ihn an dem Jungen mehr anrührte: sein Zorn oder seine Sanftheit.

Gehen wir wieder rein!, sagte er nach einer Weile. Habe keine Lust auf die Krankenstation. Und Calloway ist ganz großer Mist, merk dir das!

Und dann waren sie durch. Dann warf sich der Truppentransporter in der deutschen Stadt Bremerhaven an den Kai und spuckte seine Ladung aus. Und die Männer, die an Land geworfen wurden, ihr spärliches Gepäck über der Schulter, blickten in einen neuen Tag. Der Tag war unbekannt und grau, weiß und eisig. Das Land lag unter einer knöchelhohen Schneedecke.

So was!, sagte Dick andachtsvoll. Der Schnee schluckte die Stiefeltritte der Männer und das Geräusch der heranrollenden Laster, der Schnee schluckte die gebrüllten Befehle der Offiziere. Schnell liefen die Gesichter der Männer rot an: Die Kälte biss unbarmherzig zu. Sie setzten sich in Bewegung. Folgten irgendwem irgendwohin. Behielten immer das Weiße im Auge. Das Weiße hypnotisierte sie, sie saugten das Weiße durch die Augen in sich hinein, und das Weiße breitete sich in ihnen aus wie die Kälte, irgendjemand entfaltete in ihnen ein großes Laken, eisig und steif und weiß. Irgendwo eine Halle. Beschlagende Brillen, Pfützen um die Stiefel und Nasen, die so heftig liefen, dass kein Taschentuch half. Rotzjungen jetzt wieder vor den Anschlagstafeln auf irgendeinem Flur. Und dann das Glück, als der Soldat las, wohin der Marschbefehl ging: nach Berlin. Nicht deswegen war der Soldat glücklich, er hatte nur eine sehr vage Vorstellung von der ehemaligen Hauptstadt des Reiches – glücklich war er, weil auch Dick nach Berlin abkommandiert war. Sie würden zusammenbleiben.

In einem nüchternen Saal hieß es warten. Sie waren müde, sie waren stumm. Jemand brachte Kaffee. Ein Radio lief. Eine tiefe Frauenstimme sang, und Chet horchte auf. Er konnte nicht anders. Er hörte jeder Musik zu. Das hier war ein Lied, ein kleiner Song, und Chet, der den Text nicht verstand, begriff dennoch, dass es um die Seefahrt ging und die unvermeidliche Sehnsucht: *Der Junge an der Reling / der sieht nur still in diese Sternennacht hinaus. / Die Küsten sind voller Häfen, / doch jeder Hafen spuckt ihn wieder aus / Hoppla-he* ... Ein Akkordeon, ein paar Streicher, ziemlich sentimental das Ganze. Aber die Frau sang nicht schlecht. Lakonisch, so, als würde sie das üppige Arrangement gar nicht kümmern. Ein deutscher Star, belehrte man ihn, sehr berühmt während des Krieges. Der Junge erkundigte sich nach dem Namen. Lale Andersen. Eine Blondine. Man erzählte ihm von *Lili Marleen,* die während des Krieges die Soldaten auf beiden Seiten der Front gerührt hatte – aber Chet hörte schon nicht mehr zu. Was für eine Stimme! Chet stellte sich die Person vor, die zu dieser Stimme gehören musste, und dachte, dass die Geschichten von den gewaltigen deutschen Frauen, diesen blonden Walküren, wahrscheinlich doch stimmten, und dass diese Frauen genauso gefährlich wären wie ihre Nazimänner. Mindestens. Zum ersten Mal spürte der Junge so etwas wie Angst. Er würde auf der Hut sein. Er würde sich in keine Falle locken lassen. Er war froh, als das Lied zu Ende war.

Sie reisten mit Umwegen, erst in einem Wagenkonvoi, dann im Zug, dann in einem anderen Zug, und schon bald verloren die Soldaten die Orientierung. Aber erst nach ein paar Stunden fiel ihnen auf, dass da draußen etwas fehlte: die Deutschen. Sie fuhren durch ein verlassenes Land. Sie passierten tote Landschaften, ein endloses, flaches Schwarzweiß von niedrigem Buschwerk, Zäunen und erstarrenden Flüssen. Sie rumpelten durch Dörfer, in denen sich nichts regte, durch wenige Kleinstädte nur, die aber schon vor langer Zeit aufgegeben schienen: überall Ruinen, Trümmer, verkohlte, verbrannte Mauern und davor der Schnee, der auch eine graue Farbe angenommen hatte, grau wie alte Kohle, grau wie Ruß, grau wie die unendliche Traurigkeit, die auf dem Land lag.

Das kalte Leintuch, das sie im Innern trugen, wurde fleckig, wies Risse auf. Die Soldaten fühlten sich unbehaglich, verstummten. Wo war der Feind? Wo waren die Besiegten, denen sie Freiheit und Demokratie bringen sollten? Wo waren die Walküren und die blonden Bestien, an die er sorgenvoll gedacht hatte? – Gibt vielleicht gar nicht viel zu tun!, sagte Dick lachend: Keiner zu Hause!

Aber dann sahen sie sie doch, die Verlierer, die Feinde. Es war am Rande einer kleinen Siedlung. Sie verließen gerade im Schritt-Tempo den Bahnhof, da, wo sich mehrere Gleisstränge auf komplizierte Weise verzweigten, um dann für eine Weile parallel zueinander weiterzulaufen. Der Junge wischte gerade mit dem Jackenärmel über die Scheibe des Abteilfensters, da entdeckte er sie: eine kleine Gruppe verhüllter Gestalten, die rasch einen kleinen Hügel herabstiegen, mehr rutschten als kletterten, unsicher, eilig, wobei sich mehrere von ihnen umwandten und den anderen winkten. Einige hatten Säcke dabei, andere trugen etwas in ihren Taschen, unter den Mänteln und Umhängen, sorgsam, als würden sie kleine Kinder mit ihren Körpern schützen, vor dem Wind, vor dem Schnee, der über die Gleise blies. Die Gestalten sprangen, krümmten sich, rannten, schleppten und wuchteten schwere Lasten. Der kleine Hügel war ein Kohlehaufen, der auf dem Wagen eines Güterzugs aufgetürmt war, und die ameisenhaft wimmelnden Gestalten, diese Schwarzgekleideten ohne Gesichter, die rafften, sammelten, bargen, stolperten, flohen – das waren die Deutschen. Die Nazis. Das gefährlichste Volk der Welt. Einige hasteten zwischen den Gleisen davon, andere verkrochen sich, wie es schien, unter den abgestellten Waggons.

Ein Sergeant war zu ihnen ins Abteil gekommen: *Kohlen klauen!*, erklärte er. Das ist ihre liebste Beschäftigung, wenn sie nicht gerade auf *Hamstertour* sind.

Kohlen klauen? Warum klauten die Deutschen und kauften sich keine Kohle? Und was hatte es mit der Hamstertour auf sich? Dick, der eine schnelle Auffassungsgabe hatte, merkte sich die beiden Wörter sofort: Kohlenklau. Hamstertour. Das waren ihre ersten beiden deutschen Vokabeln. Auch der Junge vergaß sie nicht mehr, dabei hatte er gar kein Talent für Fremdsprachen. Und auch keins zum Reden.

Sonst machte sich Dick, der geschmeidige, immer wieder lustig über seine Wortkargheit, seine Unbeholfenheit, seinen Ernst. Aber jetzt, nachdem sie zwanzig, dreißig Mal die neuen Wörter geübt hatten, schwiegen sie gemeinsam. Sie schauten auch nicht mehr hinaus. Sie wussten ohnehin nicht, wo sie waren. Sie waren – Verlorene. Ausgesetzt in einem fremden Land. Selbst Dick spürte das.

Irgendwann stand der Junge auf, griff in das Gepäckfach über ihnen und holte einen langen, schwarzen Lederkoffer hervor. Er setzte sich wieder, legte sich den Koffer auf den Schoß und öffnete ihn. Mit der Linken griff er, ohne hinzuschauen, in das blausamtene Futteral, in dem seine Trompete lag, und berührte sie sorgfältig: Das Mundstück, den Hals, die Ventile. Er hatte nicht vor zu spielen. Es reichte ihm, sie zu berühren. Ihre Glätte, ihre Kühle, die stille Kompaktheit des Instruments gaben ihm Ruhe und sogar so etwas wie Zuversicht. Dick lächelte. Was ließen sie sich so ins Bockshorn jagen! Aber er sagte nichts.

Renate hatte die Nase im Dreck. In einem schmutzigen, schmierigen Eisbrei. Ihr würde das Gesicht festfrieren, gleich hier, auf den Schwellen eines stillgelegten Gleises am Stadtrand, wo sie mit anderen Verlorenen Kohlen klaubte. Bis, ja, bis die Militärpolizei auftauchte und man nicht wusste, wie ernst sie es heute meinten mit der Wachsamkeit. Das Gesicht würde ihr einfrieren, und an Vaseline war nicht zu denken. Sie dachte daran, wie liebevoll und resolut die Mutter die

Lippen des Vaters früher damit eingerieben hatte, bevor er losmarschierte, die Trompete unterm Arm, zum großen Umzug des Spielmannszugs. Das war *vorher* gewesen.

Dann war es schwierig geworden bei ihnen zu Hause, der Kohlehandel des Vaters florierte nicht recht, und aus der Vaseline wurde Schweineschmalz und aus dem Schweineschmalz etwas Geronnenes, Bräunliches, das auf dem tupfenden und reibenden Zeigefinger der Mutter Spuren wie von Rost hinterließ. Dann gab es nicht mehr genug Männer für den Spielmannszug. Dann zogen sie den Vater ein. Und als er zurückkam, war die Trompete nicht mehr da. Verkauft, versetzt, Irmgard wusste kaum noch, wofür, und regte sich auf, weil der Vater es unbedingt wissen wollte. Rosinen, Kartoffeln, Mehl – was weiß ich, ist doch auch egal! Aber dem Vater war es nicht egal, überhaupt nicht, und das Schweigen zwischen Irmgard und ihm wurde so feindselig, dass selbst die Untermieter schlichen, als könnten sie jederzeit bei etwas Verbotenem ertappt werden.

Ertappt werden! Nur das nicht! Renate versuchte, möglichst flach zu atmen, als sie unter den Waggons hindurch Stiefel näher kommen sah. Dieses Knirschen und Quiemen des Schnees! Die Beine starben ihr ab, zwischen ihnen lag ihre Beute, ein halber Sack voll, nicht viel, aber sie hatte keine Ahnung, wie sie den nach Hause bringen sollte. Irgendein Bauer mit einem Fuhrwerk würde sich erbarmen – sich sein Erbarmen aber bezahlen lassen, so oder so. Für alle Fälle hatte sie noch ein paar Silberlöffel dabei – Zigaretten wären besser gewesen. Irgendwo hinter ihr raschelte einer. Und dann donnerte es. Rumpelte. Ratterte gewaltig – ein Zug, ein richtiger, ordentlicher Personenzug. Renate wusste, dass damit die amerikanischen Truppen transportiert wurden: in Zügen, die nicht nur Abteilfenster hatten, sondern angeblich sogar geheizt wurden. Sie hätte zu gern einen Blick riskiert.

Immerhin entfernten sich jetzt die Stiefel; die Militärpolizei verordnete sich Winken und Grüßen, und diese wenigen Augenblicke genügten Renate und den anderen, um zu türmen. Schnell, bloß weg hier! Im Geratter des Zuges gingen leise Rufe und das Gepolter der Säcke unter. Sie zerrte ihre Beute mit sich fort. Und tatsächlich nahm sie ein Bauer mit bis Zehlendorf.

Zurück auf dem verlassenen Bahngelände blieben die Körperabdrücke der Kohlesammler, ausgestreckte Körper, scheinbar ohne Arme, weil sie diese dicht am Körper gehalten hatten; Eiskäfer, flügellos und schmutzig. Immerhin: Für diesmal waren sie entkommen.

Die Freude über die gelungene Aktion hielt nicht lange vor, denn ab Zehlendorf hieß es schleppen. An der Ecke Unter den Eichen wartete die Schwester, halb unter einem abgestorbenen Busch verborgen. Sie wartete schon lange, sie hatte sich nicht weggetraut, um Renate mit der Last keinesfalls zu verpassen. Es sah nicht so aus, als ob sie sich ohne weiteres bewegen könnte. Wie festgefroren. Renate zog sie hoch. Aber Riccardas Atem verriet einen weiteren Grund, neben der Kälte: Brandy. Ein äußerst kostbares Gut, für solche langwierigen Märsche wie diesen aufgehoben, als Kräftigung und gegen die Kälte. Riccarda hatte ihren geheimen Schatz dabei: Eine silberne, kugelförmige Flasche mit der Gravur *New York, 1939*. Eigentlich war es kein Silber, die Flasche war nur silberfarben.

Die Kugel war eine Nachbildung des Wahrzeichens von der New Yorker Weltausstellung – eigentlich nur eine Hälfte des Wahrzeichens, denn zu dem berühmten Ensemble gehörte noch ein Obelisk – aber für Riccarda war dieses unechte Schmuckstück, dieses halbe Symbol des Fortschritts, ihr kostbarster Besitz. Das Geschenk eines Offiziers aus New Jersey, der die *World Exhibition* tatsächlich besucht hatte und der ihr von Wunderdingen wie Rolltreppen und scheinbar stützenlosen Gebäuden berichtet hatte. Riccarda hielt diesen Besitz vor der Mutter geheim. Sie bewahrte ihn für sich und die Schwester auf. Sie sorgte dafür, dass sie immer genug Brandy hatten. Für Augenblicke wie diesen. Komm, trink!

Renate grinste, sagte aber nichts. Eine Weile gingen sie eingehakt, trotz des Kohlesacks auf Renates Rücken. Der Kohlesack rutschte nach links, über Renates Schulter und plumpste zu Boden. Da lachten sie und stöhnten und luden ihn sich wieder auf. Mal nahm Riccarda den Sack, mal Renate. Mal nahm die eine einen Schluck, mal die andere. Nach zwei Stunden fing es wieder an zu schneien.

Viermal waren sie kontrolliert worden – von Russen. Der Junge hatte noch nie in seinem Leben Russen gesehen. Eigentlich überhaupt keine Ausländer. Diese hier guckten feindselig, sie trugen seltsame graue Hosen und Blusen aus steifem Stoff. Sie redeten nur untereinander, verlangten aber unmissverständlich die Papiere, verzogen sich wieder und ließen den Zug passieren, unwillig, wie es schien. Waren das nicht ihre Verbündeten?, dachte der Junge. Und dachte zum ersten Mal: Wir sind im Krieg. Sie befanden sich in einer Art Krieg, auch wenn seit über einem Jahr Waffenstillstand herrschte. Dies hier war ein anderer, ein merkwürdiger Krieg. Eine komplizierte Sache mit mehr als nur einer Front.

Dick zuckte mit den Achseln. Was konnte man machen? Sie starrten ratlos vor sich hin. Der Zug ratterte. Der Zug nahm Fahrt auf. Vom Zugdach rann geschmolzenes Eis, kleine Stücke trieben an den Fenstern entlang. Endlich kamen sie in Berlin an, aber sie sahen es nicht. Dunst hing über der Stadt, und Schneeflocken fielen wie Ascheregen. Und dann hob sich der Dunst, und was sie sahen, war so ungeheuerlich, dass sie alle instinktiv aufsprangen und sich an die Fenster drängten: Das hier war keine Stadt, das war eine Ruinenlandschaft. Ein unüberschaubares Meer von eingestürzten Fassaden, verkohlten Mauerresten, Skeletten von Dachstühlen, Bergen von Schutt. Am Teltowkanal wunderten sie sich zunächst über die endlosen, sinnlos verbogenen Zäune – aber es waren keine Zäune, es waren vielmehr Bahngleise, die von der Wucht der Detonationen aus dem Gleisbett gerissen worden waren. Eine Landschaft der Zerstörung, die kein Ende nahm, die nie ein Ende nehmen würde, in der Menschen unmöglich existieren konnten. Waren wir das?, fragte der Junge ängstlich und sein Freund schüttelte den Kopf. Nicht wir – die Russen, behauptete er. Es sollte beruhigend klingen.

Danach standen sie stumm, bis zum Einlaufen im Bahnhof. Plötzlich Geschäftigkeit, Ordnung vor imposanten Gebäuden. In Zehlendorf und Dahlem war vieles heil geblieben, sogar Bäume hatten Bombenangriffe, Artilleriebeschuss und den dramatischen Brennstoffmangel fürs Erste überlebt. Hier waren die wohlhabenden Berliner zu Hause. Oder zu Hause gewesen.

Ein Sergeant wies auf ein paar umliegende Villen: Das da, das da und dies – alles unsers. Und, als er den Blick des Jungen sah: Nazis. Alles alte Nazis. Vorher haben sie die Juden rausgeschmissen, jetzt sind sie selbst an der Reihe. So ist das! Außerdem: Sicherheitsgründe. Können die Typen nicht so dicht an uns ranlassen! Für einen Unteroffizier redete der Mann ziemlich viel – das gab ihm Gelegenheit, diesen außerordentlich jungen Rekruten genauer unter die Lupe zu nehmen. Er sah aus wie ein Mädchen, fand der Sergeant, wie ein schönes, etwas verdorbenes Ding aus dem Mittelwesten.

Abends befahl er den Jungen zu sich. Siebzehn! Jesus! Das war nicht das richtige Alter für eine so komplizierte Stadt wie Berlin mit seinem Viermächtestatus. Und er hatte keine Zeit, den Babysitter zu spielen. Also: Schreibstube sei das äußerste … Da sei er wenigstens im Trockenen. Und vernünftige Leute hätten ein Auge auf ihn. Aber er stellte es dem Jungen frei zu gehen. Nach Hause. Zurück zu Daddy. Na, was ist?

Der Junge, der alles scheinbar teilnahmslos angehört hatte, wurde plötzlich lebendig. Er wehrte sich. Er wisse, was er tue. Er wolle bleiben. Und wenn nur die Schreibstube möglich sei, dann bitte! Dann eben Schreibstube. Tatsächlich: schnippisch wie ein Mädchen!, dachte der Sergeant. Und vermutlich ebenso empfindlich. Das hatte ihm gerade noch gefehlt. Wie der Junge schon dastand – die eine Hüfte ein bisschen nach vorn geschoben, als wollte er tanzen. Plötzlich spürte der Sergeant in sich eine Wut. Na, dem würden ein paar Extra-Übungen guttun, die ganze Haltung des Jungen passte ihm nicht, dieses unausgesprochene Du-kannst-mich-mal. Und dann fiel ihm ein, dass die Nazis gegen Ende des Krieges nicht davor zurückgeschreckt waren, Vierzehn-, Fünfzehnjährige an die Front zu schicken. Als er das erfahren hatte, hatte es eine besondere Art von Ekel in ihm ausgelöst. Man hatte die vordringenden Alliierten gezwungen, auf Kinder zu schießen, die noch jünger als dieses Jüngelchen waren … Was für eine widerliche Welt! Resigniert winkte er dem Jungen, zu gehen. Der grüßte ordnungsgemäß und verschwand.

Am nächsten Tag für die Neuen ein erster Rundgang. Der amerikanische Stützpunkt – eine Oase. Mit eigenen Geschäften, Kapellen, Tankstellen. Eine Insel innerhalb der Insel Berlin, die von den sowjetischen Besatzern umschlossen war. War es überhaupt die Wirklichkeit, was sie gestern gesehen hatten? Diese halb verhungerten schwarzen Gespenster, die beim ersten Geräusch geflohen waren, als sei der Teufel selbst hinter ihnen her? War das die Wirklichkeit gewesen, diese zerstörten Straßenzüge, die hoffnungslos abgeholzten Parks und dieses Schweigen auf den verschneiten Plätzen? Oder war nicht vielmehr dies hier die Wirklichkeit: Die warmen und trockenen Behausungen einer Armee voller Stärke und Selbstbewusstsein? Die Shops und die Sportanlagen der *good guys*, die die Unschuldigen beschützten und die Schurken bestraften? Die alles im Griff hatten?

Der Junge konnte sich keinen Reim auf die Eindrücke machen. Es passte alles nicht zusammen. Er dachte an die Broschüre, die man ihnen gestern in die Hand gedrückt hatte: *Pocket Guide To Germany*. Er hatte sie durchgelesen, obwohl Lesen sonst nicht seine Stärke war, aufmerksam hatte er gelesen, fiebrig beinahe, er wollte wissen, wo er war. Die Broschüre wiederholte vor allem immer wiederkehrende Warnungen: Die Soldaten sollten nicht vergessen, dass sie es mit früheren, hochgradig aggressiven Nazis zu tun hatten. Und sie sollten nicht *fraternisieren*. Wieder einer der Schlüsselbegriffe.

Dick hatte es ihm erklärt. *Fraternisieren, Kommandant, Kontakt*, darum drehte sich alles. Und: *VD, veneral diseases*, Geschlechtskrankheiten. Nur: Wie sollte man mit Unsichtbaren fraternisieren? Ein paar Stunden später hatte der Soldat immer noch keinen früheren Nazi gesehen und schon gar nicht jemanden, mit dem man Kontakt haben konnte. Stattdessen waren sie wieder und wieder zum Stubendienst und zum Wachdienst eingeteilt worden. Dann endlich erhielten sie ihre Einsatzbefehle. Ganz schmucklos hingen sie am Schwarzen Brett. Ihre Zukunft war eine Notiz in der Kommandantur.

Dick jubelte, der Junge schämte sich: Der Sergeant hatte nicht geblufft, er wurde tatsächlich zu einer Art Sekretärin degradiert, jedenfalls sah er den Dienst in der Schreibstube so, zu dem sie ihn bestimmt hatten. Dick hingegen sollte sich um ein Kino kümmern, das unweit des amerikanischen Hauptquartiers lag und nur für Angehörige der alliierten

Streitkräfte bestimmt war. Manager eines Kinos! Dick strahlte. Und begann sogleich Pläne zu schmieden. Der Junge staunte. Dass sie achtzehn Stunden unterwegs gewesen waren, sah man Dick nicht an. Seine Augen glänzten, seine glatte Haut schimmerte rosig, und die Uniform saß perfekt. Dick würde überall eine gute Figur machen.

Achtzehn Stunden Reisezeit waren für die besiegten Deutschen ein Klacks. Ein Kinderspiel. Wenn man an Kinderspiele gedacht hätte. Eine Fahrt von Berlin nach Hannover konnte so lange dauern. Achtzehn Stunden. Wenn alles gutging. Wenn man die Papiere zusammenbrachte. Aber es waren nicht die zermürbenden Umstände solcher Abenteuer, die bei Irmgard und ihren Töchtern zu einer klaren Aufgabenverteilung geführt hatten: Renate reiste und organisierte, Riccarda hielt sich in der Umgebung und schaffte, was dort zu schaffen war – nein, Riccarda weigerte sich *seit dem Vorfall*, Zug zu fahren, und während Irmgard sonst keinerlei Widerstand duldete, war sie hier nachgiebig gewesen, überraschend nachgiebig.

Renate hatte nie nachgefragt, was während jener bestimmten Reise geschehen war, die Riccarda gemacht hatte. Sie hatte auch nie danach gefragt, was der Russe mit ihrer Schwester gemacht hatte, nachdem er sie ins Elternschlafzimmer gezerrt hatte, während sie selbst im Mädchenzimmer drankam. *Sie waren dran gewesen, beide*. So hatten sie es genannt. Und hatten mehrmals versucht, darüber zu reden, und hatten beide geschwiegen nach dem ersten Satz. Und waren zu Tode erschrocken, aber auf eine verrückte Weise auch irgendwie erleichtert, als die Russen wiederkamen: Sie waren benutzt worden, aber nicht weggeworfen. Jedenfalls redeten sie sich das ein und horteten achselzuckend die Geschenke, sinnloses Zeug, aus verlassenen Wohnungen geholt.

Mit den Russen hatte sich das Schweigen wie ein Keil zwischen die Schwestern geschoben, sie kamen nicht mehr über das Schweigen hinweg, und Irmgard, die Mutter, hatte nicht helfen können, denn sie war ja die Ursache dieses Schweigens gewesen. Die Mutter, nicht die Russen. Die Mutter hatte einen Pakt gebrochen, den letzten, der noch galt: Die Mutter hatte sich nicht wie eine Mutter verhalten. Sie hatte das Muttersein aufgekündigt, und das war das Ende gewesen. Das Ende aller Regeln. Die Widerlegung alles bisher erfahrenen. Das hatten die Mädchen begriffen und sich seitdem auch so verhalten: Überleben. Raffen. Beschaffen. Rücksichtslos sein. Nicht zurückschauen und nicht nachdenken. Darin befeuerten sie sich sogar. Verhielten sich wie Komplizinnen. Bekamen Übung. Tauschten die ersten beiden Russen gegen andere, vielversprechendere aus. Bekamen einen Blick für die Offiziere. Nahmen Geschenke nicht nur, verlangten sie vielmehr. Wurden kälter. Wurden erwachsen.

Das hatte so funktioniert bis zu Riccardas seltsamer Reise. Es hatte nach Bielefeld gehen sollen, zur Tante, die auf unerklärliche Weise an größere Vorräte von Zucker, Grieß und sogar Kaffee gekommen war und den notleidenden Verwandten in Berlin etwas abgeben wollte. Ein ungeheurer Schatz, wenn man ansonsten von Brennesselsuppe und Gerstenkaffee lebte. Riccarda wurde dazu bestimmt, die Sachen abzuholen. Vier Wochen dauerte es, dann waren Interzonenpass, Zulassungsschein und Fahrkarte organisiert. Die Reise sollte über Hannover gehen, und Riccarda bestieg an einem regnerischen Oktobertag den Interzonenzug. Auf der Hinfahrt ging alles gut. Der Zug, eingesetzt von den britischen Besatzern, war beleuchtet, in den Abteilen schützte Fensterglas vor der Kälte. Was machte es, sechs Stunden zwischen anderen Reisenden eingepfercht zu stehen, ihren warmen, feuchten Dunst im Nacken, in der Nase den Geruch nach kalter Brühe, nach ungewaschenen Menschen, nach Zwiebeln? Einmal kämpfte sich Riccarda zur Toilette durch – da kauerten sie zu viert. Nach dem Umsteigen in Hannover am späten Nachmittag wieder sechs Stunden, diesmal unbeleuchtet. Die Menschen drängten, schoben, ächzten, aber keiner sagte etwas, alle blieben stumm, als hätten sie keine Kraft zu verschwenden. Riccarda dachte sorgenvoll an die Waren, die sie abzuholen hatte. Wie sollte man die in dieser Enge transportieren? Wie die kostbaren Güter sichern? Der alte Koffer, der ihr schmerzhaft gegen die Schienbeine drückte, bestand aus mehr Pappe als Leder, er konnte jeden Augenblick auseinanderfallen. Für einen Augenblick erinnerte sich Riccarda an ihre Mutter und wurde zornig: Wie immer hatte sich Irmgard auf das Glück ihrer Töchter verlassen. Das wird schon! Stell dich mal nicht so an – fährst ja auf keine Modenschau! Und diese Klapse, diese aufmunternden Klapse. Seit *der Sache mit den Russen* ließ sich Riccarda von der Mutter nicht anfassen, aber die Klapse kamen überraschend, überfallartig.

Die Tante, im Reisen erfahrener als die Berliner Verwandtschaft, hatte vorgesorgt. In einen alten Armeemantel hatte sie eine Unzahl von Taschen eingenäht, die sogar mit Knöpfen zu schließen waren, dazu gab es einen stabilen Rucksack – und für die Rückreise noch ein wenig Proviant in einer ledernen Brottasche. Riccarda kam sich vor wie eine Königin, wie eine dieser dicken, schwarzen Stammesfürstinnen, die sie in den Bildbänden des Vaters gesehen hatte über Deutsch-Südwest und Schwarzafrika. Da hatte er immer hingewollt, ihr Vater, als Musiker, als Mitglied einer stolzen preußischen Militärkapelle hatte er sich gesehen – und nun dämmerte er in einer Kellerwohnung zwei Straßen entfernt, trank mit seinem Bruder, was immer sie an Fusel erwischen konnten, und verstand die Welt nicht mehr. Manchmal hielt er die Hände vor den Mund, als spielte er Trompete, und es gab nicht wenige, die hielten ihn für verrückt. An Musik zu denken war sowieso verrückt. In dieser Zeit! Riccarda schüttelte die trüben Gedanken ab.

Auf dem Rückweg nach Hannover hatte der Zug Verspätung, und, damit nicht genug, hielt er unterwegs noch auf freier Strecke, kein Mensch wusste, warum. Auf dem Umsteigebahnhof war der Armeezug längst weg. Inzwischen ging es auf Mitternacht zu. Immerhin konnte sie jetzt das Brot essen, das ihr die Tante eingepackt hatte. Im Zug war nicht daran zu denken gewesen. Sie suchte sich einen versteckten Winkel hinter einer Säule und stopfte sich das Brot so hastig in den Mund, als täte sie etwas Verbotenes. Das hatten sie sich alle angewöhnt. Sicher war das Brot nur im eigenen Magen. Danach schob sich Riccarda unschlüssig durch die Halle, wie in Zeitlupe mit ihrem Gepäck, das vorn und hinten gleichzeitig an ihr zog, die Schritte schwer machte. Ihre Hände waren eiskalt. In den Einschubtaschen des Mantels hatte die Tante noch je eine Dose Corned Beef untergebracht und die Taschen dann sorgfältig zugenäht: Kommste nicht in Versuchung – und andere auch nicht! Riccarda rieb die Hände heftig gegeneinander, aber es tat nur weh. Mit dem Gewicht auf dem Rücken konnte sie nicht schneller gehen, um sich zu wärmen.

Bald konnte sie an nichts anderes mehr denken als an die Kälte. Eine Frau bot ihr einen Handschuh an – *einen* für fünfzehn Mark. Riccarda pölkte das Geld aus dem linken Schuh, handelte, zahlte, hatte nun einen Handschuh aus roter Wolle mit einem eingestrickten weißen Stern. Sogar sauber war er. Riccarda zog den Fäustling an. Er war so weit, dass sie beide Hände darin bergen konnte, zusammengelegt, vor dem Bauch. Nun sah es aus, als ob sie betete. Vielleicht sollte sie beten? Aber sie brachte nicht einmal mehr das Vaterunser zusammen. Was war schon ein Vater? Sie sah den elenden Mann in der Wohnküche vor sich, der die Hände vor dem Mund zu einer Tüte geformt hatte. Vater unser!

In der Bierstube bestellte sie einen Tee. Man lachte sie aus. Brühe konnte sie haben oder ein Bier. Die Brühe roch nach Abwaschwasser, also bestellte Riccarda Bier. Das Bier schmeckte metallisch und biss in den Magen und machte noch müder. Riccarda stützte beide Ellenbogen auf den Tresen. Den Rucksack setzte sie nicht ab, sicherte den Koffer zwischen ihren Beinen. Die Wirtin schaute missbilligend, wies ihr aber schließlich den Weg zum Rotkreuzbunker – da können Se schlafen! Und zusammen mit hunderten anderen schob sich Riccarda die Treppe hinab. Weiße Marken für diejenigen, die nur ein wenig ausruhen und sitzen wollten, gelbe für die, die schlafen wollten: Fünfzig Pfennige, Fräulein! Und die Papiere, bitte!

Der Männerschlafsaal roch schlimmer als ein Viehstall, und das Vieh, das hier zusammengepfercht Ruhe suchte, brüllte und schnaubte im Dämmer. Riccarda machte, dass sie weiterkam. Frauenschlafsaal, fünfte Reihe, dritter Abschnitt, zweite Etage. Riccarda schob erst ihren Rucksack und den schweren Mantel nach oben, dann kletterte sie hinauf, zog die feuchten Schuhe aus und versuchte, alles um sich herum so zurechtzurücken, dass sie schlafen konnte. Gib Ruhe!, zischte eine aus dem Dunkel, und Riccarda hielt ärgerlich inne. Wie sollte sie …?

Aber nicht sie war gemeint, sondern eine unter ihr. Eine, die anhaltend greinte und weinte, die versuchte, dieses Weinen zu unterdrücken, so dass es wenige Augenblicke später umso heftiger wieder hervorbrach, als krampfhaftes Schlucken und Schluchzen. Riccarda hielt es nicht lange aus. An Schlaf war nicht zu denken. Sie beugte sich über den Rand ihres Strohlagers hinunter zu der Weinenden und fragte: Was ist denn los? Gar nicht freundlich fragte sie, aber die Frau hob den Kopf, schaute in die Richtung der Fragenden und Riccarda konnte ein helles Gesicht erkennen, mit schmutzigen Schlieren darin und glitzerndem Rotz. Und noch etwas anderes: Blut. Blut an der Nase und am Kinn. Die Frau bewegte sich, und ein furchtbarer Gestank stieg von ihr auf. Instinktiv wandte Riccarda den Kopf ab. – An der Grenze ... Die Frau stöhnte. – Schau mich an ... Sie warf sich wieder zur Seite. Wieder dieses Stöhnen.

Riccarda wusste nicht, was sie tun sollte. Die Frau brauchte Verbandszeug, etwas, das das Blut stillen würde. – Vergewaltigt. Sagte die fremde Frau plötzlich leise, aber klar und deutlich. Sieben mal. Sieben Männer. Sieben ... Sie begann wieder zu schluchzen, umfing in ihrem Schmerz mit den Armen die Knie, als könnte sie sich an sich selber festhalten oder als müsste sie sich zusammenhalten, damit sie nicht auseinanderfiel. Fest hielt die fremde Frau ihre gebeugten Beine, und wie sie so jammerte und klagte, kam sie fast ein wenig ins Schaukeln, sosehr es die enge Bettstatt eben zuließ – das Schaukeln eines ungetrösteten Kindes. Das Metall der Stockbetten quietschte, Riccarda kam es so vor, als finge es sogar an, ein wenig zu schwanken, als die Bewegungen der Frau heftiger wurden: O nein, o nein ... sieben waren es ... Und immer wieder das Schreckenswort: vergewaltigt ...

Nebenan beschwerten sie sich mittlerweile. Riccarda kletterte zu der Verletzten hinunter. Aber die, die sie eben noch zum Schauen aufgefordert hatte, wandte sich nun schamvoll ab. Riccardas Augen waren längst an das Dunkel gewöhnt. Auf dem Stroh war Blut und auch auf dem Mantel der Frau. Und ein Geruch, der in Riccardas Erinnerung etwas weckte, etwas, das sie auf keinen Fall anschauen konnte, etwas, das sie nicht ertragen würde, etwas, das sie in Panik versetzte, ihr das Bier aus dem Magen zurück in die Kehle presste und mit dem Bier und dem hastig verschlungenen Brot etwas anderes, Galliges …

Riccarda floh. Sie floh vor der Frau, und sie floh vor der eigenen Erinnerung.

Sie sah sich und Renate in der Küche stehen, weinend, vor sich eine Schüssel mit Wasser. Sie sah, wie sie sich zu waschen versucht hatten. Wie rot Renates Haut gewesen war, wie dunkel sich Striemen abzeichneten. Wie sie geschrubbt hatten und gebürstet. Unbarmherzig. Voller Abscheu. Immer und immer wieder. Wie sie gezittert hatten. Wie geweint. Wie sie sich nicht hatten anschauen können und doch schauten. Kleine Schwester! Große Schwester! Nie würde sie Renate anschauen können, ohne daran zu denken. Und sich selbst auch nicht.

Riccarda floh. Sie raffte ihren Mantel und den Rucksack zusammen und presste sich an den anderen, den Neuankömmlingen vorbei, die unwillig murrten und was soll denn das! riefen, vorbei am Eingang mit der Kontrolle, hinauf, die enge Bunkertreppe hinauf – ins Freie, in die Kälte. Sie lief zurück in die Bahnhofshalle, lehnte sich an einen Pfeiler, ihr Herz hämmerte, das Gesicht zuckte. Es kamen die Bilder, es kamen die Erinnerungen an jene erste Nacht mit den Russen, eine Nacht, die nicht enden wollte, eine Nacht, angefüllt mit Ekel und vergeblicher Gegenwehr und so etwas wie Wodka, den sie erbrechen musste, und dann etwas anderem, das sie auch erbrach, und es hatte so gerochen wie eben im Lager der Frauen, es würde immer so riechen, nie würde dieser Gestank sie verlassen und auch die Verzweiflung nicht.

Sie kauerte die ganze Nacht auf dem schmutzigen Boden, die Hände gegen den Kopf gepresst, und wartete auf die Tränen.

Irgendwie überstand sie dieses Hannover bei fünfzehn Grad unter Null, in einer Bahnhofshalle voller Verlorener. Irgendwie kehrte sie heim, die Schätze der Tante unversehrt am Leibe und auf dem Rücken. Aber Zugfahren, reisen wollte Riccarda nicht mehr.

Das Kind ist komisch, sagte Irmgard. Dabei hat sie die arme Person doch gar nicht im Zuge getroffen! Sondern im Notquartier. Verstehe einer dieses Mädchen! Irmgards Stimme klang schrill. Irmgards Stimme klirrte. Irmgards Schimpfen sollte die Erinnerung übertönen. Irmgard bestand darauf, dass es weiterginge. Es musste weitergehen, irgendwie. Aber hier konnte sie sich nicht durchsetzen: Renate, die Ältere, reiste und raffte. Riccarda reiste nicht mit. Sie organisierte, schaffte an, das schon. Und Irmgard hielt alles zusammen: zwang die Einquartierten, ihr Scherflein beizutragen, hielt alle zur Arbeitssuche an, räumte selber Trümmer, war bei hunderten anderer Frauen, die eine Maschinenfabrik demontierten, verlud Eisenteile. Verachtete die Alliierten, vor allem die sechstausend Amerikaner, diese Wohlstandssoldaten, die lachten und Scherze trieben und überhaupt keine Haltung hatten – verachtete aber noch mehr die eigenen Männer, die herumhockten wie die verhungerten Dohlen auf dem kaputten Dach der Pauluskirche.

Nur, dass die Dohlen noch keckerten und sich regten. Die heimgekehrten Männer regten sich nicht. Ließen sich hin und her schieben und ausquartieren, aussortieren vom Leben. Dass es einen Mann gab, ihren Mann, Siegfried, nur ein paar Straßen weiter, daran dachte Irmgard nur sehr gelegentlich. Und dann mit diesem ganz bestimmten Achselzucken, dem Erkennungszeichen der Nachkriegszeit.

Ihre ersten Erkundungsgänge kamen den Soldaten wie Ausflüge vor. Die Kälte fraß sich selbst durch ihre dicken Mäntel, die Stiefel wollten jeden Tag gewachst und poliert sein. Auch das half. Ebenso, wie das Unterzeug doppelt überzuziehen.

Einmal kamen sie bei einer Nähmaschinenfabrik vorbei. Stillgelegt, natürlich, oder aufgegeben. Aber die Halle selbst war intakt, und als sie die Treppe in die Fertigungssäle hinabstiegen, bot sich ihnen ein verrücktes Bild: Die Nähmaschinen waren vom Boden auf die Zuschneidetische gestellt worden, so, als sollten Riesen daran arbeiten. Und der gesamte, gut hundert Quadratmeter große Saal war eine einzige spiegelnde Eisfläche – aus der nur hier und dort ein Stuhlbein, eine große Garnspule, eine Bank, die Spitze einer Schere herausragte. Irgendwann in diesem schier endlosen Winter hatte plötzlich Tauwetter eingesetzt. Ein Temperaturanstieg von fünfundzwanzig Grad innerhalb eines Tages! Rasend schnell schmolzen Schnee und Eis, kamen ins Rutschen, kamen ins Fließen – und die Wassermassen ergossen sich auch in die tiefliegende Näherei. Hastig brachten die Arbeiterinnen die Maschinen in Sicherheit, dann flohen sie vor dem Wasser – und binnen Stunden fiel das Thermometer wieder, gefror das Wasser und schloss alles ein, was in der Näherei stand. Nun galt es zu warten, bis wieder Tauwetter einsetzte.

Es gab viele solcher bizarren Bilder, manche Orte wirkten wie eine Kinokulisse, die Bauten hergerichtet von skurrilen und ein wenig morbiden Filmarchitekten. Die Soldaten lachten über die Näherei *on the rocks* und machten Fotos, aber es gab auch andere Orte.

Man hatte ihnen den Flughafen Tempelhof gezeigt, den *Zentralflughafen*, mitten in der Stadt gelegen. Sein Hauptgebäude umspannte das Rollfeld mit weiten Schwingen auf einer Länge von über einem Kilometer. Wenn man auf den Flughafen zuging, öffneten sich andere Gebäude wie Spangen. Alles war hier zentral ausgerichtet, auf eine Mitte hin, alles war großartig, imposant, war kalter Marmor und Stahl und erdrückend. Der Bau verfehlte seine Wirkung nicht: Aus den unbefangen plappernden GIs wurden eingeschüchterte

Besucher, kaum, dass sie die gigantische Eingangshalle betreten hatten. Die Decke der Halle in unendlicher Höhe über ihnen, die zweiundzwanzig Säulen verschwanden darin.

Der Flughafen war niemals ganz fertiggestellt worden und sollte vielleicht auch nicht fertig werden. Zumindest hatte *der Führer*, während man das Werk seines Architekten allgemein bestaunte, längst andere Pläne für einen weiteren, noch größeren Flughafen außerhalb Berlins, während Tempelhof eine ganz andere Rolle zugewiesen bekommen hätte: Als Vergnügungspark konnte sich Hitler das Mammutbauwerk durchaus vorstellen. Der zukünftige Vergnügungspark indessen war keineswegs provisorisch gebaut, alles war auf lange Sicht geplant und für den Krisenfall, den Kriegsfall gerüstet. So verfügte Tempelhof über ein raffiniertes Bunkersystem und eine ausgeklügelte Versorgung, die den Flughafen nahezu autark machte: eine eigene Wasserversorgung, Strom – und fast fünf Kilometer unterirdisch verlaufender Versorgungsschächte, die auf gewundenen Wegen unter dem weitläufigen Gelände bis in die umliegenden Stadtteile liefen.

Die Kellergeschosse des Flughafens waren für die nicht Eingeweihten ein Labyrinth, ein Unkundiger konnte hier auf Nimmerwiedersehen verschwinden, und bei der Besichtigung ließ der Sergeant seine wohlig schaudernde Gruppe immer wieder durchzählen. Sie sahen die Heizungsräume. Sie öffneten Drahttüren. Sie tasteten sich durch dunkle Flure und stiegen durch gewaltige Treppenhäuser. Doppelte Türen. Blinde Gänge. Sie schwitzten. Sie staunten, als sie die herausgesprengte Tür zum Bunker passierten. Hier war ein geheimnisvolles Archiv der Nazis gewesen, erklärte man ihnen, ein Filmarchiv. Aber nichts als schwarz verbrannte Wände und verbogene Eisenregale wiesen auf das offenbar wertvolle, hier gelagerte Gut hin: Beim Einmarsch der Russen war alles verbrannt, ob durch die Sprengung der Tür oder durch ein diabolisches Sicherungssystem der Nazis, war nicht mehr herauszufinden. Alles Zelluloid war verbrannt. Stumm gingen die Soldaten durch die finsteren Kellerräume. Sie bestaunten die Filter, die Klimaanlage, die Belüftung. Alles voller Ruß und Asche. Sie ritzten ihre Namen in die Decke, als der Sergeant nicht hinsah. Sie waren Touristen des Schreckens, aber der Schrecken blieb und war größer als alles, was sie sich bisher vorstellen konnten.

Der Junge merkte, dass diese Bilder sich von allem unterschieden, was er bisher in seinem Leben gesehen hatte. Er merkte, dass sich etwas in seinem Inneren veränderte, etwas, über das er keine Kontrolle hatte. Schlimmer noch und chaotischer als das, was man ihnen zeigte, waren die Bilder im Kopf, die sich nachts ineinanderschoben wie die verkanteten Teile eines Puzzles, die nicht zusammenpassten. Er wusste nicht, wovor er sich mehr fürchtete – davor, schlaflos zu liegen und all das Gesehene wieder und wieder Revue passieren zu lassen oder einzuschlafen und sich dieser Bilderflut im Traum auszusetzen, der er ohnmächtig ausgeliefert war.

Eines Nachts, als er wieder einmal vergeblich Schlaf suchte, hörte er plötzlich – Musik. Das war kein Kamerad, der es nicht lassen konnte, noch zu dieser Stunde den Armysender AFRS zu hören. Nein, das hier war echte, live gespielte Musik! Sie brach ab, setzte von neuem ein, offensichtlich wurde dieselbe Stelle wieder und wieder geübt. Der Junge setzte sich mit einem Ruck auf seiner Pritsche auf. Leise zog er sich im Dunklen an, schlich sich aus dem Schlafsaal und ging der Musik nach. Sie kam aus dem Nebengebäude, wo der Festsaal mit der großen Bühne war. Hier fanden gelegentlich Bankette statt, hier versammelten sich die Männer, wenn ein ranghoher Besucher zu ihnen sprechen sollte.

Es war alles dunkel in dem riesigen Raum – dunkel bis auf

die hell erleuchtete Bühne. Da standen sie, in vier Reihen gestaffelt, die sechsundfünfzig Mitglieder der 298th Army Band und spielten O *When The Saints*. Der Soldat musste lachen, ein Gospelsong in dieser Stadt der Toten – und noch dazu wie zu seiner Begrüßung gewählt. Er nahm es als gutes Zeichen. Noch nie hatte er irgendwo vorgespielt. Aber in dieser Nacht tat er es. Er ging nach vorn, machte sich bemerkbar, spielte auf dem Instrument irgendeines älteren Trompeters, und die sechsundfünfzig hörten aufmerksam zu, die Instrumente auf dem Schoß, als sollten die ebenfalls zuhören.

Sie hatten ihm ihre Noten angeboten – neben Gospel natürlich Märsche, aber der Soldat hatte sich schon aufgebaut, prüfte die Ventile, setzte die Trompete einige Male an, schloss die Augen und spielte einfach drauflos. Er spielte, was ihm in den Sinn kam, und im Sinn hatte er meistens Dinge, die sehr weit weg oder unerreichbar waren. Also spielte er zunächst einmal *Summertime* von George Gershwin und dann *You Made Me Love You*. Zwischendurch riskierte er einen Blick auf die Männer, die alle so viel älter waren als er. Sie beobachteten ihn mit einer ähnlichen Aufmerksamkeit wie seine Eltern daheim, wenn er spielte und sie sich gerade nicht zerfleischten.

Manchmal hatten Mum und Dad an solchen glücklichen Tagen im Türrahmen gelehnt, einträchtig wie sonst nie, und hatten ihm zugehört, und ähnlich liebevoll, so schien es ihm, ruhten nun die Blicke dieser sechsundfünfzig Fremden auf ihm – sechsundfünfzig Väter und Mütter. Dem Jungen kamen die Tränen, die Sechsundfünfzig verschwammen vor seinen Augen und das machte, dass er nun mit der Musik allein war, allein in einem seltsam flirrenden, gläsernen Raum, und für eine kleine Weile spielte er, was noch keiner kannte, was er selbst fand in diesem wässrigen, durchsichtigen Raum. Dann klärte sich sein Blick wieder, und er kehrte zurück zu Bekanntem. Er dachte an all die alten Songs. Er dachte an seine

Kindheit, die plötzlich so weit weg erschien. Er dachte daran, wie er zu Hause in Oklahoma Radio gehört hatte: Margret Whiting mit ihrem verführerischen *That Old Black Magic* und das Trompetensolo von Harry James aus dem *Two O'Clock Rock* und wie er versucht hatte, mit den Songs mitzuspielen. Wie er versucht hatte, Mum und Dad nach oben zu locken in sein Zimmer, mit Tönen, die immer noch weicher und noch sanfter klangen als die, die er gestern beherrscht hatte und vorgestern.

Die Trompete vibrierte auf seinen Lippen. Die Trompete verschmolz mit seinen Lippen. Dann war der Song zu Ende. Um ihn herum Applaus und Schulterklopfen und: Willkommen, Kleiner!, sagte einer. Sagten dann alle und wunderten sich, dass ein so junger Kerl solche alten Klamotten spielte: Harry James' Songs waren um 1915 herausgekommen, vor gut dreißig Jahren. Glückwunsch!, sagte einer hinter ihm. Das war der Bandleader. Der dachte: In all den Jahren habe ich noch kein solches Talent erlebt. Aber auch keinen naiveren Provinzler! Das sagte er natürlich nicht. Sondern gab dem Neuen gleich das Notenbuch der Band mit, damit er sich einspielen und üben könnte.

Üben? Davon verstand der Junge nichts. Früh schon hatte er es aufgegeben, zu seinen Musikstunden zu gehen; er hatte nicht eingesehen, wozu er all die unterschiedlichen Schnörkel und Striche und umgedrehten Buchstaben auswendig lernen sollte – wenn er doch jede Melodie nachspielen konnte, wenn er sie ein- oder zweimal gehört hatte. Er besaß die Ohren einer Fledermaus und das Gedächtnis eines Elefanten. Was er einmal gehört hatte, vergaß er nicht wieder. Er improvisierte. Er hörte zu. Er mogelte sich durch. Und so hielt er es auch hier. Und das Verrückte war, dass ausgerechnet er, das Greenhorn, der Zuletztgekommene, der das letzte freie Pult der Trompeter ergatterte, die vier anderen bald an die Wand spielte. Und die Posaunisten und Saxofonisten genauso. Dabei lag ihm gar nicht daran. Im Gegenteil: Er langweilte sich, wenn es um die Wette ging. Gewinnen war ihm gleichgültig. Und auch die anfängliche Begeisterung für die Band legte sich bald. Es war alles so einfach. Es war alles vorhersehbar. Und: Es war ja nicht einmal recht ersichtlich, wozu diese Band überhaupt gut war!

Ihre vornehmste Aufgabe bestand darin, Staatsgäste am Flughafen Tempelhof zu begrüßen, die Senatoren und Abgeordneten musikalisch in Empfang zu nehmen. Nur waren die meisten dieser Staatsgäste so beschäftigt, dass sie die Band überhaupt nicht bemerkten oder höchstens einen flüchtigen Blick auf sie warfen. Und dafür hatten sie sich anderthalb Stunden vom Hauptquartier nach Tempelhof durch die Kälte chauffieren lassen, auf offenen Armeelastwagen, die erbärmlich schaukelten und kein bisschen Schutz vor dem Frost boten, so dass der Junge jedes Mal eine schreckliche Angst um seine Trompete ausstand.

Manchmal war es so kalt, dass sie gar nicht spielen konnten. Dann hatten sie vergeblich ausgeharrt, Stunde um Stunde, siebenundfünfzig Musiker ordentlich angetreten, in Galauniform, die Mäntel darüber, die sie erst im letzten Augenblick ablegen würden, bis zu den Knöcheln im Schnee, nur damit der Sergeant dem Protokollchef irgendwann Meldung machte: Musik fällt aus, Ventile eingefroren! Und wieder zurück durch die Kälte, an den feixenden Soldaten aus anderen Einheiten vorbei, die die ganze Musikabteilung irgendwie weibisch fanden.

Wenn sie aber mal angefangen hatten zu spielen, mussten sie auf jeden Fall weitermachen. Es war nicht möglich, die Instrumente abzusetzen. Auch in den Pausen behielt der Soldat sein Mundstück zwischen den Lippen – er hätte es sonst nicht mehr berühren können vor Kälte. Wenn Musiker anreisten, war es natürlich etwas anderes: Sammy Davis junior, Bing Crosby – alles, was Rang und Namen hatte, wollte der US Army in Berlin zeigen, dass sie zu Hause nicht vergessen waren – und sich bei dieser Gelegenheit vielleicht auch der eigenen Regierung in Erinnerung bringen. Einmal war sogar Ella Fitzgerald gekommen, und der Junge war wütend geworden, weil man ihnen den Besuch der berühmten Sängerin, wie so oft, erst auf dem Weg zum Flughafen mitgeteilt hatte. Sicherheitsgründe! Wie sollten sie jetzt, in der kurzen Zeit … Aber nein, Programm wie immer, *Sousa Marches* und ein, zwei Standards, und es herrschte eine wahre Hundekälte, so dass der Junge schon fürchtete, sie würden wieder nach Hause geschickt, weil das Flugzeug aus den USA, das mit zwei Zwischenstopps in Labrador und auf Island einen sensationell direkten Weg nach Europa nahm, es gar nicht nach Tempelhof schaffte.

Zitternd vor Kälte und Erwartung trat er von einem Bein aufs andere. Aber die Douglas DC 6 landete mit nur einer Stunde Verspätung, rollte aus, sie begannen zu spielen, und auf der rasch herbeigeschobenen Gangway zeigten sich die Honoratioren, die Berlin die Ehre erweisen wollten: ein paar Senatoren, die keiner kannte – und sie, die alle nur Ella nannten, im Leopardenmantel. Dann stand die Delegation auf dem Rollfeld, kleine Spielpause für die Armyband, denn nun wurden Begrüßungsworte gesprochen, und *sie*, offenbar gelangweilt, schaute zu ihnen herüber und sah sie stehen, die jungen Soldaten, die Bläser mit den Mundstücken ihrer Instrumente stumm zwischen den Lippen, wie riesige Babys mit metallenen Schnullern. Lächerlich kam er sich vor, hilflos.

Aber dann geschah es: Sie sah – ihn. Ella stöckelte vom roten Teppich durch den Schnee ein paar Schritte auf ihn zu, und dem Jungen wurde plötzlich heiß in seiner Galauniform, durch die der Berliner Wind pfiff, er wusste nicht, was er tun sollte – da erhielten sie das Zeichen, weiterzuspielen, und *sie* blieb stehen. Nicht einmal erschrocken, eher respektvoll. Und dann stöckelte sie ebenso langsam zurück zu ihrer Delegation und applaudierte, als die Musiker geendet hatten.

Später erzählte der Junge, sie habe ihm die Hand geschüttelt, manchmal, wenn er sehr sentimental und sehr betrunken war, sagte er, sie habe ihm über den Kopf gestreichelt, aber das konnten die anderen nicht bestätigen, und Dick, der sich die Geschichte öfters anhören musste, lachte und sagte: Ich wette, du wolltest, dass sie dir etwas ganz anderes streichelt, Kleiner!

Der Wind war das Erste, was sich änderte. Er verlor seine Härte und Schärfe. Eines Tages pfiff er nicht mehr über die Trümmergrundstücke, sein Heulen weckte nicht mehr die erschöpften Menschen in den halb zerstörten Wohnungen. Ganz plötzlich war es still. Und als Riccarda an diesem Morgen aus dem Haus trat, müde, ungewaschen, sich selbst zwingend, wieder ihre Besorgungen zu machen, zwei Stunden für ein Brot, drei für Kartoffeln, irgendetwas Nützliches finden zwischen Alexanderplatz und Reichstagsruine, da hielt sie überrascht inne. Es war ruhig, sehr ruhig. Und doch hörte man etwas – die Stadt. Die Stadt atmete wieder. Und in dieses städtische Atmen hinein hörte sie – eine Amsel. Die Amsel war nicht zu sehen. Sie mochte sich zwischen den Trümmern auf dem Hinterhof versteckt haben, der mickrige Baum war längst gefällt, und Büsche und Sträucher hatte die Kälte vernichtet – aber die Amsel pfiff. Sie sang, sie tirillierte, als gäbe es für einen Berliner Vogel im März 1947 nichts Besseres zu tun. Irmgard sog die Luft ein. Die Luft war warm. Das Eis begann zu schmelzen. Und in der Stille mit den Amselliedschleifen darin hörte man allmählich ein Tropfen, ein Rinnen, ein Glucksen und Laufen – die ganze Stadt schmolz, die Stadt floss, die Stadt rann, und die Menschen rannten. Die

Menschen kamen in Bewegung. Überall krochen sie aus den Häusern und improvisierten Behausungen, aus den Kellerlöchern kletterten sie und schälten sich aus den Laubenkolonien und blinzelten in die Sonne. Das war der Tag, an dem Riccarda den Jungen gesehen hatte. Oder umgekehrt. Das war das erste Mal, sagte der Junge in seiner romantischen Art, wenn er darüber sprach. – An dem Tag hab ich ihn mir ausgesucht, behauptete Riccarda etwas weniger romantisch. Romantik war etwas für Sieger.

Für sie war es ein beinahe normaler Tag gewesen, kein besonders guter noch dazu. Der französische Offizier, dem sie für ein paar Monate Seife, Zigaretten und Cognac zu verdanken hatten, war in die Heimat zurückversetzt worden, und plötzlich standen sie ohne da. Ohne Cognac und ohne Beschützer. Ohne einen alliierten Versorger. Der sie zwar gelegentlich spüren ließ, dass sie die Deutschen, die Bösen, die Kriegstreiber und nun die Verlierer waren, aber das kümmerte sie nicht weiter, solange der Rest stimmte.

Und der Rest war in Ordnung. Der Offizier war ein gebildeter Mann, der ihr sogar einmal Theaterkarten besorgt hatte, in pädagogischer Absicht offenbar, und so hatten sich Riccarda und Renate gelangweilt, als sie im Hebbel-Theater ein Stück von Thornton Wilder anschauten: *Wir sind noch einmal davongekommen*, die Geschichte einer sonderbaren Urfamilie, die alles übersteht, Eiszeit, Sintflut und Weltkrieg, freilich nichts daraus lernt und so dazu verurteilt ist, das Ganze immer wieder zu wiederholen. So etwas kannten sie. Das war ihre eigene Wirklichkeit. Dafür brauchten sie keine teuren Theaterkarten.

Wenn die beiden Schwestern ausgingen, dann wollten sie sich amüsieren, sie wollten vergessen. Die Schwestern hätten sich ein Musical ausgesucht oder eine Operette. Stundenlang und vergeblich hatten sie einmal vor dem Kino Schlange gestanden, um Charlie Chaplin zu sehen. Lachen wollten sie, ja, lachen – und gern auch dafür bezahlen. Der Offizier war ein wenig ungehalten, als ihm Riccarda nicht viel von dem Stück erzählen konnte, in das er sie geschickt hatte. – Hättest ja mitgehen können, sagte sie patzig, und der Offizier schaute sie so erstaunt an, als hätte sie ihm vorgeschlagen, die Kommandantur zu überfallen. Nie ließ er sich mit ihr blicken, das hätte ihm geschadet, die Regeln der französischen Armee waren streng. Und nun war Jean fort, zurück zu Frau und Kindern, und so rigoros hatte er auf sie Acht gegeben, dass sie keine Gelegenheit gefunden hatte, sich rechtzeitig um einen Nachfolger zu kümmern. Die Übergangszeiten waren das Problem.

Und dann war da dieser Lastwagen-Konvoi gewesen, mit den immer wie frisch gewaschen aussehenden Amerikanern. Anders als ihre Mutter mochte Riccarda die Amerikaner. Sie waren gut gelaunt. Sie nahmen es nicht so genau mit dem Marschieren und Grüßen. Gelegentlich sah man sie mit den Kindern spielen. An der Ecke Kolonnen-/Kaiser-Wilhelm-Strasse musste der Konvoi langsam fahren, und da machte sich Riccarda an ihrem Strumpf zu schaffen, ließ die Männer aber nicht aus den Augen. Und dabei trafen sich Riccardas Blicke und die des Jungen. Ein schöner Junge, ganz gewiss! Aber sicher noch keine zwanzig. Irgendwie slawisch, sehr klare Gesichtszüge mit hervorstehenden Wangenknochen, dunkle, alles beherrschende Augen – und eine braune Haarsträhne, die ihm ins Gesicht fiel und die er langsam zur Seite strich. Bei dem war sicher nicht viel zu holen. Ein einfacher Rekrut, kein Offizier, und viel zu jung, denkt Riccarda. Und dennoch: Es ist das erste Lächeln, das Riccarda Krampitz verschwendet. Und es ist das erste Mal, dass der amerikanische Soldat einem deutschen Mädchen nachschaut.

Von da an wartete Riccarda. Trieb sich immer wieder mal in der Gegend herum. Bereitete sich vor. Jedenfalls kam ihr das so vor. Ließ sich widerstandslos von der Mutter zum Friseur schicken. Ließ sich ein Stück Kohle mitgeben, damit der Friseur das Wasser heizen konnte. Ließ sich Seife mitgeben. Und ein Handtuch. Alles musste mitgebracht werden in diesen Tagen. Ricky hasste die Prozedur, die Stunden dauerte und nur machte, dass der Kopf kühl und leicht wurde – während man sich ansonsten jedoch umso schmutziger fühlte. Noch schwerer. Aber diesmal machte sie mit. Ließ sich schicken. Ließ sich kämmen und *richten*. Und wartete. Und auch der Junge wartete. Er war wie hypnotisiert. Lange dachte er, dass es dieses Mädchen war, das ihn so verzaubert hatte. Dabei hatte er sie kaum gesehen.

Wie war sie denn?, fragte Dick, nicht übermäßig beeindruckt, als der Junge die Szene wieder und wieder beschrieb. Aber der Junge hatte sich nur Bruchstücke gemerkt: den Rock, die löchrigen Strümpfe und sehr helle Augen. Nicht einmal an die Haare konnte er sich erinnern! Dick zuckte die Achseln, es war hoffnungslos. Wieder einmal bot er dem Jungen eine seiner sauberen amerikanischen Krankenschwestern an. Die hatte er sich regelrecht gefügig gemacht, so prahlte er, mit französischen Pornofilmen. Die beiden Mädchen in ihren Schwesterntrachten sahen nicht so aus, als ob Dick sie bestechen müsste. Beide – die eine blond wie Doris Day, die andere dunkel wie Maureen O' Hara – waren nette, ein wenig aufgedrehte Mädchen, die alles wahnsinnig aufregend fanden, vor allem diesen muskulösen Neunzehnjährigen aus Kalifornien, der auf dem Schreibtisch einen einhändigen Handstand vorführte, während er mit der freien Hand die Schublade aufzog, in der Strümpfe, Pralinen und französische Parfüms sichtbar wurden.

Der Junge war nicht interessiert. Die Fröhlichkeit der Mädchen hatte etwas Professionelles, sie knipsten ihr Lächeln so routiniert wie das Feuerzeug an, mit dem sie die Chesterfields anzündeten, die ihnen Dick in großzügigen Mengen zusteckte. Ein Wort von ihm genügte, und sie würden *die Beine breit machen*. So hieß das bei Dick.

So hatte es auch bei den Nachbarsjungen geheißen, damals, als sie von Oklahoma nach Kalifornien gezogen waren. Zuerst hatten sie in einer schäbigen Wohnung über einem Schnellrestaurant gewohnt, wo jeden Morgen der Geruch von verbranntem Kaffee und jeden Abend der Dunst von Ketchup und Fertigsaucen in ihre zwei Zimmer gedrungen war. Aber dann hatte die Mutter ein bezahlbares kleines Holzhaus gefunden, und die Familie zog wieder um, diesmal nach Glendale, einem Vorort von Los Angeles mitten im San Fernando Valley, und der frische Geruch von Orangenbäumen, Eukalyptus und das Grün der jungen Rebstöcke vertrieben den Muff und die Depression der vergangenen Jahre. Der Junge atmete auf. Er kam in der neuen Schule gut zurecht, so gut, dass er sogar eine Klasse übersprang, und er fand schnell neue Freunde, zwei Brüder aus der Nachbarschaft.

Diese beiden hatten ihm auch gezeigt, wie das funktionierte mit den Mädchen, die *die Beine breit machen*. Sie kannten ein solches Mädchen, Ennie, eine etwas zurückgebliebene, dickliche Fünfzehnjährige. Zu viert zogen sie sich in das Baumhaus zurück, das die Jungen in den Eukalyptuswald nahe der Siedlung gebaut hatten. Das Mädchen legte sich auf den Rücken und zog den Rocksaum hoch bis zum Hals. Ihr Schlüpfer war nicht sauber. Du kannst als Erster, sagte sie zu dem Jungen, der ihr am besten gefiel. Also war er der Erste. Sie zeigte ihm, wie er in sie eindringen konnte, und er war so verdutzt und überwältigt, dass er schon nach wenigen Sekunden kam. Blödmann!, sagte das Mädchen und grinste. Seine beiden

Kumpane lachten ihn aus: Schöner Held bist du! Dann lösten sie ihn ab.

Seitdem war es immer so gewesen. Sex war eine schnelle Sache, die irgendwie dazugehörte. Die Mädchen erwarteten das, die meisten jedenfalls, wenn man sich ein paar Mal mit ihnen getroffen und die komplizierten Regeln des *Dating* eingehalten hatte. Sie wehrten sich ein bisschen, aber nur zum Schein, und dann taten sie es eben – hinter irgendeinem Busch, oder besser auf dem Rücksitz eines alten Autos, wo man sich den Kopf und die Knie stieß, aber immerhin ungestört blieb. Meistens jedenfalls. Hinterher hatten es die Mädchen eilig, davonzukommen, viele waren auch irgendwie böse und machten ihm Vorwürfe, und er blieb allein zurück und rauchte eine, und der Hunger in ihm war nur einer resignierten Mattigkeit gewichen.

Es war nicht gut. Aber er wusste es nicht anders. Was also sollte er mit Dicks Krankenschwestern? Von denen ließ er sich allenfalls eine Spritze reinjagen. Das war Vorschrift, denn es half angeblich gegen die vielen Geschlechtskrankheiten, die kursierten und vor denen zahlreiche Broschüren warnten: *Watch up – veneral diseases*. Die Abkürzung *VD* wurde geradezu zum Synonym für den Umgang miteinander, und spöttisch redeten die GIs von den willigen *Veronikas*, die manch unerwünschtes Souvenir hinterließen. Oder bekamen.

Der Junge musterte die beiden Krankenschwestern, die sich auf Dicks Schreibtisch räkelten. Sie waren weiß und gesund und auf geradezu obszöne Weise sauber und wohlgenährt. Sie hatten nichts mit ihm zu tun. Mit ihm nicht und nicht mit der Stadt, in der er nun lebte. Er wandte sich um und ging. Und gleichzeitig schämte er sich dafür.

Er war unruhig. Er war auf der Suche und er dachte, dass es mit diesem Mädchen zu tun hatte. Es ging ihm schlecht, und gleichzeitig genoss er dieses Warten und diese Erregung. Es begleitete ihn schon lange, dieses Gefühl, darin fühlte er sich zu Hause. Die Sehnsucht tat weh und wärmte wie eine von Mutters grünen Mohairdecken, die sie von Umzug zu Umzug mitgenommen hatte. Immer dünner waren die Decken geworden, immer schäbiger, aber sie wärmten doch. Für den Jungen war Wärme grün. Immer stellte er sich Gefühle in Farben vor: Wut war blau, Sehnsucht und Wärme waren grün und Glück – er wusste es nicht, aber er dachte, dass das Glück wahrscheinlich gar keine Farbe hatte. Es war kristallklar wie Wasser und funkelte in allen Farben. Er liebte das Wasser. Er vermisste es hier in der Kaserne.

Der Junge zog sich in eine dunkle Ecke zwischen den Unterkünften zurück, die Trompete unter dem Arm. Es war ein warmer Maiabend, in dem noch die Frische und die Feuchtigkeit des Frühlings lagen. Der Junge benetzte seine Lippen und spielte. Zwei Sergeants kamen vorbei. Sie lachten und wiesen in den Himmel: Da oben wirst du deine Süße nicht finden, Kleiner! Komm lieber mit uns! Aber der Junge hörte sie nicht. Er spielte nur für sich allein.

Ein paar Tage später ging der Junge zum ersten Mal aus. Er war noch nicht volljährig, und Howard Glitt, sein Bandleader, passte auf wie ein Wachhund, aber der Junge schaffte es, sich zusammen mit ein paar Kumpanen davonzustehlen. Ein Club war entstanden, einer von vielen Amüsierbetrieben, die hektisch rund um das zerstörte Zentrum der Stadt wuchsen, als müssten sich Besatzer und Besetzte jede Nacht versichern, dass sie noch am Leben waren. Tagsüber schlichen sie umeinander herum, kontrollierten oder ließen sich kontrollieren, überprüften oder wichen einander aus, erteilten Befehle oder gehorchten, machten Geschäfte oder verweigerten sie – eine alltägliche, heikle Balance, die beide Seiten anstrengte, ja überforderte. Auf der einen Seite die ausgehungerten, kriegsmüden Berliner, die Einkesselung, Endschlacht und das grausame Regiment der einrückenden Roten Armee überstanden hatten, auf der anderen Seite die jungen, meist ahnungslosen amerikanischen Soldaten, die mit diesem Ausmaß der Zerstörung nicht gerechnet hatten und die nicht wussten, ob sie bleiben oder möglichst bald wieder zurückwollten.

Wer waren diese Deutschen? Nazis seien sie alle, hatten die Vorgesetzten erklärt, verdorben durch jahrelange Propaganda, glühend und gläubig ihrem weltvernichtenden Führer ergeben und nur darauf aus, sich wiederum zu bewaffnen, den Kampf erneut zu beginnen und doch noch die Herrschaft über die zivilisierte Welt anzutreten. Vorsicht sei geboten, äußerstes Misstrauen, denn diese Deutschen seien zu allem fähig. Die GIs sahen das nicht. Was sie sahen, waren Frauen. Frauen und Kinder. Kinder, die genauso lachten und spielten wie die Kinder zuhause. Und Frauen, die leben wollten, unbedingt leben. Die Soldaten wurden mitgerissen von der verzweifelten Lebenslust dieser Frauen.

Der Club lag im Bezirk Tempelhof, im Eckwinkel eines vormals imposanten Stadtpalastes, der Anfang der dreißiger Jahren für einiges Aufsehen gesorgt hatte. Der einst berühmte Tanzsaal war ebenso wie der rückwärtige Teil des Gebäudes völlig zerstört, aber im Keller war in aller Eile ein neuer Treffpunkt entstanden, ein Musikclub. Merkwürdig verhielt es sich mit diesem Jazzclub. Er war keineswegs so überfüllt wie die Tanzpaläste. Die Menschen kamen nicht massenweise, und es gab auch kein Gerangel um Karten. Es war vielmehr so, als ob ein stiller, stetiger Strom darauf zuflösse: Um die Ecken, aus den Trümmergrundstücken, hinter Ruinen hervor und aus den Schächten der Bahnen kamen sie. Einzeln, zu zweit und in kleinen Gruppen. Unbeirrbar und still. Jeden Dienstag, Donnerstag und Sonnabend. Frauen, die vergessen wollten und versessen waren auf das Fremde. Amerikanische Soldaten, für die Charlie Parker plötzlich nach Heimat klang. Ausgemergelte Kriegsheimkehrer, hungrig nach etwas, das sie nicht gleich in einen Marschrhythmus zwänge. Und Schieber und Schmarotzer und Flittchen und nervöse Franzosen, dazu Briten, die schworen, dass es hier den besten Cognac gäbe. Immerhin gab es welchen. Selbstsicher bestellten ihn die Angehörigen der fremden Streitkräfte. Hastig und stumm betranken sich die Deutschen, immer auf der Hut, immer wieder witternd und um sich schauend: Noch war es nicht lange her, dass das scharfe Fraternisierungsverbot der Alliierten aufgeweicht worden war. Da hatte es Frauen gegeben, denen der Mörtel noch in den Haaren hing: Sie hatten sich durch den ausgebombten Querriegel des Hauses eine Mauerlücke gesucht und kletterten durch die Seitenkeller herein.

Was suchten sie hier? Was versprachen sie sich? Was bewirkte diese Entschlossenheit? Woher kam diese Sucht nach Vergnügen? Die Nachdenklicheren grübelten gelegentlich darüber nach, aber nicht zu lange, denn dann wurden auch sie wieder überwältigt von der Lebenswut dieser Menschen, die ganz Europa den Tod gebracht hatten. Die Amerikaner verstanden es nicht. Sie hielten Berlin für ein Rätsel. Inzwischen waren die Verhältnisse ein wenig geregelter. Jetzt verschaffte ein begehrter *Gesellschaftsausweis* den deutschen Frauen offiziell Zugang zu den Mannschaftsclubs der Besatzer. Jetzt war das Fraternisierungsverbot aufgeweicht. Aber konnte man sich darauf verlassen? Die Geschlagenen blieben misstrauisch. Sie blieben unter Druck. Sie würden keinen Tag versäumen. Sie würden jetzt und hier leben. Dieses Fieber bestimmte die Atmosphäre. Auch im Jazzclub.

Der Junge wunderte sich, woher Dick den Weg wusste. Kein Schild wies ihnen den Weg. Dick aber war sicheren Schrittes um ein paar Straßenecken gebogen, dann hatten sie ein Ruinenfeld überquert, in dem die Haufen zwei Stockwerke hoch lagen, eine einzige Haushälfte darin, abgebrochen, gefährlich zur Seite geneigt, hohläugig. Die Bewohner der umliegenden Häuser hatten jetzt, da es warm war, die Fensterpappen entfernt, so dass in den Fensterhöhlen hier und da Licht flackerte. Von irgendwo hörte man Stimmen, hohl und hallend. Wie ein Kürbis, dachte der Junge, diese ganze Gegend ist wie eine Halloween-Kulisse, und die Menschen darin sind Gespenster. Zum ersten Mal bedauerte er, keine Waffe zu tragen.

Er hielt sich dicht bei seinem Freund, aber der sprang und turnte mit der Sicherheit einer Katze durch die Ruinen. Für Dick war die Stadt ein riesiges Abenteuer. Die zuschanden gekommene Architektur ein Spielplatz. Vielleicht verstand er sich deshalb mit den Kindern so gut. Wo immer Dick tagsüber patrouillierte, waren Kinder um ihn herum. Vielleicht, weil er sie verstand. Vielleicht, weil er das Leben nahm wie sie. Vielleicht auch nur, weil er gern lachte.

Auch jetzt lachte Dick, denn sie hatten ihr Ziel erreicht. Er blieb stehen und strich sich eine Haarsträhne aus der Stirn. Der Junge schwitzte. Er sah einen ehemaligen Prachtbau, einen improvisierten Kellereingang mit einer Luke. Dick hob ihn an, hieß den Jungen passieren. Ein Mann winkte sie herein. Dicke Luft quoll ihnen entgegen, drang nach oben und war so weiß und heiß und stickig und fettig, dass man sie greifen konnte, Luft, wie von einer großen Hand zusammengeknüllt. Der Junge sog den Atem ein.

Das ist die Berliner Luft!, zitierte Dick grinsend auf Deutsch einen Schlager, den sie alle kannten. Komm jetzt! Es mischte sich der Geruch ungewaschener weiblicher Körper mit dem scharfen Aftershave der Amerikaner, es mischte sich der Balsamgeruch der Franzosen mit dem hastig hervorgestoßenen Zigarettenrauch aus rot bemalten Mündern, es mischten sich Arbeitsschweiß und Angst, der Geruch von Entbehrung und armseligen Suppen, von Staub und ungelüfteten Kleidern, von Lederstiefeln, von nächtlicher Feuchtigkeit, von Gier, von Endlichkeit.

Irgendjemand hatte es geschafft, eine Lichterkette durch die Kriegsjahre zu retten, die rote, blaue, gelbe und grüne Kleckse in den Rauch tupfte. Eine Erwartung hing im Raum, eine kleine Ausgelassenheit. Der Junge merkte, wie sich sein Körper straffte. Blicke folgten ihm, weibliche Blicke, als er nun hinter Dick zur Theke ging, fast spürte er diese Blicke auf seinen Schulterblättern, in der Taille, auf den Hüften. Verdammt schnell nahmen diese Frauen Maß, niemand hier hatte Zeit zu verlieren. Der Junge bestellte ein Bier – und entdeckte die Band.

Es waren sechs oder sieben ausgemergelte Typen, Deutsche, die, wie man ihm erzählte, in den dreißiger Jahren ein ganz passables Tanzorchester gebildet hatten. Aber dann waren die Nazis gekommen. Als erstes hatte man ihnen den Swing genommen, dann überhaupt jede Art von *fremdländischer und minderwertiger* Musik, dann aber hatte es nicht mehr nur die Noten, sondern die Musiker selbst erwischt, und eines Tages war Danny verschwunden, Danny, der Kapellmeister und Pianist, der sämtliche Arrangements geschrieben und den Laden zusammengehalten hatte. Nach Danny waren Pico und Herb abgeholt worden, und dann hatte sie der Krieg in alle Winde zerstreut. Das hier war der Rest, das hier waren die Überreste des Tempelhofer *Danny Banana Orchestras*, und diese sieben hatten nicht vor, sich unterkriegen zu lassen, jetzt nicht mehr, jetzt erst recht nicht, und also spielten sie, woran sie sich noch erinnern konnten. Musiker waren vielleicht die einzigen, die sich erinnern konnten, die keine Angst haben mussten vor dem, was gewesen war.

Der Junge wippte mit dem Fuß, mehr für sie als für sich selbst. Die hageren Typen spielten alte Hits, Zeugs, das auch er auswendig kannte, und sie spielten es nicht einmal schlecht. Sie hätten genauso gut in irgendeinem Schuppen in Syracuse oder Newark auftreten können, nur ein bisschen mehr auf den Rippen hätten sie dafür haben müssen und nicht diese verbissenen, bleichen Gesichter. Die Augen lagen tief in den Höhlen, schwarze Augen, überhaupt schien die ganze kaputte Stadt nur aus schwarzen Höhlen zu bestehen, kleinen und großen, und der Junge wischte sich über die Augen, weil sich die Albträume mittlerweile selbst dann meldeten, wenn er wach war.

Der Junge konnte die Augen von diesen Typen nicht abwenden. Er sah, wie die Wangen des Trompeters vibrierten, wie der Saxophonist sein Instrument absetzte und das Ventil reinigte. Dann sah er: Auch die Hand des Saxophonisten vibrierte. Ebenso die Rechte des Gitarristen. Alles vibrierte – jetzt merkte er es. Er spürte, wie seine eigenen Zähne leise aneinanderschlugen und wie der Trompeter sein Instrument noch fester zwischen die Lippen klemmte. Dick stieß ihn mit dem Ellenbogen an: die U-Bahn! Die U-Bahn fährt wieder!

Unter dem Haus verlief eine der nun wieder funktionierenden fünf Linien der U-Bahn, und während sie hier herumstanden und tranken, bohrten sich die gelben Wagenketten der Berliner Verkehrsgesellschaft erstmals nach dem Krieg wieder durch den Untergrund der Stadt. Jetzt horchten alle hin. Jetzt hielten alle inne. Sie lachten. Sie lachten und applaudierten, und die *Danny Banana Band* legte noch einen Takt zu, als müsste auch sie sich in die Kurve legen!

Plötzlich spürte der Junge scharfe Fingernägel in der Taille, eine Hand. Die Hand gehörte zu einer Blondine, einen Kopf größer als er, deren Gesichtshaut ihn an die Tücher erinnerte, mit denen seine Mutter die Möbel abgewischt hatte, gelbliche Haut, lappig und abgenutzt. Aber ihr Lächeln war schön – viel zu groß für diesen Raum und strahlend und hell. Es passte nicht zu ihrer routinierten Aufmachung. Der Junge verstand auf einmal, was ein entwaffnendes Lächeln war.

Die Frau stellte sich vor. Sie hieß Moni, Dick hatte sie zu ihm geschickt, und während der Junge sie nur anstarrte, redete sie in einer kuriosen Mischung aus Englisch und Deutsch auf ihn ein. Diese Art von Englisch hatten sie hier alle aufgeschnappt, ein Durcheinander aus schlecht gelernten Floskeln und ordentlichen Erstlingssätzen aus Schulfibeln. Seit Englisch an den Schulen unterrichtet wurde, machte sich unter Erwachsenen eine Art Animiersprache breit, die die gelehrigen Mädchen auch auf Französisch beherrschten.

Die Augen des Jungen waren auf gleicher Höhe mit den rot glänzenden Lippen der Frau, und die Lippen öffneten und schlossen sich, schnappten nach ihm, formten einen Kreis und schlossen sich, saugten ihn an und gaben ihn wieder frei. Der Mund war ausgemalt mit roter Farbe, und seine Ränder waren sorgsam konturiert. Das schafften die Mädchen hier mit Hilfe von Nadeln und dem Saft von Roter Bete. Der Junge schwankte ein bisschen. Moni legte ihm eine beringte Hand auf die Brust, wie um ihn zu stützen, und näherte dann ihre Lippen seinem linken Ohr. Er verstand sie nicht, aber das schien sie nicht weiter zu stören. Ohnehin war es viel zu laut zum Reden. Sie tranken gemeinsam weiter, Dick warf ihm aufmunternde Blicke zu.

Die Musiker von *Dannys Banana Band* zogen sich inzwischen zurück, während schon andere ihren Platz einnahmen. Es waren ebenfalls Deutsche, kurios anzuschauen mit ihren Goldlamé-Blazern und dunkelroten Schleifen auf weißen Hemden – eine Kostümierung, die sie aus Vorkriegszeiten herübergerettet hatten, als das hier noch ein Ballsaal und das Orchester die Band des berühmten *Femina* gewesen war. Die neuen Musiker rückten die Notenständer zurecht, sie putzten die Ventile, sie stimmten die A-Saiten und brachten ihre Gesichter so dicht wie möglich an ihre Instrumente. Dieser Lärm! Diese Hitze! Und dann brach ihre Musik los, als würden zwei Grammophone gleichzeitig gestartet. Es war Swing, der kein Swing mehr sein konnte, es war Boogie-Woogie, der sich mit sich selbst noch nicht auskannte, es war *Jitterbug*, es war heiß, es war schnell, und sofort begannen alle zu klatschen und zu schreien und sich im Takt zu dieser verrückten Musik zu bewegen. Aber was heißt schon *bewegen* – die Männer und Frauen schüttelten sich und sprangen, sie warfen sich zur Seite und gleichzeitig nach vorn, Männer packten Frauen und Frauen Männer, als wollten sie sich nie mehr loslassen, und dennoch warfen sie sich herum, drehten sich, wirbelten aneinander vorbei und aufeinander zu. Die Leiber, die alle möglichen Gerüche ausströmten, bogen sich und zuckten, schüttelten sich, gingen in die Knie und richteten sich wieder auf. Es war, als wollten sie etwas loswerden – sich selbst, die Last der letzten Jahre und die Last des neuen Alltags, die Verletzungen und die Wut, die Angst und den Hunger.

Den Hunger vor allem! Irgendjemand brachte Teller mit heißen Würstchen, und sofort ließen die Frauen von ihren Tänzern ab und stürzten sich auf das Fett. Der Junge sah, wie Moni ihre Fingernägel in die Wursthaut grub, wie ihre Finger glänzten und ihre üppigen Lippen. Aber sie bewegte sich dabei weiter, ließ ihren runden Bauch kreisen im Takt der Musik und stieß ihre Hüften an seine: Komm, Darling, komm!

Auf einer Betonplatte beherrschte sie das auch. Sie hatten das Lokal zu dritt verlassen: Dick, Moni und er, und die Frau hatte nicht lange gefackelt und ihn beiseite gezogen auf das

Trümmergrundstück, und da hatte sie es ihm gezeigt. Hatte ihn zu Boden gezogen und auf den Rücken gelegt, sich auf ihn gesetzt und einfach weitergemacht, schnell, energisch, entschlossen. Der Junge war betrunken und kriegte kaum etwas mit, er dachte an die Sängerin mit der Stimme eines Mannes. Lale, Lale Irgendwie, und er wusste nicht, wie ihm geschah und warum er jetzt an die Sängerin dachte und nicht an die andere, die ihn gerade fertigmachte.

Er sah Dick aus den Augenwinkeln, der an der Ecke wartete. Aus seiner Perspektive stand Dick auf dem Kopf, und vielleicht musste der Junge jetzt deshalb an Dicks ewige Kindereien denken, an ihre Spiele. Das hier war auch ein Spiel, dachte er sich, das hier, was Moni mit ihm machte, dieser schnelle, ja wütende Fick, das war ein Abenteuerspiel, die Ruinen machten das mit den Menschen, die kaputte Stadt machte sie verrückt, diese ganze zerstörte Stadt brachte sie außer Rand und Band. Die Frau krallte ihre Finger in seine Brust. Dann war es vorbei. Dick rauchte eine Zigarette, zündete ihm und Moni auch eine an, und dann merkte der Junge erst, wie hinüber er war, so betrunken, dass ihn die Frau stützen musste, während sie selbst bei Dick Halt fand, der seine Hand ungeniert in ihrem breiten Hintern verkrallte.

So taumelten sie zu dritt wie eine einzige Gestalt durch die Nacht, suchten sich ihren Weg und bemerkten nicht, dass ihnen unterwegs ein Paar auswich, eines dieser *Frauleins* mit einem stattlichen Offizier dabei. Und auch Riccarda erkannte den Jungen nicht, sah nur eine torkelnde und laut lachende Gruppe, die auf einen Jeep zusteuerte, sah eine Masse, eine Feierlaune zu dritt. Sie sah Berlingespenster. Wie jede Nacht. Der Captain an ihrer Seite lächelte nachsichtig. Nächste Woche würde er zu Frau und Kindern nach Oklahoma zurückkehren. Da gönnte er auch anderen ihren Spaß.

Sie landeten bei Dick. Dick hatte eine eigene Wohnung über dem improvisierten Kino beim amerikanischen Hauptquartier. Wie waren sie dort hingekommen? Irgendjemand musste sie mitgenommen haben nach Zehlendorf. Irgendjemand musste die lallende Frau an den Wachen vorbeigeschmuggelt haben. Der Junge hatte ihre blonden Haare im Mund. Dann machten sie es zu dritt, und der Junge beobachtete, wie Dick seinen harten Körper auf den weichen der Frau prallen ließ. Immer schneller wurde Dick, immer härter, aber sein Atem blieb ruhig. Der Junge sah die Falte der Konzentration auf seiner Stirn, sah die Sommersprossen auf seinen Schultern, sah den feinen Schweißfilm auf seiner Brust. Dick machte weiter, die Frau stöhnte, eher verschlafen als lustvoll. – Komm schon, Baby, sagte Dick, komm schon. Es war nicht klar, wen er meinte. Er grinste. Er grinste wie einer, der weiß, dass er alle anderen abhängt. Für Dick war gewinnen wichtig. Und endlich schliefen sie ein.

Am nächsten Tag hatten Dick und der Junge frei. Die Sonne schien, als hätte sie etwas gutzumachen, und Dick sagte mit einem Nicken zum wolkenlosen Himmel: Na gut, versuchen wir' s … Der Junge staunte, wie schnell es Dick gelang, einen Jeep zu organisieren, und an der nächsten Ecke holten sie, wie verabredet, Moni ab, die in ihrem total zerknautschten Kleid aussah wie ein zerdrücktes Bonbon. Umständlich kletterte sie in das Fahrzeug. Dick machte sich nicht die Mühe, sie zu verstecken, obwohl es streng verboten war, Zivilisten in Militärfahrzeugen zu transportieren. Aber Dick hätte nur ungern darauf verzichtet, Moni vorzuzeigen. Für eine Deutsche war sie von geradezu obszöner Wohlgenährtheit. Alles an ihr war üppig: die schweren Brüste, der Hintern, die keulenförmigen Oberarme und die Schenkel. Dick war durchaus ein Mann von Geschmack, und normalerweise hätte er einen exquisiteren Frauentyp vorgezogen. Aber Moni war geradezu die Karikatur der Teutonin, sie verkörperte auf übertriebene, ja lächerliche Weise Hitlers Germanenfrau. Das hatte einen ganz besonderen, ja, morbiden Reiz. Außerdem war sie gutmütig, und ihre prallen Waden verjüngten sich zu den Fesseln dramatisch – eine Kurve im Körper, für die Dick eine spezielle Vorliebe hegte. Er knabberte also, hinten im Jeep eher liegend als sitzend, an den Beinen der schläfrigen Frau herum, die halb auf ihm und halb auf dem Jungen lag, während irgendein Soldat, dem sie mit Chesterfields auf die Beine geholfen hatten, ungerührt Richtung Wannsee steuerte. Der Junge! Der schaute nun schon wieder so finster drein, als sollte es zu einer der gefürchteten, todlangweiligen Ehrenwachen gehen und nicht zu einem Picknick. Sollte einer schlau aus dem werden! Dabei hatte er letzte Nacht wirklich nichts ausgelassen.

Dick staunte noch in der Erinnerung. Mit Ingrimm hatte sich der Siebzehnjährige auf Moni gestürzt, hatte beinahe gewalttätig ihre Brüste und Schultern mit Küssen bearbeitet, immer wieder hatte er sie küssen wollen, was Moni, praktisch veranlagt, wie sie war, für die reine Zeitverschwendung hielt. – He, du, nicht so feste, hatte sie vergeblich gerufen. Wenn de schon son Jebiss hast, musste och aufpassen, Kleiner! Aber *der Kleine* passte nicht auf, immer rasender wurde er und biss die Frau dahin, wo er traf, und hielt diese Bisse für Küsse. Was der für 'ne Wut hat!, staunte Moni. Is ja beängstigend! Aber der Mann, vor dem sich Moni fürchtete, der musste erst noch geboren werden.

Moni entschloss sich schließlich zu lachen – verrückte Kerle, diese Amis! Aber sie waren immer noch besser als ihr griesgrämiger Gatte, der es zwar, anders als die meisten Deutschen, verstanden hatte, beizeiten nach Hause zu kommen, aber doch nur, um sich umstandslos bei den Russen anzudienen: Einen tüchtigen Schlachter wie Heinrich Schütte konnte man immer gebrauchen.

Und Schüttes Rechnung ging auf. Zwar wussten die Russkis, wie man Pferde einfing und ihnen die Kehle durchschnitt, nicht aber, wie man ihr Fleisch konservierte, wie man das Beste aus halb verhungerten Kühen und zur Not auch aus den letzten herumstreunenden Katzen machte. Schütte wurde Spezialist dafür, den Inhalt von tausenden Dosen Hundefutter, die in irgendeinem Lager aufgetaucht waren, in allerbestes Corned Beef zu verwandeln, das seine neuen Freunde auf dem Schwarzmarkt am Alex oder an der Ruine der Gedächtniskirche gegen Schnaps, Zigaretten und Fett eintauschen konnten. Aber wie dankten sie es ihm! Wie behandelten sie ihn! Jeden Abend klagte Schütte seiner zunehmend gelangweilten Frau sein Leid. Sie grüßten ihn, zum Hohn, mit *Cheil Chitler*, obwohl sie Gott-sei-Dank nicht ahnten, dass Heinrich Schütte in der Tat ein treuer Parteigenosse gewesen war. Bei ihren Gelagen ließen sie sich von ihm bedienen und trieben ihre betrunkenen Scherze mit ihm. Einmal zwangen sie ihn, sich eine Schweinslarve, die man zur Herstellung einer pfälzischen Wurstspezialität brauchte, über das Gesicht zu ziehen, und tanzten dann, sich auf die Schenkel schlagend, um ihn herum. – Hättest besser mitgetanzt!, kommentierte seine Gattin das nur lakonisch, denn Moni Schütte fand, dass ihr Heinrich allmählich aus dem Leim ging. Er ging irgendwie auch innerlich aus dem Leim. Redete mehr, als gut für ihn, und trank mehr, als gut für sie beide war. Moni Schütte fand, dass ihr Gatte seinen Würsten immer ähnlicher wurde. Nur machte er, im Unterschied zu ihnen, leider nicht satt.

Der Frieden bekam Heinrich Schütte nicht und die Russen bekamen ihm auch nicht. Manchmal brachte er gar einige dieser Koljas und Saschas mit nach Hause. Dann verzog sich Moni zu den zeternden Nachbarn und musste sich doch am nächsten Tag die Vorwürfe anhören: Ausgerechnet die Russen! Dabei hasste sie die Russkis genauso, wie es die Nachbarn taten! Sie hatte nach dem Einmarsch der Roten Armee ihre Erfahrungen gemacht wie tausende andere Berliner Frauen auch. Und selbst, wenn Monis Erinnerung an die Vergewaltigungen längst unscharf geworden war, wenn sie verschwanden in einem Meer aus Schnaps und Tollerei – wenn sie in sich hineinspürte, war der Schmerz noch immer da. Er wuchs nicht, aber er wurde auch nicht kleiner. Er war einfach da, unverrückbar wie ein zu schweres Möbel in einem zu kleinen Haus. Der Schmerz brachte Moni schier zum Platzen. Den Schmerz hielt Moni für Wut. Unendlich wütend war sie. Sie erstickte förmlich daran. Sie wollte keinen Schmerz, sie wollte am liebsten überhaupt keine Gefühle mehr. – Gefühle sind was für Sieger!, sagte sie. Und stürzte sich in das wieder erwachende Berliner Nachtleben. Nur nicht stillestehen! Das war ihre Devise. Wenn schon alle an dem großen Kuchen rissen, dann wollte sie etwas davon abhaben, und zwar nicht zu knapp! Ihr Mann hinderte sie nicht daran, denn Moni hatte ihm erfolgreich eingeredet, dass er sie zu häufig allein ließ: – Eine Frau von meinem Temperament! Das hatte sie aus einer Operette. Schütte bewunderte sie für ihre Repertoirekenntnisse der leichten Muse. Er bewunderte sie sowieso. Und was die anderen sagten, kümmerte Schütte nicht. Sie konnten ihn nicht leiden. Weil er sich überall zurechtfand.

So ließ sich Moni Schütte in den Armen dieser halben Kinder, die fortwährend *Bubble-Gum* kauten und sie mit Schokolade vollstopften, durch Berlin kutschieren – im offenen Jeep eine blonde Frau mit leuchtend rotem Kleid, prächtig daliegend wie die am Bug eines stattlichen Schiffes hängende Galionsfigur.

Im Schwimmbad machten sie Augen. Denn Moni fackelte nicht lange und zog sich gleich hier, auf dem Sand, um.

Streifte sich das rote Kleid über den Kopf, fluchte, weil sich ein paar Knöpfe in ihren Haaren verfingen, zappelte ein bisschen, trampelte mit den bloßen Füßen im Sand, als würde das helfen, während Freund und Feind ihre umfangreichen Unterhosen, den runden Bauch und die schwingenden Brüste in aller Ruhe betrachten konnten. Dick grinste. Der Junge wandte sich ab. Und dann sah er sie.

II.

Zusammen

Riccarda stand nur ein paar Meter von ihm entfernt. Sie stand im knietiefen Wasser. Sie watete darin herum, ganz für sich allein. Sie trug keinen Badeanzug, sondern normale Straßenkleidung: eine Bluse und einen Rock, den sie mit einer Hand hochraffte, während sie mit der freien Hand balancierte. Sie lächelte. Sie war in Gedanken versunken.

Es war das Mädchen von der Straßenecke. Der Junge verspürte eine so unglaubliche Erleichterung, als hätte er etwas wiedergefunden, was er lange entbehrt hatte. Alles war grün. Er sog den Anblick des Mädchens in sich auf, als könnte sie gleich wieder verschwinden, eine Sinnestäuschung, eine kleine Wolke, die über den See zog. Aber das Mädchen verschwand nicht. Sie kam vielmehr, leise platschend, näher. Jetzt hob sie den Kopf. Sie hatte irgendwie braune Haare. Irgendwie helle Augen. Er notierte das in seinem Kopf, als müsste er jemandem berichten. Die Haare über der Stirn zusammengedreht und zu einer Tolle festgesteckt wie so viele junge Frauen. Ihr Gesicht war ungeschminkt. Das Gesicht lächelte. Sie schaute ihn an. Unwillkürlich sprang der Junge auf. Sie kam auf ihn zu, watete aus dem Wasser, ließ aber dabei nicht den Rock los und sah ihn immer weiter an. Endlich, als sie direkt voreinander standen, streckten sie beide gleichzeitig die Hand aus.

Chet. Chesney Baker, sagte der Junge.

Riccarda. Riccarda Krampitz, sagte sie.

Er würde sie Ricky nennen.

Später sollte der Junge erzählen, dass sie beide aufeinander zugegangen seien. Sie sei durchs Wasser gepflügt mit ihren weißen, nackten Beinen, und er habe es nicht ausgehalten und sei ihr entgegengewatet – so, wie er war, mit Schuhen und Strümpfen und allem. Und wenn er, was später immer häufiger vorkommen sollte, betrunken oder zugedröhnt oder beides war, dann endete die Geschichte so, dass er sie auf seinen Armen aus dem Wasser trug, am Ufer auf den Sand bettete und hingebungsvoll küsste. Es war das erste Mal, dass er sie sah, schwor er dann und verriet keinem, dass er sie schon Wochen vorher an einer Straßenecke entdeckt hatte, wartend, wie so viele. Sie sollte eine Seejungfrau sein und kein Straßenmädchen. Er bestand auf der Wunderbarkeit der Geschichte, als es schon längst nichts Wunderbares mehr gab in seinem Leben, selbst dann noch erzählte er lallend von Ricky, von seinem *deutschen Fraulein*, und je elender er selbst wurde, umso herrlicher wurde die Geschichte. Davon wusste Ricky natürlich nichts. Sie wusste nichts von der Zukunft, denn die war ihr längst gleichgültig. Oder mindestens unvorstellbar. Das mischte sich gelegentlich. Sie wusste nur, dass vor ihr der Junge stand, der sie vor ein paar Wochen so angestarrt hatte, als sei sie das siebte Weltwunder, und nun fand sie ihn noch jünger aussehend als damals, noch schmaler und so schön, wie sie es selbst gern gewesen wäre. Ein Bild von einem Jungen. Und ohne nachzudenken, fuhr sie ihm mit den Fingerkuppen der linken Hand ganz leicht über die Wange.

Der Wannsee blieb ihr Revier. Sie trafen sich ein paar Tage später wieder dort. Allein, ohne Dick und Moni. Sie redeten nicht viel und waren verwirrt und glücklich, weil sie spürten, dass sie sich keine Erklärungen geben mussten. Die Gesprächigkeit der Menschen ist ja meist nichts weiter als ein unstillbarer Drang, sich zu rechtfertigen, und damals hatte Chesney Baker noch nicht viel Grund dafür. Später, wenn er seine Ehefrauen, wenn er Halima und Carol nächtelang quälen sollte mit seinen endlosen Tiraden, die untergingen im Alkoholgenuschel, würde das anders sein. Dann würde er ihn brauchen, diesen Dauerton seiner eigenen Stimme. Dann würde ihm sein Trompetenklang, sein eigener, ganz persönlicher Sound nicht mehr reichen. Dann ertrug er die Stille nicht mehr. Dann musste er die Leere füllen durch sein Gebrabbel.

Aber noch lag sein Leben weiß und glatt und leicht vor ihm, und neben ihm ging dieses Mädchen. Wie unvorstellbar mager sie war! Sie trug eine Art Leibchen über der kurzen Turnhose, das war ihre Badekleidung, und aus den Shorts stakten diese erschreckend dünnen Beine. Er schaute immerfort auf die Beine, von den Oberschenkeln abwärts, denn diese Beine verjüngten sich nach unten keineswegs gleichmäßig, sondern waren so dünn, dass die Knie knubbelig daraus hervorragten. Wenn sie ihn beim Gehen zufällig berührte, ihr Arm an seinen stieß, dann spürte er die Knochen. Er sorgte dafür, dass sie öfters aneinanderstießen. Er wartete auf den Knochenklang.

Er nahm ihre Hand in seine. Ihre Hand war klein und hart wie die eines Jungen, der in der Lage ist, ein Huhn zu köpfen. Der Junge wusste nicht, ob Ricky dazu in der Lage war, aber er fühlte mit dem Daumen die Schwielen an ihrer Handfläche. Es waren schon viele Menschen im Wasser. Sie tasteten mit den Füßen herum, als fürchteten sie, jederzeit auf etwas Unangenehmes zu stoßen. Dabei waren die Leichen aus dem Wannsee geborgen worden, längst, bevor der Badebetrieb wieder freigegeben worden war. Am Ufer freilich fand sich noch das eine oder andere deutsche Soldatengrab. Die Männer, die beim Kampf um Berlin hier gefallen waren, waren einfach an Ort und Stelle begraben worden. Zunächst hatten die Amerikaner den See beschlagnahmt und begonnen aufzuräumen. Dann erlaubten sie den Anwohnern, ihre geliebte *Badewanne* wieder zu benutzen. Und seit diesem Frühjahr waren das Wannseebad und der Strand endlich wieder für alle freigegeben.

Eine Dicke blätterte in einer Zeitschrift und sonnte sich. Der Mann neben ihr kraulte ihr den Rücken. Zwei Kinder beobachteten sie und kicherten. Hinter dem Liebespaar war ein einfaches Birkenkreuz in den Sand gerammt, und daran hingen drei Helme. Der Junge blieb vor dem Grab stehen. Er betrachtete die kümmernden Blumen, die irgendjemand um das Birkenkreuz gepflanzt hatte. Ricky stand still neben ihm und wartete. Sie sagte nichts. Sie zog ihn nicht weiter. Sie war nicht wie die Frauen, die unaufhörlich redeten, um jede Beklommenheit wegzuplappern.

Mit ihr, das begann er zu begreifen, würde er die Dinge anders sehen als vorher – und wenn schon nicht die Dinge, dann doch wenigstens Berlin, diese Unstadt, diese seltsame, fremde Welt, die mit nichts vergleichbar war, was er zuvor gekannt hatte. Ricky ließ ihn. Sie spielte nur mit seinen Fingern und wartete. Er wartete auf das Gefühl des Unbehagens, das ihn sonst unweigerlich befiel, wenn er mit Mädchen zusammen war. Auf das Gefühl der Bedrängtheit, wenn sie sich an ihn schmiegten und er ihre Erwartungen spürte. Ricky schien nichts zu erwarten. Sie war einfach da. Und nichts war peinlich. Sie setzten sich, wo der Sand in einen kümmerlichen Rasen überging. Sie setzten sich im Schneidersitz einander gegenüber, und als ein Käfer über ihr Bein krabbelte, sah sie es wohl, rührte sich aber nicht.

Er schaute sie offen an, und sie schaute zurück. Sie machten da weiter, wo sie an jenem Morgen angefangen hatten, als er auf dem olivgrünen Lastwagen an ihr vorbeigefahren worden war. Ihre mageren Schultern! Das Kranke ihrer Hautfarbe, das durch das schwarze Hemdchen noch betont wurde. Wie eingefallen ihre Oberarme waren! Als hätte jemand das Fleisch von den Knochen gelöffelt, ausgehöhlt war dieses Mädchen, ausgehöhlt und bleich. Jetzt strich sie das Haar zurück. Sie hatte ziemlich große Ohren, die dicht am Kopf anlagen. Die Ohren gaben ihr das Aussehen eines gereizten kleinen Tieres. Er schaute sie gern an. Er ließ sich Zeit.

Und Riccarda? Die haderte mit sich, denn auch, wenn die amerikanischen Soldaten überhaupt keinen Wert auf Rangabzeichen legten und die einzelnen Offiziersgrade untereinander kaum zu unterscheiden waren, so war doch klar, dass sie es hier mit einem einfachen Soldaten zu tun hatte, einem Rekruten, *Private Chesney Henry Baker*, genannt Chet. Von dem war nicht viel zu holen. Der starrte sie ja selber an mit diesen hungrigen, glühenden Augen. Warum ließ sie sich auf dieses Kind ein? In der Badehose sah Chet noch jünger aus als in Uniform, die Schultern schmal, der Körper beinahe noch ungeformt. Wie eine Kaulquappe, dachte sie manchmal.

Riccarda Krampitz, du hast es mit einer Kaulquappe zu tun, und wenn du nicht aufpasst, wird er noch laichen, und dann hast du den Salat am Hals. Ihr war nicht klar, dass sie einiges durcheinanderbrachte: dass Frösche zuerst laichen und dass dann Kaulquappen entstehen und dass dies alles aber auf keinen Fall etwas mit Salat zu tun hatte. Riccarda kannte sich nicht gut aus mit Fröschen. Und sie kannte sich auch nicht gut aus mit Ängsten. Angst, fand ihre Mutter, konnte man sich nicht leisten und hatte den Töchtern erklärt, dass Angst haben geradezu eine Einladung bedeutete an jedweden Feind.

Das hatte Riccarda eingeleuchtet, auch wenn es sie nachts manchmal schüttelte unter ihrer dünnen Decke. Und so schob sie die trüben Gedanken beiseite und lachte diese kleine amerikanische Kaulquappe an, und der Junge glaubte, sie lachte über seine Versuche, ein paar Worte deutsch zu sprechen.

Ermutigt schlang er ihr den Arm um den Hals und versuchte, sie zu küssen, aber durch die Heftigkeit seiner Bewegung kippte sie einfach vornüber und fiel in seinen Schoß, und dann lachten sie beide erst recht, und sie sprang auf und lief zum Wasser. Sie machte es nicht wie die anderen Frauen, die vorsichtig erst einmal einen Fuß ins Wasser hielten, um die Temperatur zu prüfen, dann ein paar Schritte hineingingen, sich bückten, um sich mit den Händen die Arme zu benetzen, die Schultern, und sich dann schließlich langsam, zögernd ins Wasser hineingleiten ließen. Riccarda rannte einfach hinein, dass es spritzte nach allen Seiten und ein paar Kinder, scheinbar erschrocken, aufkreischten. Sie ließ sich fallen, kaum, dass das Wasser ihr bis zu den Hüften reichte, war einen Augenblick verschwunden und tauchte dann prustend und platschend wieder auf: Chettie! Hey, Chettie! Komm her!

Chettie. Seit Jahren hatte er diesen Kosenamen seiner Kindheit nicht mehr gehört. Woher wusste sie ihn? Seine Mutter hatte ihn so gerufen, wenn er beim Spielen auf den Feldern wieder einmal die Zeit vergessen hatte. Chettie! Sie winkte heftig. Der Junge hatte es nicht eilig. Er wusste selbst nicht, woher plötzlich seine Ruhe kam, seine Gelassenheit. Er fragte sich, wieso er genau spürte, dass es mit Ricky nicht schwierig sein würde.

Er ging zum Wasser. Er tauchte hinein. Das Wasser war

sein Element. Ricky kam ihm nach, bis ihr das Wasser bis zur Brust reichte. Was Chet nicht wusste: Ricky konnte nicht schwimmen.

Nachts, als er in seinem Bett in der Kaserne lag und die Kameraden längst schnarchten, dachte Chet über diesen glücklichen Tag nach und über die Einfachheit und über den Zusammenhang zwischen beidem. Er wusste, dass er etwas Wichtiges entdeckt hatte, und fürchtete gleichzeitig, es wieder zu vergessen. Er erinnerte sich an andere Mädchen und andere Verabredungen, zu Hause, in Kalifornien. Er dachte an die komplizierten Regeln des *Datings*.

Es war genau festgelegt, wann was unter welchen Bedingungen zu geschehen hatte. Dem Jungen fiel dabei zwangsläufig der aktive Part zu. Er war es, der Verabredungen einforderte. Er war es, der das Mädchen abholte, nach Hause begleitete, der mit dem Vater des Mädchens die Verhandlungen darüber führte, bis zu welcher Uhrzeit der Ausgang gestattet war. Einmal unterwegs, suchte der Junge die Ziele der Verabredung aus, bestellte Speisen und Getränke. Er wählte. Er zahlte. Und er hatte doch, wenn er einmal ein Dating begonnen hatte, keine Wahl mehr, und was er fühlte, durfte keine große Rolle spielen: Erwartungen waren zu erfüllen. Bei der ersten Verabredung – allenfalls ein etwas zu intensiver Händedruck. Noch nicht bei der zweiten, aber sicher bei der dritten – ein erster Kuss. Danach – mehr Küsse. Und die Hände nicht vergessen. Jahrzehntelang waren diese Rituale des Küssens und Fingerns von Generationen von Jugendlichen eingeübt worden, und ihre Regeln waren so fest und anspruchsvoll wie die Wettbewerbsregeln im Collegeclub. Ein Mädchen, das man eben noch zärtlich im Arm gehalten hatte, konnte einen im nächsten Augenblick ohrfeigen, weil man ihm zu früh an den Busen gegriffen hatte. Es konnte aber auch in hysterische

Tränen ausbrechen, wenn man es nicht tat. Dann, wenn der Zeitpunkt gekommen war. Wann dieser Zeitpunkt war, das stand fest. Das hatten die Fünfzehn-, Sechzehnjährigen immerzu im Kopf. Ihre Köpfe waren voll von Regeln. Und die Herzen leer. So empfand er es jedenfalls. Er dachte an Moyra. An die temperamentvolle Moyra mit den dunklen Locken, deren Wildheit er gemocht hatte und deren fröhliches Lachen für ihn wie eine Verheißung klang. Aber kaum hatten sie gemeinsam das Haus ihrer Eltern verlassen und ihrem schmerbäuchigen Vater zum Abschied gewunken, verwandelte sich das Mädchen in eine dieser verkrampften Vorstadttöchter, die nur noch kicherten und gackerten und dauernd o nein, Chet, wirklich, Chet, aber das ist ja unglaublich!, sagten. Sätze, die unaufhörlich tropften und rannen wie ein undichter Wasserhahn. Chet hätte ihr am liebsten den Mund zugehalten, aber das wagte er damals noch nicht. Oder Penny, eine Brünette aus gutem Hause, die entschieden seine Hand nahm, sich auf die linke Brust legte und sagte: Lass es uns kurz machen!, denn die Arzttochter fand schon damals, sie hätte keine Zeit zu verlieren und ganz sicher ein Recht darauf, über diesen armen Wicht zu bestimmen. Moyra hatte er fassungslos nach Hause gebracht, und Penny hatte er nicht angerührt, aber bei anderen Mädchen hatte er mitgespielt. Hatte dem Geplapper zugehört und die falsche Fröhlichkeit ertragen. Hatte Taschentücher bereitgehalten, wenn es schlecht lief und Taschentücher, wenn es gut lief. Hatte kleine Brüder bestochen und den Ford-Rücksitz wieder gesäubert, bevor er den Wagen zurückgab. Hatte pflichtgemäß geküsst und pflichtgemäß seine Lippen wieder von denen des Mädchens gelöst. Küssen zuerst mit geschlossenem Mund! Das erinnerte ihn an die Essensregeln zuhause: Kau mit geschlossenem Mund, Chettie! Und Chettie kaute. Und schluckte. Die Mädchen fanden, dass er miserabel küsste, weil er immer versuchte, seine Zahnlücke zu verbergen, und lachten über ihn, aber sie liefen trotzdem hinter ihm her. Und Chettie dachte an seine Mutter und verstand nicht, was für ein Aufhebens alle von diesen Dingen machten. Vielleicht mochten ihn die Mädchen deshalb. Weil sie seinen Gleichmut für lässig hielten, seine Ungerührtheit mit Reife verwechselten. Ein smartes Bürschchen, dieser Chettie! Und mit langen Wimpern! Chet bemerkte, dass er sich an kein einziges Gesicht erinnern konnte. Vielleicht war das das Erwachsenwerden: dass alles hinter einem verschwamm. Chet fand diesen Gedanken nicht sehr reizvoll. Er schlief lange nicht ein.

Irgendetwas war anders in der Schöneberger Wohnung in der Akazienstraße. Alles war dunkel, in der Küche roch es nach dem üblichen Kohl, nach Brühe und Kleidern, und dennoch: Etwas war anders. Wegener grunzte. Wie üblich hatte ihn seine Frau hierher ausquartiert, während sie selbst mit dem Sohn im früheren Wohnzimmer schlief. Vierzehn, der Sohn! Und immer am Rockzipfel der Mutter. Wegener war vor ein paar Wochen aus britischer Gefangenschaft heimgekehrt, aber seine Frau stieß ihn weg wie eine Stute, die nicht mehr will. Wegener aber fand sich nicht damit ab. Er suchte sich Arbeit, er brachte seiner Frau alles mögliche vom Schwarzmarkt mit. Er rackert, sagte Frau Wegener, mal kieken, wie lange!

Er kriecht, weil se das Kriechen ja gelernt haben!, sagte Irmgard.

Wegener ignorierte Riccardas Mutter, so gut es ging, obwohl er in ihrer Wohnung untergekommen war. Wenn sie ein Zimmer betrat, stand er auf und verließ es. Er wusste, was geschehen war. Die Nachbarn hatten es ihm berichtet. Seine Frau wollte davon nichts hören. Die schwor auf Irmgard und ihren praktischen Verstand. Zieh doch Leine, wenn du das nicht kapierst!, sagte sie mit einer Grobheit, die neu an ihr war. Deshalb landete Wegener immer wieder in der Küche. Aber in der Küche fand er kaum Schlaf, denn hier begann morgens das Leben der unfreiwilligen Wohngemeinschaft, hier endete es am späten Abend. Wegener schlief den Schlaf des Gehetzten.

Ricky spürte kein Mitleid mit dem leise Schnarchenden. Wegeners hatten ja Glück gehabt. Zwar war das Mietshaus, in dem sie gelebt hatten, durch Artilleriebeschuss schwer beschädigt worden. Die Fassade war heruntergesackt wie ein Mantel, der von der Schulter eines Erschöpften gleitet, aber immerhin waren die Wohnungen nur von Schutt und Dreck verschmutzt, die Möbel aber durchaus noch brauchbar. Und so hatten Frau Wegener und ihr Sohn nach und nach das gute Vertiko und mehrere Sessel, den Rauchtisch und sogar das schwere Eichenbett vom ersten Stock des Vorderhauses – oder das, was davon übrig war – über Seile nach unten gelassen und dann über den ersten Hinterhof hierher geschleppt.

Aus Irmgards Wohnzimmer war ein Möbellager geworden, in dem sich die schutzsuchenden Menschen, so gut es ging, einrichteten, aber nach und nach hatten sich die Reihen der geretteten Stücke wieder gelichtet: Irmgard verkaufte alles. Und sie fackelte nicht lange. Rigoros verlangte sie von ihren Mitbewohnern, dass sie zum Lebensunterhalt beitrugen, und mochte Frau Wegener auch noch so sehr zetern und von unwiederbringlichen Verlusten, Erbteil und Erinnerungen jammern – Irmgard setzte sich durch. Und so standen bald nicht mehr drei Kommoden hintereinander, thronte kein Armlehnstuhl mehr auf dem Buffet.

Im Winter hatte es ein Mordsgeschrei gegeben, als Irmgard zuerst nur mit nachdenklichem Gesicht, dann aber immer entschlossener in der Wohnzimmertüre gestanden und wortlos auf das Ehebett gewiesen hatte.

Nein!, rief Frau Wegener entsetzt.

Ich hab keine Frage gestellt, sagte Irmgard ungerührt und machte auf dem Absatz kehrt. Aber sie kam zurück, immer wieder kam sie zurück, wies wortlos, aber entschieden auf die prachtvolle Schlafstatt, und irgendwann sah Frau Wegener ein, dass es für ihr Eiche-Ehebett nur eine Zukunft gab: im Ofen. Verbissen hackten die Frauen zuerst die Blenden ab, dann das hochstehende Kopfteil, die Beine. Ein paar Tage hatten sie es warm. Na bitte!, sagte Irmgard.

Inzwischen sah das Wohnzimmer aus wie die ganze Stadt: gerupft, geplündert, auf den Hund gekommen. Man konnte nur noch raten, welche Funktion die einzelnen Zimmer einmal gehabt hatten, man konnte nur noch raten, in welchen Beziehungen die Menschen einmal zueinander gestanden hatten. Alles durcheinander. Immer das Unterste zuoberst. Riccarda schlich durch den Flur und lauschte den Geräuschen der Menschen, die hier in den drei Zimmern verteilt waren. Sie öffnete die Tür zu ihrem, zum Mädchenzimmer. Sie und Renate waren zwar von der allgemeinen Umsortierung verschont geblieben, dafür nutzte Irmgard ihr Zimmer als Lager. Als Zwischenlager für all die Sachen, die sie irgendwo organisierte, um sie dann auf dem Schwarzmarkt zu verkaufen oder gegen irgendetwas Nützliches einzutauschen.

Es war finster. Riccarda tastete sich vorsichtig vorwärts. Sie stieß mit dem Fuß an etwas Weiches: ein Haufen Lumpen, der auseinanderfiel und aus dem sofort ein essigsaurer Geruch stieg. Eine Kiste. Etwas schepperte leise. Suppenkellen. Vor ein paar Tagen hatte ihre Mutter einen ganzen Satz emaillierter Suppenkellen nach Hause geschafft, aus irgendeiner Großküche übriggeblieben, dazu Topflappen, Gulaschhaken, Fleischspieße, etwas anderes Unbestimmbares, Scharfkantiges.

Riccarda bückte sich und tastete sich vorwärts. Da war ihr Bett. Sie berührte mit den Fingern das kalte Eisen. Ein Stück links von ihr drehte sich Renate im Schlaf um. Riccarda zog sich im Dunkeln halb aus, behielt die Unterwäsche an, tastete am Fußende des Bettes nach der Strickjacke, die ihr Vater dagelassen hatte und die ihr seit Wochen als Nachthemd diente. Sie berührte einen Fuß. Einen sehr harten, schrundigen Fuß. In ihrem Bett lag jemand! Sie unterdrückte einen Schrei, richtete sich abrupt auf. Renate hatte einen so leichten Schlaf, dass sie anscheinend auch Schreie hörte, die niemand ausstieß.

Komm her!, flüsterte sie von links. Komm zu mir!

Wer ist das, zum Teufel?, zischte Riccarda, nun eher ärgerlich.

Komm her, sage ich!, flüsterte Renate.

Riccarda gab es auf und tastete sich barfuß zu ihrer Schwester. Decken wurden zurückgeschlagen.

Komm zu mir, sagte Renate noch einmal. Bei dir ist belegt. Marie. Kann nicht mehr bei Mutter schlafen! Du wirst es nicht glauben: Vater ist wieder da. Mutter hat Vater wieder hereingelassen.

Und damit, so, als hätte sie lediglich die Nachricht überbracht, dass sich ein Zug verspätete, warf sich Renate auf die andere Seite, drückte ihren Hintern gegen Riccarda und schlief wieder ein. Renate konnte immer schlafen.

Riccarda glaubte, sie hätte nicht richtig gehört. Hatte ihre Schwester gesagt, der Vater sei wieder da? Also wirklich wieder – in der Wohnung? Bei seiner Familie? Sie konnte es nicht fassen. Vater, Mutter, Kind – diese Vorstellung war im Frühjahr 1947 äußerst unglaubwürdig. Riccarda drehte sich auf den Bauch, winkelte einen Arm an, berührte mit dem Daumen ihre Oberlippe. Das hatte sie schon immer beruhigt. Vater! Mutter! Es war furchtbar fremd und weit weg.

Sie dachte an den amerikanischen Jungen, mit dem sie sich

heute verabredet hatte. Die Amerikaner, die Jungen – ja, selbst dieses halbe Kind mit seinen Kohleaugen war ihr näher, als es der Vater jetzt war. Sie sah den Jungen vor sich, wie er sich eine Haarsträhne aus der Stirn strich, wie er sich eine Chesterfield ansteckte und darauf achtete, ihr den Rauch nicht ins Gesicht zu blasen. Wie er dasaß, mit einem Ellenbogen nach hinten abgestützt und sie anschaute, entspannt, aber ohne ein Lächeln. Man wünschte sich von diesem Jungen so sehr, dass er lächelte! Sie selbst hatte viel gelächelt an diesem Tag, das merkte sie nun, seit Monaten hatte sie nicht mehr so viel gelächelt, die Gesichtsmuskeln taten ihr weh von der ungewohnten Anspannung. Riccarda drehte sich auf den Rücken und betastete mit den Fingern ihr Gesicht. Es fühlte sich anders an, weicher, so, als hätte sie gut gegessen. Da hörte sie, dass jemand weinte. Ein leises, unterdrücktes Schluchzen. Marie weinte. Marie im Bett nebenan dachte an Irmgard, ballte die Fäuste und weinte.

Als Riccarda am nächsten Morgen aufwachte, war Maries Bett leer. Es fiel ihr gleich auf, und dann erst bemerkte sie es: Sie *sah*. Sie *sah*, dass Maries Bett leer war, und sie *sah* ihre Schwester mit strahlendem Blick neben sich stehen. Mit einem Ruck setzte sie sich auf. Es war hell im Zimmer! Hell wie auf der Straße, hell wie auf dem Platz vor der Kirche, beinahe so hell wie am Wannsee! Irgendjemand hatte die Pappen von den Fenstern entfernt, und Riccarda konnte die Helligkeit geradezu mit Händen greifen: Der Tag stand mitten im Zimmer.

Sie schwang die Füße aus dem Bett und blinzelte. Ihre Schwester strahlte und nickte: Fenster! Sie hatten gestern Fenster geliefert bekommen! Nicht für alle Zimmer natürlich, aber für das Kinderzimmer und für die Küche. Irgendwo musste man ja anfangen, irgendwo begann sie, die neue Normalität. Riccarda merkte nicht, dass sie den Kopf schüttelte wie ein Hund, der nicht fressen will. Dabei schmeckte ihr, was man ihr da gerade vorsetzte! Dabei waren sie hungrig nach jedem Happen, nach jedem noch so kleinen Fetzen von Ordnung, wie es einmal selbstverständlich gewesen war. Dichte Fenster. Licht und Trockenheit. Es war normal. Es war nicht zu fassen. Riccarda schüttelte noch immer den Kopf.

Nein!, rief sie endlich, nein, nein!

Doch!, rief Renate.

Nein, nein, nein!

Doch, doch!

Was für ein alberner Refrain! Sie lachten, sie sprangen, sie tanzten umeinander herum und hielten sich in den Armen. Dann führte Renate Riccarda zum Fenster, als zeigte sie der kleinen Schwester den Weihnachtsbaum: Fühl mal. Riccarda berührte das Glas beinahe andächtig. Sie hielt das Gesicht dicht an die Scheibe. Die Scheibe beschlug. Riccarda wischte hastig mit dem Jackenärmel darüber, hielt inne, zögerte. Hielt das Glas stand? Renate lachte: Dummerchen!

Da unten die Akazienstraße. Die üblichen Arbeitssuchenden schon unterwegs. Kippensammler. Frauen, die etwas zu tun hatten. Männer, die so taten, als ob. Der Mann mit der Aktentasche, zu der es schon lange keine Akten mehr gab. Einer, der immerzu fegte, wo noch hätte gegraben werden müssen und gehackt. Einer, der auf Ordnung hielt und die Kreuzungen kontrollierte, als brandete dort der Verkehr wie früher. Der Verkehr: ein Pritschenwagen. Ein paar Frauen mit Handkarren. Eine, die in einem nur noch dreirädrigen Kinderwagen ihre Habe transportierte. Doch vor Riccardas Augen das Glas. Und hinter dem Glas lag die Welt.

Riccarda fand, dass so die Welt am schönsten war. Klar zu sehen, konturenscharf und genau. Aber die Gerüche waren verschwunden, die Klänge gedämpft. Kein Wetter spielte eine

Rolle, Regen nicht und nicht Wind. Immer hinter so einer Glasscheibe leben, das wär' s doch! Wunderbar beschützt wäre man. Immer im Trocknen!, sagte Riccarda und kam sich selbst ein bisschen kindisch dabei vor. Renate zog sie am Ohr: So ein Leben in der Auslage, na, ich weiß nich ...

Und zog die Schwester mit sich fort. In die Küche. Um den Tisch herum saßen die anderen und kauten und schwiegen. Sie schwiegen offenbar schon lange, es war ein eingerastetes, festes Schweigen, so etwas spürt man. Hier ging es nicht um die Fenster. Hier wurde nicht gefeiert. Auf dem Tisch stand die Schüssel mit dem verhassten Brotbrei. Ein wenig Fett war in der Wassersuppe aufgelöst, Thymian war darin gelöst. Wer die Pampe löffelte, konnte sich einbilden, verrührte Leberwurst zu essen. Brotbrei war ihr tägliches Frühstück, mal als Wurstersatz, mal mit Zimt als Erinnerung an Reisbrei. Die Erwachsenen aßen klaglos und hastig. Normalerweise wurde viel geredet bei den Mahlzeiten, immer gab es etwas zu berichten: Da und dort wurden Kartoffeln verkauft, hier und dort bot einer Arbeit für einen Tag. Aber heute schwiegen sie. Sie schwiegen, als hätten sie alle gemeinsam einen Schreck erlitten. Der Schrecken saß mit am Tisch und tauchte seinen Blechlöffel mit in die Suppe. Mit am Tisch saß der Vater. Riccarda blieb mit einem Ruck stehen, so dass Renate heftiger als beabsichtigt an ihrem Arm zog.

Riccarda. Das war Mutter. Sie sagte als erste etwas. Sie wies auf einen freien Stuhl. Und fuhr fort: Willst du deinen Vater nicht begrüßen?

Es war feierlich. Es war überflüssig. Siegfried Krampitz lebte ja schon seit Monaten gleich in der Nachbarschaft, bei seinem Bruder. Er war heimgekehrt, aber nicht da. Das schien jetzt anders werden zu sollen. Siegfried Krampitz war gestern vorbeigekommen und hatte geholfen, die Fenster einzubauen. Und da hatte Irmgard offensichtlich einen Entschluss gefasst.

Kein Mensch wusste, ob die Fenster dabei eine Rolle spielten oder nicht. Wer konnte schon in Irmgard hineinschauen! Fest stand jedenfalls: Kaum waren die ollen Pappen entfernt und das erste Glas eingesetzt, hatte Irmgard grübelnd in die Runde geschaut. Schließlich hatte sie aus dem Kasten unter ihrem Bett zwei Bierflaschen hervorgeholt und ihrem Mann eine davon angeboten, während sie selbst die zweite öffnete. Und dann hatten sie sich eine Weile angestarrt, die beiden, schluckend und trinkend, so, als würden zwei Ringer ihre Kräfte messen. So jedenfalls war es Renate vorgekommen, die atemlos dieses Elternschauspiel verfolgte. Und dann, so, als sei sie es plötzlich leid gewesen, hatte Irmgard den Bügel wieder auf die halbvolle Flasche gedrückt, mehrfach mit der Hand darübergestreichelt und schließlich achselzuckend gemeint: Na, warum eigentlich nicht, dann setz dich halt mal!

Da war Renate gegangen, die die Spannung nicht mehr aushielt. Und Siegfried Krampitz hatte sich auf den angebotenen Stuhl gesetzt. Hatte wiederum geschwiegen und gewartet. Irmgard hatte ihn so genau angeschaut, als sähe sie ihn zum ersten Mal. Und tatsächlich war diese Helligkeit, diese enorme Klarheit etwas Ungewohntes, etwas ganz und gar Unerhörtes. Was Irmgard da sah, konnte ihr aber unmöglich gefallen. Kein Mensch sah in diesen Zeiten bei hellem Tageslicht besser aus als bei Nacht. Irmgard hatte sogar behauptet, dass sich viele Paare nur deshalb wiederfanden, weil sie sich nicht richtig sehen konnten. *Zwielichtige Paare* – das bezog sich beileibe nicht nur auf solche unklarer Herkunft, nein, vom Zwielicht gekennzeichnet waren beinahe alle Beziehungen: unklare Zweckbündnisse, notdürftig als Leidenschaften verbrämt, Notbehelfe, um Kälte und Knappheit besser zu überstehen, Bindungen auf Zeit, die halfen, das Nest nicht völlig auskühlen zu lassen, bis sein rechtmäßiger Besitzer zurückkäme. Wer stellte Ansprüche? Wer stellte Fragen? Wer konnte es sich leisten, etwas ganz genau zu wissen? Wer schaute genau hin?

Man musste den Fensterpappen geradezu dankbar sein und dankbar auch dafür, dass die meisten Spiegel zerschossen waren. Sagte Irmgard bisweilen grimmig. Freilich: In dieser Wohnung gab es noch einen, einen mannshohen sogar, der gebieterisch im Flur stand. Riccarda hasste diesen Spiegel. Sie mochte sich schon lange nicht mehr sehen. Aber Irmgard hatte sie gezwungen, regelmäßig ihr Gewicht zu kontrollieren, um sie zu zwingen, weiter Kohlrübenbrei und Plinsen zu essen, Eierkuchen aus Maismehl und Schrotklöße. Und weil es keine funktionierende Waage mehr gab, hatte Irmgard mit dem Maßband neben dem Spiegel gewartet, während Riccarda sich auszog, um dann nackt vor den Spiegel zu treten. Während die Kälte unaufhaltsam durch ihre Haut drang und die Füße rasch zu schmerzen begannen, hatte Irmgard gemessen: die Oberschenkel, den Hintern, die Taille, die Brust.

Ihre Mutter hatte darauf bestanden, dass Riccarda ganz nackt war, dass sie sogar mit bloßen Füßen dastand. Wenigstens einmal am Tag muss ich alles im Blick haben!, hatte sie gesagt. Zappel nicht so rum! Hatte Riccarda vorgerechnet, dass sie mehr essen musste. Und weniger trinken. Höchstens einen Viertelliter am Tag, dann setzte das Essen besser an. Und nicht so viel Salz. Herrgott, schon wieder weniger Brust! Was soll nur aus dir werden … So schimpfte sie, und Riccarda, zitternd, versuchte, nicht in den Spiegel zu schauen. Sie mochte seit einiger Zeit nicht mehr, was sie da sah. Sie mochte es überhaupt nicht.

Deshalb war es auch kein kleiner Schreck gewesen, als der Junge darauf bestand, dass sie sich auszog am Wannsee. Als sie aus dem Wasser gekommen war, hatte er sie weggeführt, und sie dachte, er wollte ein wenig mit ihr flanieren. Aber er hatte sie in das Unterholz mit den mickernden jungen Birken geführt und ihr dann bedeutet, die nassen Klamotten auszuziehen. Sie hatte erst den Kopf geschüttelt, dann laut vernehmlich Nein! und No! und sogar Mais non! gesagt, aber selbst ihr Französisch hatte Chet nicht beeindruckt, also hatte sie aufgegeben. Und hatte, während sie sich die Sachen abgestreift hatte, an den Spiegel im Flur gedacht und gezittert, obwohl es warm war. Selbst der Wind, der nun über ihre Haut strich, war warm. Der Junge hatte aber nicht Maß genommen, er hatte sie nicht einmal angefasst. Chet sah sie einfach nur an und ließ sich auch anschauen. Dann nahm er ihr die Kleider ab, befestigte sie an niedrig hängenden Ästen und hängte ihr ein dünnes und ausgeblichenes, aber riesiges dunkelblaues Handtuch um. Es waren Sterne eingeprägt und Streifen. Er wickelte sie darin ein. *Stars and Stripes*. Ricky trug die amerikanische Flagge. Sie kicherte nervös, und der Junge lachte ebenfalls und salutierte.

Na, meine Beste!, sagte der Vater jetzt und meinte Riccarda. Komm her!

Setz dich!, sagte die Mutter zu Renate. Is' noch genug da. Sie schaufelte. Der Brei flockte. Irgendjemand hatte versuchsweise einen Schuss Milch hineingegeben. Riccarda verzog das Gesicht. Sie rührte in den braunen Plocken. Der Brei war lauwarm. Nie gab der Herd genug Wärme ab, um die Speisen zu erhitzen. Und nur nachts war auf den Strom so viel Verlass, dass man einen kleineren Topf auf einem umgedrehten Bügeleisen erwärmen konnte. Dies hier war lauwarm. Und grässlich wie immer. Riccarda rührte. Der erste Löffel der Pampe war der schlimmste. Sie schielte zum Vater. Der sah aus, als ob er etwas sagen wollte, aber Irmgard blickte ihn so bestimmt an, dass er schwieg. Er konnte jetzt nichts riskieren. Er war einer, der auf Bewährung dasaß.

Marie löffelte verbissen. Sie schaute keinen an. Sie fütterte sich selbst, als wäre sie ihr eigenes, ungeliebtes Kind, ein

Wechselbalg, den es mit durchzubringen galt. Gelegentlich schniefte sie. Frau Wegener hielt es nicht mehr aus und reichte ein Taschentuch über den Tisch. Marie machte keine Anstalten, es zu nehmen. Das Taschentuch schwebte eine ganze Weile in der Luft, dann griff Herr Wegener danach und steckte es ein. Der Junge lachte blöde und fing sich dafür eine ein. Er zuckte nicht einmal. Er war die Schläge so gewöhnt wie das Atmen. Marie beobachtete, wie Irmgard ihren Mann betrachtete. Zufrieden irgendwie. Wie jemand, der einen Entschluss gefasst hat und nun abwartet, was sich daraus ergibt. Keineswegs seiner Sache sicher, aber mit sich selbst im Reinen. Marie hasste Selbstgerechtigkeit jeder Art.

Was wollte Irmgard mit diesem Kerl? Waren sie nicht all die Zeit, waren sie nicht die letzen anderthalb Jahre im Krieg und die noch einmal anderthalb seither glänzend ohne den Mann ausgekommen? Hatte Irmgard nicht selbst Geschmack gefunden an der neuen Unabhängigkeit? Und waren die Reibereien nicht unerträglich geworden, kaum, dass Krampitz aus der Gefangenschaft zurückgekehrt war und erst einmal den *Mann im Hause* gespielt hatte? Wie stolz war Marie auf Irmgard gewesen: Sie hatte den Eindringling Mores gelehrt. Dann hatte sie endlich Marie in ihr Bett gelassen. Und nun holte sie den Mann zurück. Duldete ihn jedenfalls in ihrer Nähe. Maries metallener Löffel schlug heftig an den Teller. Keiner kümmerte sich darum. Das mit den Tischsitten war lange her.

Auch Irmgard kümmerte sich nicht um Marie. Ach, Marie, dachte sie, ach, Marie! Es erschütterte sie, dass die Menschen so leicht zu durchschauen waren. Jetzt noch mehr als früher. Eigentlich seit die Braunen regiert hatten. Sie hatten gemacht, dass den Menschen nach und nach der Anstand vom Leibe fiel. Wie Kleider, die einer zu lange getragen hat. Der Anstand wurde fadenscheinig, dann löchrig, dann total unbrauchbar. Was darunter zum Vorschein kam, war kläglich.

Dass sich jeder selbst der Nächste sei, wurde zum Lebensprinzip. Zum Lebensprinzip für die einen. Zum Todesprinzip für die anderen. Irmgard hatte mitgemacht. Und überlebt. Und als sie gar nicht mehr konnte, war Marie da gewesen. Marie hatte ihr Luft zum Atmen gegeben. Dann wäre ihr Marie beinahe geraubt worden. Das hatte sie nicht zulassen können. Sie wäre gestorben ohne Marie. Sie wären alle gestorben. Sie hatte keine Zeit zum Nachdenken gehabt. Sie hatte ihre Töchter preisgegeben. Ihre Töchter waren der Preis gewesen. Das vergaß sie keinen Augenblick, auch wenn sie es sich nicht anmerken ließ.

Ihr Blick aber blieb scharf. Irmgard sah die Gier bei den einen, die Angst bei den anderen. Rücksichtslos wurden alle. Rücksichtslos, raffgierig und gemein. Es gab Ausnahmen, sicher, aber Aufrichtigkeit und Mut waren Luxusgüter, sie hatten irgendwann auch etwas Lächerliches – wie Spitzenwäsche im Krieg. Irmgard hatte solche gekannt, solche mit Mut – und auch solche mit Spitzenwäsche. Zermalmt worden waren sie alle. Zermalmt im Krieg oder verraten und verkauft. Waren verhaftet worden, verschwanden, kamen gebrochen zurück oder gar nicht. Irmgard sah es und hatte beschlossen, auch das zu überleben. Sie und ihre beiden Töchter. Koste es, was es wolle, das sagte sie nicht, aber sie handelte danach. Ausgerechnet die Töchter hatte es gekostet, damit hatte sie nicht gerechnet.

Eine Augenblicksentscheidung war das gewesen, eine Entscheidung für Marie. Die richtige Entscheidung und gleichzeitig die falsche. Eine Verbissenheit wuchs in ihr, eine Härte, ein Hass auf sich selbst. Marie streichelte ihn manchmal fort, den Hass, für ein paar Stunden. Wenn Marie sie streichelte, begann das Blut wieder in Irmgards Körper zu zirkulieren. Dann stockte es wieder. Dann wurde es kalt. Der Mann war im Krieg und würde für's erste nicht zurückkommen, das war gewiss. Der Mann hatte keine Ahnung. Er kam natürlich wieder, gelegentlich, auf ein paar Urlaubstage, aber das bestärkte Irmgard in ihrer Meinung: Er war wieder da, aber er war nicht zurück. Er sah nicht, was zu Hause vor sich ging. Er hatte keinen Blick dafür. Die Dinge, die er in Biala-Podlaska und in Posen gesehen hatte, all die Schrecklichkeiten des Krieges, ließen ihn nicht los. Arme und Beine bewegten sich in Berlin, schaufelten Kohle, als es noch welche gab, halfen Irmgard, die Lieferungen zu organisieren und den Verkauf – aber der Kopf und die Seele blieben in der Beresina, in Biala-Podlaska, in Byalistok. Irmgard kam es so vor, als sei ihr selbst sein Blick abhanden gekommen. Siegfried schaute sie ja nicht an, er schaute durch sie hindurch. Er schaute durch alles hindurch, durch Mauern, als seien sie bereits eingestürzt, durch Häuser, als hätten die Bomben sie längst vernichtet. Aber das kam erst noch.

Die ersten großen Bombenangriffe auf Berlin erlebte er nur als schlechte Nachricht von der Heimatfront. Irmgard erlebte sie als Verheerung, als Feuersturm, als Entsetzen. Wie sollte sie je über so etwas sprechen, so etwas mitteilen können? Und gleichzeitig dachte sie, dass der Mann das alles über sie gebracht hatte – nein, nicht *die Männer*, wie so viele Frauen voller Wut meinten, oder *unsere Männer*, wie einige Dummchen es immer noch sagten – für Irmgard war es *der* Mann gewesen, ihr Mann, Siegfried, mit dem idiotisch heldischen Namen, den sie hatte losziehen sehen, mit Helm und Gewehr. Wie stolz hatte er ihr seine Waffe gezeigt, die beste ihrer Art, damit würden sie es den Feinden zeigen, den Polen zuerst, dann den Franzmännern und selbst dem Russen.

Die Russkis würden auch zurückweichen, würden sich ergeben, denn stark, viel zu stark sei der Ansturm der Deutschen. Sein Ansturm, Siegfrieds. Da war er es noch selbst gewesen, Siegfried, der Soldat. Und Irmgard hatte auf die Weltkarte gestarrt, die Siegfried vor ihr ausgebreitet hatte, Siegfried war stolz auf seine Frau, die klug war und sich interessierte, und hatte sie durchaus eingeweiht in die Pläne des siegreichen Führers, aber Irmgard hatte auf die Karte geschaut und sich gefragt, wo sie denn alle hinsollten, die Feinde. Wohin sie sich denn zurückziehen sollten, wenn die Deutschen sie vor sich hertrieben. Wo war Schluss? An der Wolga, am Don, am Schwarzen Meer, am Pazifik?

Irmgard wurde schwindlig, als sie verstand, dass die Deutschen im Begriff waren, die ganze Welt zu bedrängen. Dass die Deutschen zur Bedrängnis der Welt wurden. Und die Welt würde sich wehren. Die Welt würde sich sammeln und sich erheben, und dann käme die Bedrängnis über sie alle. Jedes Kind konnte das sehen. Nur der Mann sah das nicht ein. Ihr Mann, Siegfried Krampitz, der einst ein vernünftiger Kohlenhändler gewesen war und sein Auskommen hatte. Jetzt wurde er verrückt wie alle, und jedes Mal, wenn er nach Hause kam, brachte er mehr Bedrängnis mit wie einen Virus, wie die Pest. Irmgard behielt ihre Gedanken für sich, aber sie merkte, wie die Gedanken in ihr wuchsen, manchmal glaubte sie, sie ersticke daran, aber sie schwieg, wegen der Mädchen. Die Mädchen gingen vor. Die Mädchen konnten nichts dafür. Also schwieg Irmgard weiter und schluckte. Das ging so, bis der Krieg gänzlich Besitz von ihnen allen ergriffen hatte, bis der Feuersturm durch Berlin raste, bis Kreuzberg vernichtet wurde, Mitte geschleift und Zehntausende ihr Heim verloren in ein paar Nächten.

Damals wurde Marie bei ihr einquartiert. Marie, die anders war. Die sofort sah, was in Irmgard vorging und eines Tages, beim Abspülen, nur scheinbar nach der zum Abtrocknen gereichten Schale griff, in Wahrheit aber nach Irmgards Hand. Irmgard schüttelte Marie ab, die Schale zerbrach, aber etwas wurde heil in Irmgard. Sie konnte es spüren. Sie spürte, dass

Marie sie verstand. Und Irmgard griff zu. Sie hielt Maries Hand, als die Engländer tagsüber Luftminen warfen und die Amerikaner ihre Brandbomben nachts. Sie hielt Maries Hand, wenn sie, die Mädchen vor sich hertreibend, Abend für Abend in den Keller flüchteten, da, wo schon die anderen Hausbewohner saßen, auf Koffern und Kisten aneinandergedrängt, und zitterten. Dass es vorbeiginge. Dass sie endlich doch ein Volltreffer erwischte. Sie wurde mit Marie zusammen hochgeschleudert und wieder abgesetzt vom Luftdruck einer Bombe, die das Nachbarhaus zerstörte. Sie hielt Maries Hand, als kaum noch Bomben fielen und dafür schwere Artillerie das Haus schüttelte. Als die Mauern vibrierten und das Jaulen der Stalinorgeln die Nerven zerfetzte. Sie ließ Maries Hand nur für einen Augenblick los, als Bernie, der zweite Sohn der Wegeners, unbedingt zum Volkssturm wollte, sich befreien wollte aus dem Keller und seine verzweifelte Mutter anschrie: Der Führer braucht mich jetzt, ich muss ihm helfen! Bernie war noch keine sechzehn, aber man konnte ihn nicht halten. Er stürzte aus dem Keller, den Stalinorgeln und seinem Führer entgegen, und wurde nicht mehr gesehen.

Da weinten sie zusammen, auch Marie weinte. Marie war eine warmherzige Frau, der rasch die Tränen kamen, solche der Freude und die anderen auch. Bis dahin hatte Irmgard immer geglaubt, Frauen wie Marie hätten etwas Vierschrötiges, Suffragettenweiber, mit denen nicht gut Kirschen essen war. Aber Marie war nicht grob. Sie war eine Verletzliche, eine Fröhliche, die Irmgard mit kleinen albernen Einfällen zum Lachen brachte. – Was sollen wir mit dem ganzen Plunder?, hatte Irmgard gemeint, als sie auf dem Schwarzmarkt Dutzende weißer Schaumlöffel billig erworben hatten. Schaumlöffel, ausgerechnet! Wo man die Einlagen in den armseligen Suppen doch mit der Lupe hätte suchen müssen. Aber sie hatten keine Wahl: Es gab Schaumlöffel, also kaufte man

Schaumlöffel. Plunder war das einzige, was der Markt noch zu bieten hatte, also bevorratete man sich mit Plunder. Marie dachte eine Weile nach, dann hielte sie zwei, drei der steifen, langen Löffel vor sich her: Wir bauen ein Mobile! Das hängen wir hinter die Türe! Dann hören wir gleich, wenn der Russe kommt!, sagte sie lachend.

Und so bastelten sie, mitten im Krieg. Und Marie, die hinkte, der die Hüften wehtaten bei jedem Schritt, kletterte auf einen Stuhl und hängte das Mobile auf. Die Töchter tippten sich an die Stirne: Bisschen plemp-plem, was?! Aber bevor Irmgard sie noch zurechtweisen konnte, lachten sie auch.

Der Russe. Der machte ihnen allen Angst. Die Propaganda hatte ihre Wirkung nicht verfehlt. Und außerdem hatten die Männer, die an der Ostfront kämpften, bei ihren Heimaturlauben von dort erzählt. Von dem, was sie erlebt hatten. Von dem, was deutsche Soldaten dort angerichtet hatten. Nicht sie persönlich natürlich. Die anderen. Immer die anderen. Die Rache würde sie dennoch treffen, und sie würde nicht auf sich warten lassen. Die Rache würde fürchterlich sein. Auch Siegfried redete so. Schon lange sagte er nicht mehr ich, ich, ich, wenn er von der Front erzählte. Sein berühmtes STG 44, das Sturmgewehr, wurde zur Last, ein Panzer war eine Falle, eine Handgranate wurde zur Bedrohung ihres Trägers. Alles kehrte sich gegen sie. Sein Stolz, dass die deutsche Armee so rasch den Djnepr überquert hatte, verwandelte sich plötzlich in Panik. Was machten sie da? Er hatte vergessen, wozu sie stürmten. Wofür sie kämpften, hatte keine Bedeutung mehr. Aber sie machten weiter. Ohne Gedächtnis und ohne Besinnung. Er und die anderen. Immer die anderen.

Die anderen hatten es *Hamsterfahrt* genannt, wenn sie in Russland auf Mädchen aus waren und streunend durch die Dörfer fuhren. Sie hatten aber nur ein Mädchen erwischt. Ein russisches Mädchen mit langen Zöpfen für zwölf deutsche

Soldaten! Es gab Fotos. Die anderen. Die hatten aus Zorn das ganze Dorf niedergebrannt und auf ein Schild geschrieben: Schön – hier wird geheizt! Das waren die anderen. Immer die anderen. Die anderen hatten auch den Kommissar aufgehängt, nur so, *am eigenen Balkon baumelt der Herr Kommissar*. Wieder so ein Schild. Und wieder so ein Foto. Siegfried hatte es Irmgard gezeigt, und Irmgard hatte auf seine Finger gestarrt, die Fingernägel, unter denen immer das Fett der Kohlen gesessen hatte, ganz fest hatte der Kohlendreck gesessen, und was war dort jetzt? Was klebte jetzt schwarz unter den Nägeln?

Die anderen. Immer die anderen. Siegfried redete weiter, redete von weiteren Toten, von noch mehr Gräueln, und Irmgard hatte sich die Ohren zugehalten und gleichzeitig gehofft, dass Siegfried sagen würde: Ich. Ich war 's. Dass sie ihn einmal anschauen und wissen könnte, was er tat. Sie wusste es ja nicht. Sie wusste nur, dass er ein Teil war. Ein Teil dieser mörderischen Maschine. Jedes Mal, wenn Siegfried nach Hause kam, sah er elender aus. Der Uniformrock schlotterte. Die Stiefelschäfte dünn und abgewetzt. Und der Geruch! Irmgard konnte seinen Geruch nicht ertragen, Siegfried brachte etwas Fremdes, Scharfes, Säuerliches mit. Es war, als klebte der Tod an ihm. Und noch ein schlimmeres Wort fiel ihr ein, ein älteres: Verderben. Instinktiv hielt Irmgard die Kinder ein wenig fern von ihrem Vater, und zum Glück hatte Siegfried kaum einen Blick für sie übrig. Wollte nur schlafen. Rührte kaum die Frau an. Schlang das bisschen Essen herunter, das Irmgard zubereitet hatte, und verschwand wieder.

Dann aber war Marie da. Marie, die über den Flur kam mit ihrem weichen Hinken, wie eine ungleichmäßig tickende Uhr. Marie war warm und gut und eine Frau, schleppte in zwei schweren Eimern Wasser aus den überall angelegten Löschteichen herbei, als die Leitungen längst nichts mehr hergaben. Weinte, weil Bombensplitter ein paar Kinder neben ihr getroffen hatten, als sie eilig einen Hof überquerten. Ließ sich trösten und tröstete selbst. Und roch nach nichts als Marie, nach dem gleichen Staub, nach dem Irmgard roch, nach demselben fauligen Wasser, mit dem auch Irmgard sich wusch. Und einmal, an einem herrlichen Abend, rochen sie beide nach demselben Lavendelwasser aus einem allerletzten Flakon, den Irmgard unter ihrer Wäsche in der Kommode versteckt hatte. Marie war das, was Irmgard noch blieb. Eine Freundin, ein Rest von Zuversicht. *Meine bessere Hälfte!*, dachte Irmgard einmal und erschrak.

Irmgard spürte, dass sie Marie brauchte wie sie seit langem nichts gebraucht hatte auf der Welt. Und deshalb überließ sie den Russen die eigenen Töchter, nicht aber Marie. Es war eine Sekundenentscheidung gewesen. Eine Bruchteil-einer-Sekunde-Entscheidung. Nehmt diese! Die Freundin verschont! In den Nächten seither hatte Irmgard versucht, sich davon zu überzeugen, dass diese Entscheidung richtig gewesen war. Sie waren ja keine Unholde gewesen, diese Russen. Sie hatten die beiden Mädchen nicht gleich im Hausflur überfallen, wie es im Nachbarhaus zwei älteren Schwestern ergangen war. Sie hatten sie immerhin in die Wohnungen geführt und waren dann die ganze Nacht geblieben wie ganz normale Liebhaber. Grischa und Pjotr, so hießen die Kerle, hatten sogar Geld dagelassen, Geld, mit dem allerdings kein Mensch etwas anfangen konnte, und ein paar Tage später waren sie mit Geschenken zurückgekommen.

Es hätte schlimmer kommen können für sie alle. Und die Mädchen hatten sich dreingefunden, wie sie sich in alles dreingefunden hatten. Vor allem Renate. Auf Renate konnte sie sich verlassen. Aus dem gleich Holz geschnitzt wie sie. Überhaupt Holz. Fest, aber elastisch. Machte nicht viel um sich her, das Mädchen. War aber da, wenn man es brauchte. Mit Riccarda verhielt es sich anders. Ricky.

Ricky wollte sie jetzt genannt werden. Damit sich die Amis nicht so schwer mit ihr taten? Irmgard fand, dass Riccarda es den Soldaten ein wenig zu leichtmachte neuerdings. Wenn man es ihnen zu leichtmachte, brachte es nichts ein. Und tatsächlich kehrte Riccarda mit leeren Händen zurück, wenn sie sich mit ihrem neuen Verehrer traf. Mit leeren Händen – aber mit leuchtenden Augen. Das gefiel Irmgard nicht. Ein Habenichts offensichtlich. Oder ein Geizhals. Irmgard seufzte und schöpfte mit dem Schaumlöffel ein paar Brocken Brot aus dem bräunlichen Brei. Aber auch Ricky würde überleben. Das spürte sie.

Herrje noch eins!, sagte plötzlich ihr Mann in die Stille. Das ist ja 'n grässliches Zeug! Habt ihr nicht wenigstens ein bisschen Butter? Oder Marmelade?

Butter! Die anderen starrten ihn an, als hätte er den Verstand verloren. Gold war leichter zu beschaffen als gutes Fett in diesen Tagen. Wo war der Mann gewesen? Siegfried merkte es nicht: Riccarda! Renate! Nun macht schon! Holt euerm Vater was Vernünftiges zu essen, was Richtiges brauch ich jetzt zwischen den Zähnen!

Die Mädchen schauten sich an, dann wandten sie den Blick zur Mutter. Als ob sie die Köpfe aus Sirup hoben, so zäh die Blicke. Bemerkte der Vater nicht, wie sie alle heruntergekommen waren? Dass sie Spezialistinnen darin geworden waren, aus Wasser und Essig, gemahlenem Malzkaffee, Salz und billigen Aromen eine Marmelade zu kochen? Dass ein Gebräu aus zusammengeklaubtem Getreide den Kaffee ersetzte? Dass alles Lug und Trug war: falscher Lachs und falscher Hase, falscher Honig und falsches Schabefleisch, falsche Grützwurst und falscher Bienenstich. Ein Leben ohne Würze, ein Muckefuck-Leben, ein Mist! In Renate und Ricky stieg eine Wut hoch. Aber die Mutter griff nicht ein. Sie schalt nicht, und sie machte keine ihrer scharfen Bemerkungen. Sie sagte nicht, dass der Vater ein Dämelsack und den Männern ganz allgemein nicht zu helfen war. Sie legte, die Mädchen konnten es kaum glauben, dem Vater die Hand auf den Arm. Begütigend. Auf eine Weise fraulich, die sie seit Jahren nicht mehr an ihrer Mutter gesehen hatten. Was für eine Rolle spielte sie jetzt?!

Marie stand mit einem Ruck auf, nahm ihren Teller und ging hinaus. Irmgard sah ihr nicht nach. Sie redete leise auf ihren Mann ein, der lächelte. Renate lief rot an. Ricky sah es genau. Die anderen begannen zu reden, als würden sie dafür bezahlt. Irmgard fing die Blicke ihrer Töchter auf, sie spürte die Ablehnung. Die dummen Dinger! Die begriffen nicht, dass sie das alles für sie tat. Sie brauchten die Ordnung. Sie brauchten, dass alles so würde wie früher. Irmgard wusste das. Sie selbst brauchte das nicht. Sie brauchte keinen Mann. Sie hatte nichts mehr empfunden für den Mann, für keinen. Sie hatte, jedes Mal, wenn Siegfried auf Fronturlaub nach Hause gekommen war, in sich hineingehört, aber da war immer weniger gewesen, nur etwas wie Pflichtgefühl, Gewohnheit, auch Müdigkeit. Er war ihr so gleichgültig geworden, dass es schmerzte.

Aber nun war es anders. Es sollte anders sein. Das war die Folge eines Entschlusses. Es musste wieder anders werden! Es musste. Irmgard half ihrem Gefühl auf die Beine. Und dabei waren ihr die neuen Fenster nützlich. Das Licht fiel durch die Scheiben. Frühlingslicht, weißlich. Staubbahnen beschrieb das Licht, das Licht zeigte auf Ritze und Spalten. Was war die Wohnung heruntergekommen – obwohl immer noch heil. Sie hatten Glück gehabt, dass sie im ersten Hinterhaus wohnten. Das Vorderhaus war hin. Mitsamt dem schönen Nussbaum. Nicht an den Nussbaum denken! Obwohl: Die Traurigkeit machte sie weich.

Und jetzt musste sie weich sein. Sie musste sich daran erinnern, wie das war, als sie *eine richtige Frau* gewesen war. Und wirklich: Sie war über sich selbst ein bisschen erstaunt, denn Siegfried, abgemagert und vernachlässigt, ließ sie nicht mehr unberührt, wie er da ungelenk an ihrem Tisch saß. Vielleicht lag es an seiner Unsicherheit, vielleicht lag es am Licht oder an beidem. Irmgard sah jede Falte in seinem Gesicht, in die sich der Schmutz verfangen hatte. Irmgard schaute sehr genau hin. Auch das schmerzte. Aber es tat gleichzeitig gut. Was sie sah, konnte ihr nicht gefallen, aber Irmgard mochte das Unverfälschte. Sie hasste es, wenn ihr jemand etwas vormachte. Sie übte noch mehr Druck aus, wenn jemand versuchte zu blenden. Sie gab nach, wenn andere aufgaben. Dann konnte sie sogar großzügig sein.

Wie hell es nun war! Immer schon hatte sie es gemocht. Ich lebe ab März, vorher existiere ich bloß!, hatte sie immer gesagt und war schon zu Ostern mit kurzärmeliger Bluse auf die Straße getreten. Meine Gegend, das ist das Helle!, hatte sie gesagt. Es war ein Witz, dass sie ausgerechnet einen Kohlehändler geheiratet hatte! Und im Hinterhaus gelandet war. Immerhin: das erste Hinterhaus. Und Schöneberg. Die Akazienstrasse war keine schlechte Adresse. Freilich: Sie hatte von Capri geträumt, ein Leben lang. Aber weiter als bis Hiddensee war sie nicht gekommen, dem Capri des Nordens … Ihre Gedanken schweiften ab. Sie zwang sich, über ihren Mann nachzudenken. Das hatte sie lange nicht getan. Wie es weitergehen sollte. Sie dachte darüber nach, wie sie ihn wieder zum Arbeiten bringen könnte. Der Mann ist nicht für Träume da. Der Mann ist dafür da, dass man wieder in Frieden leben kann, nachdem er den Krieg gebracht hatte. Das ist er ihnen schuldig. Oder dass man wenigstens so lebt, wie es sich gehört. Dass alles seine Richtigkeit hat. Dass die Nachbarn Ruhe geben. Und nicht zuletzt die Mädchen.

Mädchen werfen den Müttern immer vor, wenn die Väter fehlen. Sie hatte erlebt, wie die Töchter den Krieg überstanden. Sie waren nicht untergegangen. Sie hatten überlebt. Aber sie hatten mitangesehen, wie alles ringsherum in Trümmer ging. Nicht nur die Häuser, Schulen, Fabriken und Straßen. Sondern auch die Familien. Und die Mädchen waren ins Taumeln geraten, beide. Wussten nicht mehr, was richtig und falsch war. Daran gab sich auch Irmgard die Schuld. Was wusste sie denn? Die Mädchen trugen bei zum Lebensunterhalt. Lieferten alles Geld ab, was ihnen ihre Franzmänner, die Engländer und Amerikaner einbrachten. Aber sie fingen an, nachzuplappern, was die ihnen vorsagten. Sie begannen, die Männer ernst zu nehmen. Riccarda vor allem. Die war immer auf Vatersuche gewesen. Seit Siegfried fort gewesen war, in Polen zuerst, dann in Frankreich und schließlich bei dem großen, vernichtenden Russlandfeldzug, war Riccarda langsam außer Kontrolle geraten. Aufsässig und weinerlich zugleich. Und jetzt war sie unruhig wie eine vernachlässigte Katze. Stundenlang ging sie allein durch die Straßen, ungeachtet der Gefahren. Irmgard ließ sich nicht weismachen, dass das immer nur auf der Suche nach einem neuen, spendablen Begleiter war. Riccarda suchte etwas anderes. Sie war ein Vaterkind gewesen. Immer schon.

Als Siegfried noch seine Kohlenhandlung gehabt hatte, war Riccarda oft bei ihm gewesen im Kontor. Hatte auf seinen Knien gesessen, wenn er Rechnungen schrieb, und hatte, mit ihren drei oder vier Jahren, versucht, sich nützlich zu machen. Die Angestellten des Vaters hatten sich gelegentlich einen Spaß mit dem kleinen Mädchen erlaubt. Sie hatten Kohlensäcke auf einer Sackkarre gestapelt und Riccarda ganz oben hinaufgesetzt, die vor Vergnügen quietschte, wenn die Männer sie nun in immer schnellerer Fahrt in waghalsigen Kurven durch das Lager kutschierten. Irgendwann bremsten die Männer abrupt – und Riccarda stürzte koppheister in einen großen Haufen Säcke, die in einer Ecke gelagert wurden.

Einmal war der Vater böse auf Riccarda gewesen, Irmgard hatte vergessen, warum. Da hatte sich die Kleine ganz still ein Brikett aus dem Lager geholt, sich in eine Ecke des Kontors verzogen und begonnen, die Kohle aufzuessen. Sie kaute und lutschte so heftig daran herum, dass das Stück nach einer Weile zu glänzen begann und eine Hälfte aussah wie ein Stück der teuren Eierkohle. Siegfried war erst aufmerksam geworden, als Riccarda heftig zu würgen begann, nach Luft schnappte und schließlich ohnmächtig wurde. Entsetzt hatten er und sein Vorarbeiter das Mädchen, dessen Gesicht kalkweiß und mit Kohle verschmiert war und das heftig die Augen verdrehte, zum Doktor gebracht, und dann hatte eine unangenehme und langwierige Prozedur begonnen, die dazu führte, dass Riccarda den gesamten Mageninhalt und reichlich Galle erbrach. Tagelang hatte sie zu Hause im Bett gelegen, apathisch und stumm und hatte auf Vorwürfe und besorgte Fragen, warum um alles in der Welt sie das getan hätte, immer bloß *Vati* geantwortet. Vati jedoch war mit dieser Art von verzehrender Liebe überfordert gewesen, er war aus dem Krankenzimmer geflohen, kaum, dass er seinen Teil getan hatte, und hatte das kranke Kind seiner Frau überlassen. Was hätte nicht alles passieren können! Siegfried Krampitz fand, dass übertriebene Liebe meistens zu nichts Gutem führte. Alles musste im richtigen Rahmen geschehen. Und genau das war jetzt ihre Chance, dachte Irmgard. Sie brauchten wieder einen Rahmen. Einen Rahmen für dieses aus den Fugen geratene Leben.

Willste nich mal langsam abwaschen?, sagte Siegfried mehr auffordernd als fragend zu Renate. Doch die schaute ihn an, als spräche er in einer gänzlich unbekannten Sprache. Es würde nicht einfach werden.

Es war Mai. Es wurde Juni. Chet gewöhnte sich an einen militärischen Alltag, der weder eindeutig militärisch noch wirklich zivil war. Morgens, nach dem Frühstück, das sie alle zusammen im großen Speisesaal der Kaserne einnahmen und das aus Haferflocken mit Milch, dicken, belegten Graubrotscheiben, gebratenen Eiern mit Speck und Ketchup bestand, begann das Training. Das Training war für alle gleich: Zunächst eine halbe Stunde lockeres Laufen vom Waldfriedhof Dahlem bis zum Grunewaldsee. Manchmal hatte der Sergeant auf der immer gleichen Strecke ein paar Schikanen eingebaut, Fässer, durch die man hindurchkriechen, improvisierte Hürden, über die man klettern musste. Dann zurück in der Kaserne, das Übliche: Liegestütze und Klappmesser, Rumpfbeugen und Hanteltraining. Die Waffe zerlegen, sie mit Hilfe einer Reinigungsstange und Leinöl putzen, bis der Lauf auch von innen glänzte. Manchmal Schießtraining auf dem Schießplatz. An Seilen, Bäumen, Wänden hochklettern. Unter Stacheldraht durchkriechen. Gutmütiges Ringen miteinander. Man musste aufpassen, dass man nicht an die Falschen geriet. Den verrückten Fernando aus dem Valley, der zur Army gegangen war, weil er sich zu Hause den Verstand aus dem Kopf kokste, den sadistischen, enorm kräftigen Willie oder all die Gestörten, die bei der Eroberung Deutschlands dabei gewesen und Dinge gesehen hatten, die man nicht aushalten konnte.

Der Junge kannte das Unvorstellbare nur aus Filmen. Sie waren ihnen gezeigt worden wie auch den Deutschen, einmal waren sogar GIs und deutsche Zivilisten gemeinsam in ein Kino geführt worden, um einen Film über die Befreiung der Konzentrationslager Bergen-Belsen und Dachau zu sehen. Chet war schockiert gewesen, er konnte nicht glauben, was er da sah, er wollte fliehen, die Augen schließen, aber die Stimme des Kommentators konfrontierte ihn rücksichtslos mit den Fakten, mit den Zahlen der ermordeten Juden, der massakrierten Gefangenen. Eine unaufhörliche Kette von Orten, von Toten, von schändlichen Taten. Beim Hinausgehen sah Chet Deutsche, die eine Hand vor die Augen hielten, andere, die Lippen zusammengepresst, eilten hastig hinaus, und Chet dachte, dass es nicht gut war, dass sie hier zusammengesessen hatten. Er fühlte sich plötzlich wie ein Eindringling. Die Scham der anderen griff auf ihn über – aber es war ihr Gefühl, es war ihre Schande, und Chet wandte sich unwillkürlich ab, als hätte er etwas gesehen, was nicht für ihn bestimmt war. Im Nu waren die deutschen Zuschauer verschwunden. Kein Zweifel, dachte Chet, die Deutschen schämten sich und versuchten, vor den fremden Soldaten ihr Innerstes zu verbergen, das beschäftigte sie weit mehr als das Nachdenken über das, was sie eben gesehen hatten. Die erste, instinktive Reaktion, als im Kino das Licht wieder angegangen war, bestimmte ihr Verhalten für Jahre: das Gesicht wahren. Keine Gemütsregung zulassen. Sich vor den anderen schützen und so schnell wie möglich im Alltag verschwinden.

Nachts träumte Chet von den entsetzlichen Bildern. Aber seine Bilder waren Filmbilder. Er hatte nichts gesehen und nichts gerochen. Er hatte die ausgemergelten Körper der KZ-Insassen nicht berührt, er hatte niemandem aufgeholfen und niemanden bekämpft. Alle Kameraden, die erst nach Kriegsende gekommen waren, dachten wie er.

Sie hatten Respekt vor denen, die gekämpft und gesiegt hatten, aber noch nicht nach Hause zurückgeschickt worden waren. Sie bewunderten sie, aber sie fürchteten sie auch. Die Männer aus den Fallschirmjägerverbänden oder der 82. Luftlandedivision, die noch immer auf ihre Demobilisierung warteten, verachteten die Neulinge offensichtlich. Hatten keinen Tag gekämpft! Hatten nichts beigetragen! Setzten sich ins gemachte Nest! Das Nest, das war Berlin. Hier war es inzwischen tatsächlich beinahe unmöglich, sich im Krieg zu fühlen. Oder als Besatzer eines feindlichen Landes. Das machte die Sieger wütend. Sie wurden nicht mehr gebraucht. Sie wollten nach Hause. Stattdessen, so kam es ihnen vor, spazierten sie jetzt mit den anderen zwischen den Trümmern herum.

Präsenz zeigen, nannte man das. Vor allem im Osten, den die Russen mit einiger Energie von den westlichen Zonen zu trennen versuchten. Amerikaner und Briten, die sich erst kürzlich zusammengeschlossen hatten, arbeiteten dagegen, mit allen friedlichen Mitteln. Auch mit Musik. Mit der Musik von der Army Band! Hallo, Girls!, sagten die stiernackigen Kämpfer zu ihnen und boten ironisch an, die Instrumentenkoffer zu tragen. Sie langweilten sich. Bei den zahlreichen Festen waren die Musiker trotzdem gern gesehen. Immerhin Unterhaltung. Und die Festtage waren reichlich. Immer gab es bei den vier alliierten Mächten etwas zu feiern. Und bei den Amerikanern am meisten. Als hätten sie sich vorgenommen, es den Deutschen zu zeigen, sie das Feiern wieder zu lehren wie Radio machen und Demokratie. Der wichtigste, der Unabhängigkeitstag am 4. Juli, stand noch bevor. Aber Chet hatte schon den *Memorial Day* Ende Mai mitgemacht, und nun übte die Band für den *Flag Day*. Keine andere Nation der Alliierten ehrte ihre Flagge so begeistert wie die Amerikaner, in keiner anderen Nation war ihre verbindende und einigende Bedeutung so allgegenwärtig – und das, obgleich die Stars and Stripes im Laufe der Geschichte öfters verändert worden war. Fest stand aber, dass die sieben roten und sechs weißen Streifen für jene dreizehn Kolonien stand, die einst die Unabhängigkeit erkämpft hatten, während die Zahl der Sterne auch jene repräsentierte, die anschließend der Union beigetreten waren.

Weiß, so hatte es Chet in der Schule gelernt, stand für Reinheit, Rot für Tapferkeit, Blau für Wachsamkeit und Gerechtigkeit. Chet mochte das, er fand es schön, Farben Werte zuzuordnen, er mochte die einfachen Erklärungen für komplizierte Dinge. Er mochte auch die alte Flagge und ihre Geschichte. Am liebsten war ihm die Fahne aus dem 18. Jahrhundert, als die Sterne noch in einem Kreis angeordnet werden konnten. Der Kreis symbolisierte Ewigkeit, Unvergänglichkeit, aber Chet hatte, als er die Flagge als Zehnjähriger zum ersten Mal bewusst sah, gedacht, dass sie ihn an eine Schlange erinnerte, die sich in den eigenen Schwanz beißt. Ein Tier, das sich selbst genug war. Er hatte zu Hause öfters Schlangen gesehen, Nattern, die sich durchs Korn ringelten, und er fand ihre Kälte und ihren gleichzeitig eleganten und wehrhaften Leib sehr anziehend, und er verabscheute seinen Vater, wenn der mit seinen Kumpeln loszog, um sie zu schießen. Dann verkroch er sich in seinem Zimmer, zog sich die Decke über den Kopf und schrie doch leise auf, bei jedem Schuss, den er hörte. Es gab etwas an den Schlangen, das die Männer nicht ertrugen, deswegen schossen sie auf sie. Unmöglich, sich vorzustellen, dass Schlangen primitiv aufeinander losgingen wie die Bullen auf der Weide oder die Hunde, die sich auf der Nachbarsfarm im Staub wälzten mit blutigen Lefzen. Die Schlangen glitten einfach aneinander vorbei.

Daran dachte Chet, wenn seine Flagge gehisst wurde, obwohl die Sterne längst nicht mehr im Kreis standen, sondern ein lockeres Rechteck auf dem Streifengrund bildeten. Früher hatten die Sterne getanzt, jetzt waren sie angetreten, und man musste die Augen zusammenkneifen, damit sie sich wieder bewegten. Für einen Trompeter war das leicht. Man verzieh ihm, wenn er Gesichter schnitt, während bei den Soldaten sonst völlige Ungerührtheit das höchste Ziel war, Coolness, Lässigkeit.

Chet war nicht uncool, aber wirklich großartig sah er mit

seiner Trompete aus. Wenn er sie spielte, aber eigentlich schon, sobald er sie in die Hand nahm. Wie machte der Junge das bloß?, fragte sich Dick, wenn er beobachtete, wie sein Freund das Instrument auspackte. Er tat das auf eine ganz bestimmte Weise, ruhig, konzentriert und zärtlich, dass ringsum das Geschwätz der anderen leiser wurde. Dass mancher, der ansonsten sein Saxophon oder sein Horn behandelte wie einen Schraubschlüssel oder ein anderes Werkzeug, verstohlen innehielt und ihm zusah. Denn Chet griff nicht einfach nach seiner Trompete, er *barg* sie aus dem Instrumentenkoffer. Er trug sie nicht herum, sondern *hielt* sie. Er bearbeitete sie nicht mit dem Putzlappen, sondern liebkoste sie mit der Ruhe eines geübten Liebhabers.

An warmen Tagen zog er sein Hemd aus und arbeitete mit nacktem Oberkörper, vor dem Weiß seiner Haut hob sich der glänzende Goldton der Trompete ab. Das merkte Chet nicht. Das merkten die, die ihm zusahen. Manchmal, nachdem er die Trompete, eine alte *Constellation*, zusammengesetzt und das Mundstück ein letztes Mal gedreht und auf den entscheidenden Millimeter fixiert hatte, setzte er es keineswegs an, um seinen Klang zu prüfen und es allmählich zu erwärmen, sondern er hielt es einfach. Stand da, einen Fuß auf einen Stuhl gesetzt, die Trompete daraufgepflanzt wie ein Gewehr, seinen Kopf daraufgestützt, und hörte zu, wie die anderen Witze rissen oder von sagenhaften Auftritten erzählten. Manchmal saß er da, friedlich und irgendwie gleichgültig, wirkte dabei aufmerksam und gleichzeitig abwesend, und die Trompete lag golden und glänzend und aufreizend in seinem Schoß.

Man wusste inzwischen, was er konnte. Man wusste, wozu dieser Siebzehnjährige in der Lage war, aber er zeigte es nicht. Gerade seine Zurückhaltung hatte etwas enorm Aufreizendes. Er unternahm nichts – und zog gerade dadurch die Blicke auf sich. Nicht er – beide. Chet und seine Trompete. Chet und seine Geliebte!, dachte Dick ironisch. Und: Er posiert! Er tut so, als würde die ganze Zeit irgendein verdammter Fotograf vor ihm stehen und Bilder machen. Mitten in einer Bewegung stand Chet plötzlich still. Mitten in einem Gespräch verlor sich seine Aufmerksamkeit. Er schaute irgendwo hin, aber keinen an. Er fuhr sich mit einer Hand durch das dunkle, glänzende Haar, als wollte er ein Mädchen verführen.

Und er verführte ja auch. Er verführt uns alle, dachte Dick hilflos, der noch nie dem Charme eines Mannes erlegen war. Chet verführte, wenn er so dastand – und er war unwiderstehlich, wenn er spielte. All das andere, das sich Zieren und Posieren, das scheinbare Träumen schien nur eine Vorbereitung auf das Eigentliche, das, was seinen Freund ausmachte: die Musik. Dick hatte keine Ahnung von Musik, er war ein hoffnungsloser musikalischer Analphabet, wie er das selbst nannte, und oft genug, wenn er in seinem Kino den Abspann eines Films einfach abwürgte, in dem er die Tonrolle abrupt anhielt, erntete er den Protest der sensibleren Kinobesucher.

Dass es aber mit Chet etwas besonderes auf sich hatte, dass seine Musik etwas anderes war als die schmetternde Untermalung eines Westerns oder die schmachtenden Melodien der Liebesfilme, das spürte selbst Dick. Er spürte, dass es nicht so sehr daran lag, was Chet spielte, denn natürlich hatte auch er sich an das Repertoire der 298th Army Band zu halten – es war die Art, wie er spielte.

Wenn Chet spielte, dachte Dick, dann war es so, als ob er redete. Und zwar so redete, wie er es in Wirklichkeit nie tat: ruhig und zugewandt, irgendwie besonnen – und zärtlich, dachte Dick. Und musste über seine Sentimentalität lachen. Wird dich noch mal zum Heulen bringen, dieser Typ! Dick versäumte keine Gelegenheit, ihn spielen zu hören. Deshalb entdeckte er plötzlich seine Neigung zu den Paraden und den Vorführungen, bei denen die Army Band spielte. Er schaffte es immer, sich in die Nähe der Band zu bringen, und dann hatte er doch nur Augen für Chet. Als wäre ich verliebt!, dachte er einmal, verwirrt über sich selbst. Aber er ließ den Jungen nicht aus den Augen.

Die amerikanischen Soldaten hatten beim Flag Day eine wesentlich bessere Sicht als die Deutschen, dabei wollte man gerade denen zeigen, dass eine zivilisierte Nation stolz auf ihre Flagge sein und zuversichtlich in die Zukunft schauen kann, ohne in haltlosen Nationalismus zu verfallen. Auf den Tribünen am Paradeplatz saßen der amerikanische Kommandant mit französischen und britischen Offizieren. Die Russen waren nur durch wenige Offiziere vertreten. Aus der ehemaligen Anti-Hitler-Koalition war inzwischen ein brüchiges Bündnis geworden, man beobachtete sich misstrauisch, und die täglichen Patrouillen der Amerikaner in ihren Jeeps dienten, so ihr Kommandant, vor allem dazu, *Stärke zu zeigen* – Stärke gegenüber den Russen. Es waren längst nicht mehr so sehr die Deutschen, die überwacht, kontrolliert und in Schach gehalten werden mussten, die Aufmerksamkeit richtete sich zunehmend auf die russischen Verbündeten. Sie hatten einen hohen Blutzoll entrichtet und suchten nun auf ihre Weise Genugtuung, Wiedergutmachung, auch Vergeltung.

Die wollen noch, dass das ganze Land umzieht!, scherzte einer der Offiziere, als sie wieder einmal beobachteten, wie die Russen Eisenbahngeleise, Maschinenteile, Ketten, Geräte, Gewinde, Züge und Verschalungen von deutschen Zwangsverpflichteten auf Güterzüge laden ließen.

Sie machten ernst mit der Demontage, die Russen, und die Deutschen zerlegten mit zusammengebissenen Zähnen ihre Fabriken, wobei sie ahnten, dass kein Mensch in Wolgograd oder Omsk später in der Lage sein würde, die Teile wieder zusammenzusetzen, denn das Chaos war unbeschreiblich. Um jeden Preis wollten die Russen sich wiederholen, was die

Deutschen in ihrem Land zerstört hatten. Sie wollten sicherstellen, dass keine Rüstungsindustrie mehr ihr Land bedrohte, während die Amerikaner allmählich dazu übergingen, die Besiegten als mögliche Verbündete zu sehen – als Partner oder jedenfalls als Hilfskräfte in einem Kampf der Ideologien, der unvermeidlich zu sein schien.

Die gemeinsamen Truppenparaden übertünchten die Gegensätze zwischen den Alliierten nur notdürftig, und doch boten sie für alle Seiten eine kleine Verschnaufpause im anstrengenden Nachkriegsalltag. Der Ablauf dieser Veranstaltungen hing von der ausrichtenden Nation ab, beim Flag Day waren die Amerikaner an der Reihe, und ihre Paraden waren immer eine erstklassige Show. Die Mitglieder der verschiedenen Waffengattungen marschierten auf – die ruhmreiche Air Force vorneweg, dann das Heer, schließlich die Marine – und jede dieser Einheiten wurde von einem Offizier angeführt, der die Stars and Stripes auf den ausgebreiteten Armen trug, so vorsichtig, als ob er ein Baby zur Taufe tragen wolle. Nichts Martialisches lag in dieser Geste, und der Stolz auf den Gesichtern der nachfolgenden Soldaten hatte etwas Privates. Sie alle trugen kleinere Flaggen, die Stars and Stripes in Handtuchgröße, so, wie Onkel und Tanten Urlaubsfotos der wohlgeratenen Neffen und Nichten im Portemonnaie mit sich tragen.

Die Deutschen, die den Amerikanern zusahen, fühlten sich befremdet, ein wenig amüsiert, und dachten an die pompösen Aufmärsche der Nazis, an ihren nächtlichen Kult, an die schwarzen Helme, die glänzenden Stiefel und lodernden Fackeln. Die Paraden waren furchteinflößend gewesen, Irmgard, die mit den Töchtern und den Nachbarn gekommen war und vergeblich versucht hatte, einen Platz in einer der vorderen Reihen zu erkämpfen, erinnerte sich an die Gesichter der vielen kleinen jammernden Kinder, deren Weinen allerdings von der dröhnenden Marschmusik mühelos übertönt wurde, so dass, wenn man die Kinder beobachtete, ein merkwürdig unstimmiger Stummfilm vor den eigenen Augen ablief: Zu sehen waren die verzerrten Gesichter der ängstlichen Kinder, die fanatischen auch der begeisterten Massen – zu hören waren jedoch nur die laute, steife, blechern scheppernde Marschmusik und die Heilrufe. Als würde ein Stummfilm vom falschen Sound übertönt.

Das war Irmgard schon früh aufgefallen: dass sie immer andere Bilder sah als die, die sie sehen sollte. Eigentlich gefielen die Amerikaner ihr besser, aber diese Aufmärsche schienen ihr auch nicht das rechte. Woher dieser plötzliche Frohsinn? fragte sich Irmgard. Sie beobachtete die beiden Töchter, die neben ihr standen, die Haare aufgedreht und über der Stirn zu Tollen eingedreht, die dunklen Taftkleider mit altem Tee gebürstet, dass sie glänzten. Die Mädchen wippten zur Musik mit den Füßen, wiegten sich in den Hüften – das war Musik zum Tanzen, nicht zum Marschieren, kein Aufruf zum Kampf, sondern das jubelnde Getöse von Männern, die sich ihres Triumphes gewiss waren.

Irmgard wunderte sich, dass eine siegreiche Armee etwas derart Kindliches an sich haben konnte. Ja, kindlich wirkten diese Burschen, obwohl sie alle in Kampfuniform angerückt waren, nicht ganz so kindlich allerdings wie der junge Bursche, mit dem sich Ricky neuerdings abgab. Das fehlte noch! So ein halbes Kind!

Auch Ricky dachte an den Jungen, Ricky dachte an Chet, aber, anders als Irmgard annahm, verlor sie sich durchaus nicht in Tagträumen. Da kannte Irmgard ihre jüngere Tochter schlecht. Ricky dachte über den Jungen, über ihren Chet nach, wie man über ein schwieriges Problem nachgrübelt. Er war drei Jahre jünger als sie, aber sie verstand ihn nicht. Sie war ihm in vielerlei Hinsicht voraus, aber dennoch war er überlegen.

Er redete nicht viel. Sie wusste nicht, was er trieb. Er blieb ihr ein Rätsel. Ricky ertappte sich dabei, dass sie die Reihen der Soldaten absuchte, immer auf der Suche nach Chet. Er war jünger als die anderen und schmaler als die meisten seiner Kameraden. Er hatte lackschwarzes Haar und ein ungewöhnlich schön geschnittenes, zartes Gesicht, in dem kaum Bart wuchs, aber die Helme warfen Schatten auf die Gesichter, so dass sie kaum zu unterscheiden waren. Ricky stellte sich auf die Zehenspitzen und reckte und streckte sich, bis der vor ihr stehende Mann sich umdrehte und sie scharf anblickte. Ricky gab es auf. Es war ohnehin nichts zu erkennen außer Uniformteilen: Beine, Arme, manchmal ein Paar Augen, ein Blick, der die Zuschauer streifte, aber nie war es Chet. Die Band spielte jetzt deutsche Schlager. Die Menge jubelte. Irmgard verdrehte die Augen.

Sein Blick war es wahrscheinlich gewesen, was sie so fasziniert hatte, dieser gleichzeitig konzentrierte und doch in sich versunkene Blick. Der Blick, als er ihr am Wannsee sein großes Handtuch umgehängt hatte, fürsorglich und gleichzeitig ein bisschen ängstlich. Als ob er nicht gewusst hätte, was dann kam. Kommen musste! Es lief ja doch immer auf das eine hinaus, und Ricky war inzwischen dazu übergegangen, diese ersten Schritte zu beschleunigen. Besser, man zeigte den Männern gleich, woran sie waren, dann zeigte sich auch schneller, mit wem man es diesmal zu tun hatte: Ob da einer nur auf ein Abenteuer aus war oder ob er gar einer von denen war, die nur mit einem deutschen Mädchen angeben wollten. Solche Männer protzten zwar gern vor den Kameraden mit ihren angeblichen Erfolgen bei deutschen Mädchen, aber wenn man mit ihnen allein war, erzählten sie plötzlich von ihren großartigen Ehefrauen in Denver oder Springfield und trauten sich nicht mal, richtig zu knutschen. Diese Männer waren als Gefährten beliebt: Wie um die Mädchen dafür zu entschädigen, dass sie ihnen etwas vorenthielten – etwas, das alle Männer dieser Welt für ihr Bestes halten – zeigten sie sich gern besonders großzügig. Luden die Mädchen zu teuren Tanzvergnügen oder in eines der wenigen schon wieder existierenden Restaurants ein, besorgten Karten zum Pferderennen oder zum Boxen. Hauptsache, man wurde gesehen.

Ricky war klar, dass Chet kein solcher Mann sein konnte. Er war überhaupt noch kein richtiger Mann. Was wollte er also von ihr? An jenem Nachmittag am Wannsee hatte Ricky beschlossen, dass sie es herausfinden wollte. Sie hielt das blaue Handtuch mit dem geprägten Muster mit einer Hand über der Brust zusammen, mit der anderen führte sie den Jungen beiseite. Er schaute sich nach ihren Kleidern um, aber sie schüttelte den Kopf und ging voran. Das Unterholz hier war dicht und der Boden weich und moosig, und die Stimmen der vielen Wannseebesucher verloren sich allmählich hinter ihnen, wurden übertönt vom Rauschen der Bäume und vom Zischeln des Schilfs im flachen Wasser. Ricky liebte den Wannsee, und fast noch mehr liebte sie seine Ufer. Die Amerikaner hatten den Wannsee gegen Ende des Krieges in Beschlag genommen, eine Zeitlang durfte sich kein Deutscher dort aufhalten. Was die Berliner kolossal erzürnte, war gleichzeitig die Rettung für die Natur: Hier waren keine Bäume abgehackt und zu Brennholz verarbeitet worden, hier waren Büsche und Blumen weitgehend ungeschoren davongekommen. So dass, als die Amerikaner den Besuch zunächst nur für die direkten Anwohner, dann aber für alle wieder freigaben, die erschöpften und fahlgesichtigen Berliner, die Tag für Tag im Dreck wühlten und sich durch Trümmer gruben, verblüfft ein heiles Stück Natur vorfanden.

Es erwies sich als glücklicher Umstand, dass die Wannsee-Bahn als eine der ersten ihren Betrieb wieder aufnahm. Und so strömten die Berliner, hungrig nach Licht und Wärme und Grünem, in Massen zu ihrem See, den sie zärtlich *die Badewanne* nannten, und vergaßen für ein paar Stunden die Stadt in ihrem Rücken.

Obwohl der Ansturm so enorm war, gab es genug Platz für alle, gab es versteckte Winkel und Lichtungen im Dickicht, und Ricky wusste genau, wohin sie den Jungen führte. Der hing an ihrer Hand wie ein Kind, das man im Dunkeln festhält, und für einen Augenblick dachte Ricky, dass er sich womöglich fürchtete. Hatte er etwa noch nie mit einer Frau geschlafen? Ricky blieb stehen, drehte sich um, ließ das Handtuch los und presste ihren Bauch und ihre Brust an seine ordentlich gebügelte Uniform. Chet erschrak ein wenig, das spürte sie deutlich, und als sie ihr Gesicht hob, um ihn zu küssen, wich er ein wenig aus, bevor er folgsam seine Lippen auf ihre presste. Viel Verstand war bei diesen Zärtlichkeiten nicht dabei. Und dann war alles ganz schnell gegangen. Hastig, gierig, hatte der Junge ihren Körper abgetastet, so, als suchte er etwas, und als er es gefunden hatte, hatte er sie ohne weitere Umstände auf das Moos geworfen, hatte eilig seine Hose geöffnet, nur halb heruntergestreift und war in sie eingedrungen, sein Gesicht an ihrer Schulter versteckt. Ricky musste fast lachen: Wie eilig er es hatte! Und wie ungeschickt er sich auf ihr bewegte.

Irmgard schaute sie von der Seite an: Wie sie strahlte, die Tochter. Es gefiel ihr nicht, aber sie konnte nichts machen.

Berlin! Hör ich den Namen bloß/ da muss vergnügt ich lachen … Diese amerikanische Militärkapelle ließ wirklich nichts aus. Ricky erwachte aus ihren Gedanken. *Ja, ja, ja, das ist die Berliner Luft, Luft, Luft/ so mit ihrem holden Duft, Duft, Duft …* Ricky verabscheute das blöde Liedchen, aber irgendwie passte es: So simpel und hämmernd, so einfallslos und begeistert hatte der Junge es mit ihr gemacht. Hastig. Stochernd. Ohne Gefühl. Irgendwann hatte Rickys Rücken zu schmerzen begonnen, kleine Zweige und winzige Steinchen gruben sich in ihre Haut. Sie beschloss, die Sache in die Hand zu nehmen, umklammerte die mageren Schultern des Jungen und warf sie beide herum, bis sie rittlings auf ihm saß.

Chet war überrascht, auch ein wenig ärgerlich, denn nach seiner Überzeugung war es der Mann, der zu bestimmen hatte. Und nun hatte er es schon wieder mit einer Reiterin zu tun! Allerdings fühlte es sich ganz anders an als mit dieser Moni, anders auch als mit den Mädchen, die er von früher kannte. Die Bilder der verschiedenen Mädchen verschwammen, denn Ricky zwang ihn, sie anzusehen. Sie nahm seine Hände und legte sie auf ihre kleinen, weichen Brüste. Sie presste ihm ihre dünnen Schenkel in die Flanken und begann, ihre Hüften kreisen zu lassen. Dabei hob sie ihren Leib bald ein wenig in die Höhe, bald ließ sie ihn wieder sinken.

Chet passte auf, dass seine Hände in diesem Gewoge blieben, wo sie waren, denn das fühlte sich gut an. Ricky ließ sich nicht aus ihrem Rhythmus bringen. Sie zeigte es ihm. Sich heben und senken, kreisen und innehalten. Sie lächelte. Das alles hatte ihr ein französischer Offizier beigebracht. Ricky war stolz auf ihre Fertigkeiten. Auf diese Weise konnte man den Akt fast beliebig verlängern.

Leider nicht mit Chet. Der fühlte sich so überrumpelt und überfordert, dass er nach wenigen Momenten in sich zusammensank. Eine Katastrophe! Er versagte! Er schämte sich! Er drehte sich zur Seite und bemühte sich, seinen Unterleib zu bedecken. Was er da zwischen den Beinen hatte, war keine stolze Männlichkeit, es war ein Wurm! Zu allem Hohn die Spitze noch ein wenig gebogen wie ein Komma. Er hätte weinen können! Ricky blieb einen Moment ganz still, er hörte sie schnaufen. Dann kletterte sie über ihn, legte sich auf die

Seite, zwang ihn, sie anzusehen. In ihrem Gesicht las er keinen Hohn und keine Verachtung. Eigentlich sah sie ganz zufrieden aus! Wie konnte das sein? So viel hatte Chet in seinem kurzen Liebesleben schon gelernt, dass es darauf ankam, es den Frauen *zu besorgen*. Was? Das hatte er freilich noch nicht verstanden, es lief jedenfalls darauf hinaus, dass sie leise stöhnten und seufzten und dass sie ihre manikürten Fingernägel in seine Schultern gruben. Und je mehr man sich beeilte und ihnen harte Stöße verpasste, umso schneller stöhnten sie auch und waren dankbar und ließen sich nach Hause bringen.

Dieses Mädchen hier hatte kurze und ziemlich schmutzige Fingernägel. Sie hatte kein bisschen gestöhnt, sondern, wenn er es recht gehört hatte, eher leise gelacht. Sie hatte entschlossen nach ihm gegriffen und ihn sich einfach genommen wie eine Ware aus einem Regal im PX. Chet wusste, dass Mädchen wie Ricky gar keinen Zugang zum PX hatten, aber sie benahm sich so. Sie benahm sie wie eine, die es gewohnt war, auszusuchen und sich zu nehmen, was ihr gefiel. Und auch jetzt sah sie noch so aus, als wollte sie ihn. Wie konnte das sein? Chet verstand die Welt nicht mehr und hielt überrascht still, als Ricky nach seinem Geschlecht griff, es vorsichtig drückte und rieb, um dann, als ihre Bemühungen allmählich Erfolg zeigten, alle Vorsicht fahren zu lassen.

Er wollte sich aufstützen, sich zu ihr wenden und es erneut versuchen, aber Ricky schüttelte den Kopf und drückte ihn mit der freien Hand nieder. Sie wollte es ihm zeigen, wollte ihm zeigen, wie man hier und dort streicheln und drücken konnte, wie man zog und drehte, innehielt und beschleunigte, aber im Kopf des Jungen begann sich alles zu verwischen, und während er sich verwundert Rickys geübten Händen hingab, spürte er, wie in ihm etwas heiß wurde und schmolz und anfing, sich zu bewegen, und sich aufbäumte und wogte und ihn schließlich machtvoll überwältigte wie eine einzige große Welle. Er tauchte ein, und er tauchte unter. Er kam zu Atem. Er hatte nichts begriffen. Aber er wollte mehr von dem, was er nicht begriff.

Danach war es Ricky gewesen, die ihm in die Hosen half. Sie selbst war die paar Meter zu ihren Kleidern allein zurückgegangen, um blitzschnell hineinzuschlüpfen. Und dann hatte sie ihn, so weit es ging, begleitet. Zum Abschied hatte sie ihn küssen wollen, einfach so, mitten auf der Straße, und Chet wunderte sich, warum die Mädchen immerzu aufs Küssen aus waren, er fand nichts dabei, und Ricky dachte: Das werde ich ihm schon noch beibringen! Und strich mit ihrer Zunge über seine fest geschlossenen Lippen. Chet öffnete nie die Lippen beim Küssen, er vermied es, seit ihm ein Stein einen Vorderzahn ausgeschlagen hatte, aber das hatte Ricky noch nicht bemerkt. Kein Mensch bemerkte es, wenn Chet das nicht wollte, er hatte eine gewisse Kunstfertigkeit im Lächeln mit geschlossenem Mund entwickelt, eine Serie von gefassten Mienen konnte er zeigen, und das trug nicht wenig zu seiner vermeintlichen Rätselhaftigkeit bei. Chet brachte die Frauen ins Grübeln, und so grübelte selbst Ricky. Obwohl sie ihm so überlegen gewesen war, kam auch Ricky nicht von ihm los, obwohl er nichts Großartiges geleistet und sich als unzureichender Liebhaber erwiesen hatte. Aber vielleicht war es ja gerade das.

Chet langweilte sich. Er langweilte sich während des Trainings, das die Männer in Form und bei Laune halten sollte. Er langweilte sich, wenn er Wache hatte und vor der Kaserne sinnlos auf und ab marschierte und niemanden zu verscheuchen hatte als ein paar unbotmäßige Liebespaare. Für ein paar Zigaretten ließ er sie einmal vorbei, Parfüm verschaffte ihnen einen Dauerpassierschein. Ricky war scharf auf Zigaretten wie alle Deutschen, aber sie war geradezu versessen auf Parfüm, obwohl er es nie an ihr roch.

Chet langweilte sich zunehmend auch bei den Patrouillen, bei denen sie meistens nur in hohem Tempo durch die Berliner Wohnbezirke fuhren, die Scheinwerfer aufgeblendet, sobald sie einen russischen Konvoi sahen. Nichts als Imponiergehabe, durchsichtig wie das Getue der älteren Kameraden, die sich bei den Liegestützen, dem Handstand oder den Flic-Flacs hervortaten. Sinnlose Kunststücke, die niemandem etwas nützten!

Chet lag auf seiner Pritsche und spürte ein nervöses Zucken in den Kniekehlen, wie oft, wenn er zur Untätigkeit verurteilt war. Er kratzte sich lange, auch am Kopf. Einen kurzen Moment überlegte er, ob er es sich selbst besorgen sollte, aber dazu war er zu träge. Er hatte keinen Ausgang, die einzige Abwechslung war das Radio. Der amerikanische Soldatensender AFN vermittelte bis Mitternacht die Illusion, dass sie nicht vergessen waren auf dieser grauen Insel. AFN brachte Grüße aus der Heimat und, was viel wichtiger war, die richtige Musik. Duke Ellington, Glenn Miller, das war zwar nicht hundertprozentig sein Ding, aber es kam dem ziemlich nahe. Es war gut, es hatte Drive, es zeigte ihm, was zu Hause los war und was er, verdammt noch mal, alles verpasste.

Chet hatte der miesen Situation zu Hause entfliehen wollen, aber seine Flucht war allzu gut gewesen: Er war nun weit weg von allem, nicht nur von seinem gewalttätigen Vater und der ewig jammernden Mutter. Er war weit weg von allem, was cool und angesagt war und was ihn weiterbringen würde. Chet lauschte, das Ohr dicht am Lautsprecher, um die schnarchenden Kameraden nicht zu wecken. Es gab einige, die brav um zehn Uhr im Bett lagen und ihre Nachtgebete verrichteten. Was für Weicheier! Das hier war gar nicht schlecht. Der gute alte St.-Louis-Blues in einer verjazzten Variante, ein paar Tempowechsel, ein bisschen *slower* und *smoother,* hier und da ein kleiner Cut, und aus dem netten, harmlosen Stück würde im Nu etwas Neues, das Kraft hatte, vielleicht sogar etwas Wildes. Früher hatte Chet genau diese Art von Musik geliebt. Und für eine Militärcombo waren Glenn Miller und Bing Crosby in der Tat etwas Neues. Aber Chet hatte ausgerechnet in Berlin etwas anderes entdeckt.

Eines Abends, als er schlaflos unter seiner steifen Decke lag und lustlos in einem Comic blätterte, hatte er aufgehorcht: Da waren sie, die unerhörten Trompetentöne, die ihn schon vor ein paar Wochen so irritiert hatten. Dem Typen, der da spielte, waren Wohlklang und Ausgewogenheit, diese alten Musikertugenden, total egal. Wenn die Trompete im Idealfall einer menschlichen Stimme glich, dann war das hier eine Stimme, die brüllte, die kreischte, die Stimme eines Mannes, der nachts betrunken an einer fremden Haustür rüttelt und Einlass begehrt. Nein, nicht an einer Tür, an Dutzenden! Die Musik war Chet völlig fremd, und sie war ihm sofort vertraut. Er saß senkrecht im Bett, er drehte am Lautstärkerädchen, bis seine Kameraden anfingen, ihn mit Gegenständen zu bewerfen.

Aber da hatte er es schon kapiert: Dizzy Gillespie. So hieß der Typ, und was er mit seinem Horn zustande brachte, war eine Offenbarung. Seitdem wartete Chet. Er wartete zwei Mal in der Woche wie ein Mädchen, das eine halbe Stunde zu früh am verabredeten Ort eines Rendezvous auf und ab geht. Ach was, ein Rendezvous! Dabei wussten die Mädchen ja immer schon, was sie erwartete, und taten mit ihrer schlechten Schauspielerei nur, als wären sie völlig überrascht – bei Dizzy aber wusste man gar nichts. Er konnte ganz sanft und traditionell seine Standards blasen, aber dann passierte irgendwas, ein Kick, ein Bruch, und dasselbe Stück ging weiter, als explodierte irgendetwas in den Noten. Chet versuchte, sich vorzustellen, wie Dizzy in der Army Band ankommen würde, wie er, angenommen, es hätte nicht ihn, Chet, sondern Dizzy nach Berlin verschlagen, unter der Fuchtel des Bandleaders zurechtkommen würde. Er kicherte leise. Zwischen Dizzy und dem braven Howard Glitt würde es ein Gemetzel geben, so viel war klar. Dizzy war ganz sicher keiner, der sich anbiederte und einfügte, sein Signalton würde sofort das brave Getute der anderen überflügeln. Getute! Ein angepasstes, gefälliges Herummusizieren, unverbindlich, gleichgültig und gemein. So kam ihm plötzlich vor, was sie da jeden Tag übten. Und genau aus diesem Grund war Dizzy wohl auch aus der Band von Cab Calloway herausgeflogen, den Chet, seit er das erfahren hatte, für einen dressierten Affen hielt. Wie hatte er dessen Musik nur je gut finden können!

Chet versuchte, keine der Jazz-Sendungen im AFN zu verpassen. Er lag allein im Dunkeln, und unwillkürlich kreisten seine Gedanken um sein Zuhause, nicht das laute Elternhaus, das ihm keine Geborgenheit gab, er dachte an die Landschaft, an die Plantagen in Orange County, er dachte an den nächtlichen Zauber des Pazifik, der leuchten konnte wie Jade. Auf seiner Pritsche in Berlin erschien ihm das feine, grüne Licht des Radio-Glühfadens wie das Licht der Laternen an der Uferpromenade, die zu einem einzigen Lichtstrahl verschwammen, wenn er mit dem Auto vorbeibrauste. Das hatte er schon mit vierzehn hinbekommen. Autos leihen. Sie waren jedenfalls so gut wie geliehen.

Er lauschte. Der Moderator kam aus New York und saß jetzt in Frankfurt, und wenn er ihm zuhörte, klang es, als spräche er nur zu ihm. Mark. Hank. Tom. Die Sprecher des AFN waren richtige Kumpel. Wenn Chet ihnen zuhörte, dann spürte er eine Zugehörigkeit. Und wenn Dizzy spielte, spürte er eine Verbundenheit mit der Musik selbst.

Jemand klopfte. Die Kameraden brummten ärgerlich. Jemand trat ein: Dick. In seiner Ausgehuniform. In der Linken hielt er eine schwach leuchtende Taschenlampe, aber selbst in dem schummrigen Licht sah man, dass er strahlte. Eindeutig: Dick Douglas hatte wieder einmal etwas ausgeheckt. Komm schon, Kleiner, genug geschlafen!

Ich hab keinen Ausgang.

Dick lachte. Er zog ihm die Decke weg: Mach schon! Das Leben ist kurz!

Chet schaltete das Radio aus. Er folgte ihm – wie immer, ohne zu fragen.

Renate hielt ihre Hand. Sie saßen beide auf Rickys Bett, und obwohl Renate versuchte, die ältere, die vernünftige Schwester zu sein, spürte Ricky doch, dass sie zitterte. Es war kühl im Zimmer, nachts war die Luft jetzt im Juni noch frisch. Sie roch nach Mörtel und Feuchtigkeit, aber das war es nicht. Renate zitterte, weil sie ein Streit geweckt hatte. Hör nur!, sagte sie flüsternd. Es geht wieder los!

Ricky lauschte. Eindeutig, was Renate meinte: Im Elternschlafzimmer hörte man Stimmen. Erregte Stimmen, die sich vergeblich bemühten, nicht überall gehört zu werden. Der Vater, mit mühsam unterdrückter Wut, die Mutter, leise und scharf. Die Mädchen nannten das Mutters *Zornpfeifen.*

Einmal, noch vor dem Krieg, waren sie alle zusammen im Tiergarten gewesen, damals, als der Tiergarten noch kein Sammelsurium abgehackter Stämme und gefledderter Büsche gewesen war. An einem kleinen Weiher hatten sie Schwäne entdeckt und waren fröhlich darauf zugelaufen. Einer der Vögel war mit erhobenen Schwingen auf sie zugekommen und hatte ein lautes, böses Zischen hören lassen. Wie Mutter!, hatte Renate damals überrascht ausgerufen, und Ricky hatte sich lange nicht beruhigen können vor Lachen: Ihre Mutter, ein Schwan! Jetzt war er wieder zu hören: dieser warnende, bösartige Schwanenton. Er besagte: Bis hierher und nicht weiter. Er sagte: Das ist mein Revier. Er sagte: Wenn ich dich hier dulde, dann nur, weil ich es will.

Siegfried Krampitz kannte diesen Ton, aber er hatte ihn vergessen. Oder er scherte sich nicht darum. Man wusste nicht, was dümmer war. Siegfried Krampitz glaubte, er hätte ein Recht. Das war die nächste, womöglich noch größere Dummheit. Sicher, er war siegestrunken wie die anderen aus Polen zurückgekehrt, von diesem schnellen, viel zu leicht errungenen Sieg, und er hatte kein Halten mehr gekannt, als sie auch Frankreich genommen hatten, im Sturm. Was sie da wollten? Die Fragen seiner Frau waren nur aus weiter Ferne zu ihm gedrungen, und natürlich war er einer der ersten gewesen, die sich dann an die Ostfront gemeldet hatten. Konnte nicht genug bekommen, der Mann!, sagten die Nachbarn. Sicher, auch Abenteuerlust war dabei gewesen, das Gefühl, endlich Teil von etwas Großem zu sein. Das war schon etwas anderes, als den Leuten Tag für Tag die Kohle in ihre stinkenden Keller zu schaufeln! Das war schon etwas anderes, wie die Leute in den eroberten Gebieten nun zu ihm aufschauten! Und die Kameraden. Sie verließen sich auf ihn. Sie warteten auf ihn, wie er auf sie wartete. Einer für alle und alle für einen.

Aber so etwas verstand die Frau nicht. Die Frau verstand nur das Praktische, das Naheliegende. Er hatte Größeres im Sinn. Aber dann, als der Feldzug ins Stocken geriet, als sie plötzlich mehr Zeit hatten, als ihnen lieb war, als sie plötzlich verlassene Dörfer sahen, zerstörte Kirchen, hunderte fliehender Frauen und Kinder, verhungernde Tiere, da war Siegfried Krampitz wieder zu sich gekommen, schneller als die meisten seiner Kameraden. Und die bohrenden Fragen seiner Frau waren ihm wieder eingefallen, ihre Skepsis, ihre hochgezogenen Augenbrauen, die Art, wie sie die Kinder an sich zog, wenn er mit seinem Gewehr in der Tür stand.

Immer häufiger war ihm Irmgards Stimme in den Sinn gekommen, und irgendwann war Siegfried Krampitz bewusst geworden: Die Frau hatte recht. Und das war, anders als früher, auch gar nicht weiter schlimm, er fühlte sich von dieser Erkenntnis keineswegs düpiert, denn die Frau war ja ein Teil von ihm, Teil seines Lebens, also hatte auch er ein bisschen recht, sie waren nicht allein, und sie würden es schaffen.

Nie hatte er sich Irmgard so verbunden gefühlt wie im Dreck von Byalistok und in den russischen Sümpfen, und er fieberte einer Gelegenheit entgegen, es ihr zu sagen. Diese Gelegenheit freilich ergab sich nie, es ergaben sich nach dem Sommer 1943 überhaupt keine Gelegenheiten mehr, sondern nur noch Katastrophen, immer größere, immer blutigere Katastrophen, und einmal, als sie ihn nach Hause ließen, da war er verwundet und erschöpft, und er war keinen Augenblick mit Irmgard allein, die seine Stirne wusch und ungewohnt sanft sch-sch … machte, wenn er versuchte, mit ihr zu reden. Das war, wenn er's recht bedachte, das letzte Mal, dass sie so langmütig mit ihm war, danach schlich sich eine Fremdheit ein, eine Entfernung, die er jedes Mal spürte, wenn er nach Hause kam. Dann waren sie auf dem Rückzug, dann waren sie eingekesselt, dann glaubte er, sein Leben sei verwirkt, und lernte zu beten.

Aber Siegfried Krampitz starb fürs erste nicht, sondern wurde nur einer von hunderttausend Gefangenen, und als einer von hunderttausend kam er nach Hause. Sein Zuhause stand noch. Das Haus in der Akazienstraße beschädigt, aber nicht zerstört. Die Wohnung von fremden Leuten besetzt, aber nicht geplündert. Die Mädchen weiß und mager und kalt, aber sie lebten. Siegfried Krampitz glaubte, sie könnten von vorne beginnen. Alles sollte so werden wie früher, nur besser. Und da machte ihm Irmgard einen Strich durch die Rechnung. Erst quartierte sie ihn aus, zu Bruder und Schwägerin, angeblich, weil man in der vollbesetzten Wohnung niemand mehr unterbringen konnte, und schließlich: Die anderen zahlten. Fassungslos über die Kälte des Empfangs brach Siegfried Krampitz zusammen. Ein Gast im eigenen Haus! Er ließ sich gehen. Versoff alles, was ihm in die Hände kam. Kriegte das Zittern. Und raffte sich doch irgendwann wieder auf. Auf dem Flughafen Tempelhof brauchten sie Kohlearbeiter, auch am Spreehafen, kräftige Männer, die bei den Hilfslieferungen der Alliierten Hand anlegten, Männer wie ihn, starke Männer, die auch Mehlsäcke, Reis und Holz schleppen konnten. Siegfried Krampitz hatte wieder eine Arbeit, wenn auch eine miserabel bezahlte.

Und dann, eines Tages, hatte er wieder bei Irmgard vorbeigeschaut und war zufällig dagewesen, als gerade ein paar Fenster geliefert wurden. Das war nun wieder typisch Irmgard! Sie hatte es geschafft, zu den ersten zu gehören, die wieder Licht durch die Fenster hereinlassen konnten. Siegfried spürte denselben Stolz auf sie wie früher, und er fasste kräftig mit an. Er trank ihr schales, warmes Bier, und wenig später spürte er ihren warmen, hager gewordenen Leib. Aber nicht lange. Sie entzog sich ihm erneut. Und dabei blieb es. Natürlich hatte er mitbekommen, dass das etwas mit dieser komischen Person zu tun hatte, die bei ihr wohnte. Mit Marie. Er ahnte, dass sie und Irmgard mehr verband als die typische Freundschaft unter Frauen, wie er sie sich vorstellte: mit Klatsch und dem Austausch von Kochrezepten und einem gemeinsamen Friseurbesuch. Nichts lag Irmgard ferner als diese Art von Zerstreuung, auch vor dem Krieg war das so gewesen.

Das mit Marie war nun freilich etwas anderes. Es beunruhigte ihn. Aber Siegfried Krampitz wollte nicht kleinlich sein. In den Wäldern und in den eiskalten Lagern von Russland waren sich manche Kameraden auch näher gekommen, als schicklich war. Herrgott, was war schon schicklich, wenn man bis zur

Halskrause im Dreck steckte! Ein anderer Mensch wärmte, und was wärmte, war gut! So war es den Frauen zu Hause wohl auch ergangen, und wenn Siegfried Krampitz ganz ehrlich war, war ihm so eine Marie allemal lieber als ein Vince oder Sascha oder Jean-Pierre. Das gab es ja schließlich auch.

Aber nun machte Irmgard einen Tanz um Marie – das war nicht mehr normal. Dabei verlangte er überhaupt nicht, dass Marie sofort auszog. Er hatte nur vorgeschlagen, dass sie sich um ein Zimmer bemühte. Irgendwann. Irgendwo. Die Wegeners konnte man schließlich nicht gut hinauswerfen. Die brauchten sie. Die arme Frau Wegener! Nicht genug, dass sie Bernie, ihren Zweiten, noch in den letzten Kriegstagen verloren hatte, vor vier Tagen war auch ihr Mann verschwunden, abgeholt worden von seiner Arbeit. Es war nicht die übliche sechswöchige Lagerhaft zur Entnazifizierung, es war etwas anderes, Unklares, das nach Entführung roch. Die Arbeitskollegen wollten einen russischen Jeep gesehen haben, ein Gefuchtel mit Pistolen, und dann war Wegener widerstandslos eingestiegen und blieb verschwunden. Das kam in Berlin alle naslang vor, aber Irmgard bestand darauf, dass Siegfried ihn suchen ginge. Er weigerte sich: Das konnte er nicht. Wo sollte er anfangen? Er hatte keinerlei Indizien. Wollte sie, dass er sie alle in Gefahr brächte?

Ach, konterte sie, aber eine wehrlose Frau einfach aussetzen, das, das kannst du, ja?!

Es nützte ihm nichts, dass er sagte, Marie sei keineswegs wehrlos, als Übersetzerin sei sie vielmehr überall eine gefragte Spezialistin, die sicher bald mehr Geld verdienen würde als sie alle zusammen. Und überhaupt, warum verteidigte sie dauernd diese eigentlich wildfremde Person? Und da sagte Irmgard, leise noch immer, aber bitterböse:

Diese Person, wie du sie nennst, die gehört zu mir, und wenn hier einer wildfremd ist, dann bist du es!

Eine Tür öffnete und schloss sich, jemand bat um Ruhe und wurde angeschrien, dann flackerte ein Licht durch den Flur, und durch den geöffneten Türspalt sahen die Schwestern, dass es Marie war, Marie in einem langen, leinenen Nachthemd, das einmal weiß gewesen war und als Bettlaken gedient hatte. Marie, die seit ein paar Tagen bei Frau Wegener und ihrem Sohn schlief, während in der Küche ein neuer Untermieter Platz gefunden hatte, ein Maler oder der Gehilfe eines Malers, der Dosentomaten zum Lebensunterhalt beitrug. Marie im Lakenhemd ging leise zur Schlafzimmertüre und klopfte, für einen Moment wurde der Disput unterbrochen und die Türe geöffnet, und dann hörten die Mädchen, wie der Vater sagte: Na, da kommen Sie ja gerade recht, hereinspaziert!, und dann wurde Marie ins Zimmer gezogen, die Tür zugeworfen, der Streit lauter, wie ein Wagen, der nach einer langgezogenen Kurve wieder Fahrt aufnimmt.

Komm!, sagte Renate. Komm! Hier ist kein Platz für uns. Leise zogen sie sich an und schlichen hinaus. Stromsperre. Im Treppenhaus gab es kein Licht. Etwas huschte. Ratten? Etwas zappelte. Fledermäuse? Ein Geruch zog an ihnen vorbei. Farben. Und Terpentin. Und Zigarettenrauch. Der Geruch grüßte. Es war der Maler oder Malergehilfe, der wie jeden Abend sehr spät nach Hause kam. Entschuldigung … Aber da waren sie schon an ihm vorbei, im Freien, auf der Flucht vor einer Normalität, die nicht zum Aushalten war.

Arme. Beine. Viele Arme und viele Beine. Ein vielgliedriges Wesen, dessen Physiognomie nicht zu durchschauen war. Das Wesen hatte auch Münder, viele Münder, aus denen es sickerte und stöhnte und bellte. Das Sickern war nicht sichtbar, sondern hörbar. Sichtbar hingegen war die Haut, war das Fleisch. Sichtbar waren Schwellungen und Dehnungen und gespannte Muskeln und nachgiebige Fleischpolster, die gegen Öffnungen gedrückt wurden. Öffnungen. Größere als die Münder, dunklere. Die konnte man freilich kaum sehen, mehr ahnen, zumal das vielgliedrige Wesen kaum stillhielt, sondern sich ununterbrochen wand und zuckte wie unter Schmerzen.

Die Liebessklavinnen vom Montmartre hieß der Streifen, den sie sich gemeinsam anschauten – Dick, Moni, die Jungs von der Wachmannschaft und ein paar befreundete Offiziere. Und die kichernden Krankenschwestern, die ununterbrochen Wein tranken und Dick durch die Haare fuhren. *Western Theater* nannte Dick großspurig sein improvisiertes Kino, wo er zweimal in der Woche *specials* vorführte, amerikanische und französische Pornos, nach deren Ende es alle furchtbar eilig hatten, in ihre Unterkünfte zu kommen. Eintritt verlangte Dick auch: harte Dollars, Zigaretten oder Schnaps, den er systematisch hortete und dann weiterverkaufte.

Auf dem Schwarzmarkt der US-Streitkräfte ging inzwischen nichts mehr ohne Dick. Alle paar Wochen schickte er per Postanweisung einen größeren Betrag nach Hause in die Staaten. Keine Frage: Wenn die Dienstzeit für den Obergefreiten Richard D. Douglas, genannt Dick, abgelaufen sein würde, war der Neunzehnjährige ein gemachter Mann. Dabei war Dick vorsichtig. Sorgte dafür, dass alle, die vermeintlich seine Gäste waren, Spuren hinterließen, Indizien, an die er sie gegebenenfalls erinnern konnte. Falls sie einmal nicht zahlen wollten. Oder an der falschen Stelle gesprächig wurden. Den Mädchen besorgte er die richtigen Einladungen. Und Penicillin, wenn's nötig wurde. In dringenden Fällen auch die Adresse einer Engelmacherin, die im russischen Sektor wohnte und berühmt für ihre blitzschnellen Problemlösungen war.

Die Mädchen fanden Dick erst süß und hinreißend, dann wurden sie böse auf ihn und schmollten, und manche hassten ihn irgendwann. Dann fand Dick sie besonders reizvoll und sorgte mit Geschenken dafür, dass sie ihren Groll für eine

Weile vergaßen, so lange, wie er das wollte. Berlin war für Dick ein Markt. Hier entdeckte er seine Fähigkeiten als Geschäftsmann. Und seine Fähigkeiten waren enorm. Dick war entschlossen, das Jahr in Berlin zu nutzen. Er hatte keine Zeit zu verlieren. Nach zwei Monaten kaufte er sich auf dem Schwarzmarkt eine gebrauchte Schweizer Herrenuhr, eine *Eberhard*, die die italienische Kriegsmarine in Mode gebracht hatte. Wahrscheinlich war sie sogar echt.

Vielleicht war es der Stolz auf dieses außergewöhnliche Schmuckstück aus 18-karätigem Gold, der dazu führte, dass Dick einen Tick entwickelte: Ständig schaute er auf die Uhr, ständig kontrollierte er die Zeit, oder er wollte sich vergewissern, dass die *Eberhard* noch da war, und er spielte mit der Stoppuhrfunktion und zählte auf diese Weise die Sekunden, die es brauchte für einen schnellen Lauf, für den Kaffee, den ihm seine Helfer aus dem Casino holten, für *eine schnelle Nummer* mit der neuen Sekretärin. Je mehr er schaute, umso hektischer wurde er.

An diesen geselligen Abenden freilich war es anders. Da ging es darum, eine entspannte Atmosphäre zu schaffen, und Dick hatte die Ärmel seines Hemds hochgekrempelt, damit die Uhr heute Solidität ausstrahlte, Verlässlichkeit. Dick war ganz Gastgeber. Willie, sein Assistent, mixte unermüdlich Cocktails. Cocktails halfen. Cocktails vermittelten eine Atmosphäre der Behaglichkeit, der kontrollierten Ausschweifung. Cocktails waren zu Hause. Cocktails wirkten immer.

Nur bei Chettie nicht. Bei Chettie wirkte der ganze Zauber nicht. Dick wußte nicht mehr, was er mit dem Jungen noch anstellen sollte. Mädchen, scharfe Filme, der beste Tabak, die ausgefallensten Drinks – Chet nahm alles hin, als stünde es ihm zu, sagte nichts, fragte nichts und blieb von diesem provozierenden Gleichmut. Dick fand ihn undankbar, verwöhnt – und er ärgerte sich, dass es ihm etwas ausmachte. Er ärgerte sich, dass er dauernd Chet beobachtete. Chet war an diesem Juniabend so angespannt wie ein Musikschüler vor seinem Auftritt oder wie ein Soldat vor dem ersten Schuss in der Schlacht. Dick wusste, dass sein Vergleich hinkte, vor Auftritten verkroch sich Chettie ganz in sich selbst, er versteinerte geradezu, er schottete sich vollkommen vor der Außenwelt ab, und wenn er mit den Kameraden die Bühne betrat, strahlte er eine geradezu unheimliche Ruhe aus. In der Schlacht waren sie schließlich beide nicht gewesen, aber Chet war ein ausgezeichneter Schütze. Sein Gewehr war ihm gleichgültig, aber alles, was Chesney Henry Baker gleichgültig war, gelang ihm anscheinend besonders gut. Deshalb nannten ihn die Kameraden in der Band nur noch gelegentlich *Girl* oder Kleiner. Chet hatte sich Respekt erworben, denn er erfüllte sehr wohl das anspruchsvolle Ideal der 298th Army Band: ein guter Soldat zu sein und ein guter Musiker.

Chet schien beides nicht besonders anzustrengen, das militärische Training nicht und die vielen Proben und Auftritte nicht. Manchmal waren sie an einem Tag an drei verschiedenen Orten, zogen sich in den zugigen Hallen um und freuten sich, als die Army ihnen einen Bus spendierte, in den sie achtlos benutzte Wäsche, Socken und verschwitzte Hemden warfen. Manche machte das völlig fertig, dieser dauernde Wechsel, vom Schießstand zur Orchesterprobe – nicht aber Chet. Er erledigte alles wie im Schlaf. Er kümmerte sich bei den Auftritten nicht um ihre Umgebung und beim Training nicht um das Lob des Sergeants.

Dieser Abend hier schien Chettie allerdings nervös zu machen. Er hielt sich im Hintergrund. Wenn eins der Mädchen ihn ansprach, antwortete er einsilbig und so unfreundlich, dass sie sich gleich wieder zurückzog. Er trank keine Cocktails, sondern hielt sich an Bier. Und er rauchte ununterbrochen, hastig, gierig, nicht wie jemand, der den Tabak genießt, sondern wie einer, der's braucht. Bisschen jung für diese Einstellung, dachte Dick. Bisschen jung, um so gelangweilt und so abgeklärt zu sein! Halb zehn. Die Uhr zog sich von selbst auf, einfach dadurch, dass man sich bewegte. Es war faszinierend, ein Patent aus den Zwanzigern. Geradezu gewaltsam musste Dick den Blick abwenden.

Chet gab sich keine Mühe, Interesse für den Pornostreifen zu heucheln. Er stand vielmehr seitlich zur Leinwand, hatte die Jalousie vor dem Fenster ein wenig angehoben und schaute hinaus. Mit der freien Hand strich er sich die Haarsträhne aus dem Gesicht, die ihm immerzu in die Stirn fiel. Dick ertappte sich dabei, wie er diese Hand beobachtete und nicht die Hände des vielgliedrigen Wesens auf der Leinwand, das da rubbelte, schubberte, rieb und massierte. Chets Hände! Sie wirkten älter als das restliche bisschen Körper des Jungen. Die Hände des Jungen wussten mehr, und Dick fragte sich, ob das vom Trompetespielen kam, ob die Musik den Jungen schneller leben ließ, intensiver oder auch härter. Plötzlich wünschte sich Dick, dass Chet spielte, gleich jetzt, gleich hier im Club, und dass er für eine Weile nichts mehr hörte als Chets Musik.

Abrupt wandte sich der Junge vom Fenster ab und ließ die Jalousie sinken. Ich geh jetzt!, sagte er schroff zu Dick und lehnte den angebotenen Drink ab.

Da brannte bei Dick eine Sicherung durch. Was war bloß mit dem Jungen los? Was sollte diese verdammte Schläfrigkeit? Ja, glaubte er denn, das alles hier erledigte sich von selbst? Die Pralinen? Die Zigaretten? Der Whiskey? Der Wein? Dick wurde immer lauter, und die anderen wußten nicht, ob es sich um ein abgekartetes Spiel zwischen diesen beiden Unzertrennlichen handelte oder doch um einen Streit. Dick lachte zwischendurch, dann benutzte er wieder die schmutzigsten Schimpfwörter. Ist dir das hier nicht fein genug? Nicht exklusiv? Schmecken dir meine Cocktails nicht? In einer augenblicklichen Eingebung zerrte Dick seinen Assistenten herbei. Willie musste eine ganze Reihe von Cocktailgläsern aufstellen. Dick hieß ihn, sie mit Gin und Wodka halb zu füllen, und dann holte er sein berühmtes Prachtstück aus der Hose, dass die Mädchen aufkreischten, schwenkte damit herum, riss einem Private, der ahnungslos zur Türe hereinkam, die Mütze vom Kopf, um sich damit scheinbar schamhaft zu bedecken, drehte noch eine Ehrenrunde, um dann, genau zielend, Glas um Glas mit seinem kräftigen Strahl zu füllen. Santé!

Ich geh jetzt!, wiederholte Chet, anscheinend unbeeindruckt.

Und Moni, die ihn die ganze Zeit über beobachtet hatte, konnte in dem allgemeinen Tumult nur hastig hinterherrufen: Warte, ich komme mit.

Natürlich wartete Chet nicht. Er wartete nie auf Mädchen. Und jetzt schon gar nicht. Jetzt, wo in seinem Kopf alles durcheinanderging. Dabei hatte er eigentlich etwas beobachtet, über das er nachdenken wollte. Aber dann kam Dick. Was hatte der bloß? Irgendetwas war anders zwischen ihnen als früher. Die Pisserei störte Chet nicht. Normal unter Männern. Jedenfalls unter dieser Art Männern. Und Dick musste immer noch einen draufsetzen. Immer eine Spur dreister und schärfer als alle anderen. Er dachte an die Nummer auf dem Schiff, damals, als sie nach Bremerhaven gekommen waren. Er dachte daran, wie Dick in den Putzeimer gepinkelt hatte. Das eben war eine Wiederholung, ein Zitat. Es sollte ihn an etwas erinnern? Aber an was? Moni rief immer noch hinter ihm her. Zwecklos. Irgendwann würde sie ihn einholen. Die Mädchen gaben nie auf. Egal, wie lange man sie warten ließ, und wenn man sie versetzte, wurden sie erst richtig wild. Die einzige, auf die er je gewartet hatte, war Ricky. Oder ganz früher seine Mum. Aber die hatte ihn allzu oft warten lassen, wenn er hoffte, dass sie noch einmal nach oben käme, um ihm gute Nacht zu sagen. Meistens war sie dann doch nicht gekommen, sondern hatte in der Küche bei Dad gesessen und zugeschaut, wie der sich betrank, sie bewachte ihn beim Trinken, oder er bewachte sie, wer wusste das schon, manchmal dachte Chet, dass man daran ein Liebespaar von einem Ehepaar unterscheiden konnte: Die einen tranken gemeinsam, die anderen überwachten sich dabei, und manchmal hatten seine Eltern diese anstrengende Prozedur satt und begannen wieder, sich anzuschreien. Dann wusste Chettie, dass keiner kommen würde.

Danach hatte er sich das Warten abgewöhnt. Bis Ricky kam. Aber Ricky war jetzt weit weg, in ihrer Wohnung, die sie, soweit er verstanden hatte, mit ihren Eltern, einer Schwester und etlichen fremden Leuten teilte. Sie wollte ihm die Wohnung nicht zeigen, auch ihren Dad und ihre Mum nicht vorstellen, dabei war das nichts Ungewöhnliches, dass die *Frauleins* ihre Liebhaber zu Hause einführten, denn schließlich hatten doch alle etwas davon, und manchmal sorgte sich Chet, ob sie sich seiner schämte, und er fragte sich dann: Schämen, wofür? Gleichzeitig schämte er sich aber selbst, weil er diesen seltsamen Wunsch hatte, den Wunsch, bei ihrer Mum und ihrem Dad in der Küche zu sitzen, dabei wußte er nichts von ihnen, von diesen deutschen Eltern, die ihn womöglich gar nicht kennenlernen wollten oder die vielleicht doch Nazimonster waren, und zu Hause in Glendale hätten sie gelacht über seine plötzliche Anhänglichkeit. Also war er verwirrt und verstand sich selbst nicht. Und war froh über so einfache Mädchen wie Moni, die ungefragt hinter ihm herlief auf ihren Schuhen mit dem hohen, blockartigen Absatz, und die sich nur amüsieren wollte. Als er am Army-Club ankam, hatte sie ihn beinahe eingeholt, also wartete er nun doch ein bisschen, schließlich musste man manchmal den Gentleman geben, aber Chet richtete es immer so ein, dass die Mädchen es merkten und deshalb gleich kapierten, dass sie besser keine weiteren Ansprüche stellten, das spürte jetzt auch Moni, sagte kurz *thank you*, als er ihr den Vortritt ließ, und war damit zufrieden, dass er sie in den Club schleuste. Dieses Benehmen hatte er von Dick, er wusste eigentlich nicht, ob er es wirklich gut finden sollte, aber Dick hatte es ihm beigebracht, und ziemlich häufig benahm sich Chettie so, als würde Dick ihn beobachten und ihm Noten für sein Verhalten geben. Oder als wollte er eigentlich Dick gefallen. Jetzt dachte Chet ungern an Dick, auch wenn er ihm seinen Auftritt vorhin nicht weiter übelnahm.

Moni hatte keinen Ausweis, natürlich nicht, ihr Aussehen war so imposant, dass sie überall durchkam, meistens jedenfalls, und wenn nicht, veranstaltete sie ein Mordsgeschrei, was den Betreibern der Clubs auch nicht recht sein konnte, also arrangierten sie sich mit Moni. Trotzdem war es leichter für alle Beteiligten, wenn sie einen Begleiter hatte. Und dieser Begleiter war jetzt Chet. Er ließ sie an sich vorbei, er gab ihr einen kleinen Schubs in Richtung der Bar, aber dann hatte er sie schon vergessen.

Im Club war es voll und stickig. Amerikanische Soldaten, ein paar Franzosen und Briten und jede Menge Mädchen. Eine Band, die offenbar schon länger spielte, und Paare, die offenbar schon länger tanzten. Auf Cocktailsesseln lümmelten sich einige von der Army, die er flüchtig kannte, jeder ein Mädchen auf seinem Schoß. Als Chet an ihnen vorbeiging, roch er das Aroma von Haaren, Reste von Parfüm und dazu diese untrügliche Mischung aus Körpern und Hunger. Er trank einen Whiskey, irisch, der biss wohltuend in den Hals und machte, dass die Augen tränten. Noch einer! Allmählich kam er zur Ruhe. Aber gut war das auch nicht. Denn nun tauchte das Bild wieder auf, das ihn verfolgte. Das Bild, das kein Porno aus seinem Gedächtnis hätte vertreiben können. Das Bild, von dem er nicht loskam.

Vor zwei Tagen hatten sie am Flughafen geprobt, die 298th Army Band und dazu ein paar andere Kapellen, die der Franzosen und auch ein paar deutsche. Hatten sich auf eine Parade vorbereitet, die Anfang Juli für geladene Gäste in Tempelhof stattfinden sollte, für einen Marsch der Musiker, der an den weiten Schwingen des Flughafengebäudes vorbeiführen würde, ein Musikermarsch, der die martialische Führer-Architektur in eine heitere, eine harmlose Kulisse verwandeln sollte.

Sieben Mal um Jericho, hatte der Methodisten-Prediger lachend gesagt, vielleicht stürzt die ganze Bude dann endlich ein! Die Jungs von der Army hätten nichts dagegen gehabt. Die von der Air Force nicht, weil sie der Flughafen mitten in der Stadt bei der Landung vor gewaltige Probleme stellte, die Jungs von der Army Band, weil sie die Fahrerei satt hatten, weil es hier keinerlei Logistik gab, nur eine brachiale Architektur, außen einschüchternd und innen kalt wie eine Fleischhalle. Das größte Gebäude Europas.

Außer der Abneigung gegen Tempelhof verband die Air-Force-Piloten und die Musiker nicht viel. Die Musiker hatten keine Lust, für die Parade zu üben, denn die Air Force würde sowieso alles vermasseln, der infernalische Lärm, den die Piloten mit ihren großen Vögeln machten, mit der B 24 und der B 17, die sie *Flying Fortress* nannten, würde jeden *Sousa March* und jedes Volkslied übertönen. *Muss i' denn, muss i' denn* … Verbissen übten die Musiker die deutschen Volkslieder ein, die außer ihnen niemand hören würde.

Die Boys von der Air Force stahlen ihnen im Augenblick jede Show. Sie flogen den lieben langen Tag über Berlin Formation – eine Demonstration der Stärke, weniger an die Berliner gerichtet als an die Russen, die die westlichen Alliierten ihrerseits durch Manöver im Großraum Berlin beunruhigten und provozierten. Dummerweise zeigten sich die Russen nicht halb so beeindruckt von der Vorführung wie die Berliner. Eine sinnlose Sache also, die die Motivation der Musiker nicht erhöhte, und so waren sie nach stundenlangem Probieren, Marschieren, nach dem Antreten und Stillstehen missmutig hoch ins Casino gegangen, wo ein Imbiss auf sie wartete, Sandwichs mit Erdnussbutter, kleine Würstchen, Salat. Ein paar machten sich an den Billardtischen zu schaffen, lustlos.

Chet hatte am Fenster gestanden und beobachtet, wie eine Douglas C 54 entladen wurde: Eine hölzerne Rutsche wurde aus dem Laderaum des Flugzeugs auf einen Hänger gelegt, und deutsche Arbeiter schippten ein paar Tonnen Kohle nach draußen. Sie machten das geschickt, sie machten das schnell, die Zusammenarbeit klappte anscheinend reibungslos, und Chet wunderte sich wieder einmal, wie ähnlich sich Sieger und Besiegte waren. Nicht zu unterscheiden, wie sie da Seite an Seite arbeiteten. Dabei waren die Deutschen erwachsene Männer, sicher hatten sie am Krieg teilgenommen. Das alles schien keine Rolle mehr zu spielen. Das alles schien hinter ihnen zu liegen. Was machte aus Fremden Feinde und dann aus Feinden plötzlich Verbündete?

Viel mehr als von den angeblich immer gefährlich bleibenden Deutschen war in letzter Zeit von den Russen die Rede gewesen. Die Russen kapselten sich ab in ihrem Sektor, sie versuchten, die Bevölkerung mit anti-amerikanischer Propaganda auf ihre Seite zu bringen, sie nutzten jede Möglichkeit zur ideologischen Schulung, und sie umgingen die gemeinsam getroffenen Abmachungen, wo es nur ging. Lieferten die Russen nicht die Milch für sechstausend Berliner Schulkinder, weil sich in ihrem Bereich die einzigen noch funktionierenden Milchhöfe befanden? Im Austausch dafür erhielten die Russen Mehl. Die Stimme des Corporals von der Versorgungstruppe zitterte vor Empörung, als er erzählte, dass die Russen die Milchlieferung gestoppt hätten. Der Grund: Sie hatten von den Amerikanern verlangt, dass die die Milch persönlich im Umland abholten. Das war bequemer für sie, und sie sparten das kostbare Benzin. Als die Amerikaner ablehnten, stoppten die Russen die Lieferung ganz. Die Amerikaner stiegen auf Trockenmilch um, die sie aus den USA liefern ließen, aber die Beunruhigung blieb. Wozu waren die Russen noch imstande? Die Verbündeten, die sie für ihre Tapferkeit und ihren Opferwillen bewundert hatten, wurden immer rätselhafter.

Russen, Amerikaner, Briten und Franzosen sollten die Deutschen in Schach halten, den Frieden sichern und den Besiegten Demokratie beibringen – aber in Wahrheit, so kam es Chet vor, verschob sich die Grenze allmählich: Die westlichen Verbündeten auf der einen Seite, die Russen auf der anderen. Und die Deutschen? Irgendwo dazwischen. Wohin sollte das führen? Wieder einmal kam Chet nicht mit. Gleichgültig unterhielt er sich mit ein paar Kameraden, die Gedanken anderswo, und das Klack-Klack der Billardkugeln schien seinen Gedanken immer wieder eine andere Richtung zu geben. Spielst du 'ne Runde? Er nickte. Sie spielten zu viert. Sein Partner beschwerte sich, weil er sich nicht konzentrierte. Trotzdem gewannen sie. Trotzdem raunzte Chet ihn an. Sein Partner, versöhnlich, spendierte ein Bier. Irgendwann trat Chet zurück ans Fenster. Inzwischen war es fast dunkel geworden. Fünf Stockwerke tiefer lag das Rollfeld vor ihnen. Keine Maschine war mehr zu sehen. Die C 54 war längst zurückgeflogen zur Basis nach Frankfurt, und die Richtungsfeuer der Landebahn blinkten sinnlos in die Dämmerung. Bald war Feierabend für den Flughafen.

Plötzlich nahm Chet da unten eine Bewegung wahr. Er stutzte. Was war das? Noch einmal ein Streifen, ein Huschen.

Chet kniff die Augen zusammen und trat so nah wie möglich an das Fenster heran. An das Gebäude war eine Art Vorsprung gebaut, eine nur schwach beleuchtete Nische, in der der Müll des Casinos in kleinen Tonnen lagerte. An diesen Tonnen rührte sich etwas. Chet kniff die Augen zusammen, wischte die Scheibe, die von seinem Atem beschlug, mit dem Jackenärmel frei. Und jetzt sah er es deutlicher: An den Tonnen machte sich jemand zu schaffen. Es waren Männer. Es waren zwei der deutschen Arbeiter, die vorhin noch die C 54 entladen hatten. Was machten sie da? Und warum in dieser Heimlichkeit? Kein Zweifel, die Männer durchwühlten den Müll. In Chets Ohren begann es zu rauschen. Plötzlich hielten die Männer inne. Sie schienen zu lauschen. Einer hob den Kopf, und für einen Augenblick sah Chet schemenhaft ein bleiches, ängstliches Gesicht. Ein Soldat der Flughafenmannschaft war neben ihn getreten und beantwortete die Frage, die Chet gar nicht gestellt hatte: Mach dir keine Sorgen – die haben keinen Hunger!

Was denn sonst?!?, fragte Chet, mit einer für ihn ungewohnten Schärfe.

Die wühlen da unten nicht für sich, fuhr der Soldat fort. Wir bezahlen ihnen genug für die Arbeit hier. Die durchwühlen die Mülltonnen, weil sie für ihre Familien was suchen. Die Familien haben nicht genug zu essen, das ist es! Und was die hier zutage fördern, ist immer noch besser als das meiste, was sie draußen kriegen.

Der Mann zog den widerstrebenden Chet beiseite: Komm, nimm einen Drink! Vergiss es!

Chet aber hatte für einen Augenblick ein Gesicht gesehen, das Gesicht eines Mannes, der im Müll wühlte. Das Gesicht des Mannes war müde und verzweifelt. Es war die Müdigkeit und die Verzweiflung schlechthin. Dieses Gesicht hatte Chet nicht mehr losgelassen.

Noch einen Whiskey! Chet versuchte, nicht an die im Abfall wühlenden Arbeiter vom Flughafen zu denken, aber je mehr er trank, umso deutlicher sah er das Gesicht vor sich, obwohl er es nur für einen Moment gesehen hatte. Ja, es kam ihm so vor, als gewönnen die Gesichter ring um ihn her immer mehr Ähnlichkeit mit diesem Verlorenen! Die Erinnerung spielte ihm einen Streich, der Alkohol. Er schüttelte sich. Es war zwei Tage her, verdammt! Er versuchte sich auf die Musik zu konzentrieren, auf das Heute, auf das Jetzt. Er wusste ja gar nicht mehr, wo er war. Eine Band spielte Tanzmusik, aber die süßlichen Melodien veränderten sich in Chets Kopf zu etwas Schrillem, Lautem, sie wurden dissonant. Chet dachte an Dizzy und an seine befremdliche, anstrengende Art zu spielen, er sehnte sich plötzlich danach. Das wäre Musik für diesen Club!, dachte Chet. Das wäre der Sound für die Männer, die im Müll wühlen mussten, die Frauen, die ihre Lippen mit Rote-Bete-Saft färbten, die Kinder, die sich um ein paar weggeworfene Glimmstengel prügelten. Der Jazz, den Dizzy spielte – das war der Sound von Berlin! Wen aber kümmerte das? Nicht einmal Dick. Das war alles nichts, was er Dick erzählen konnte. Der füllte sicher noch seine gut zahlenden Freunde ab, und die lachten bereitwillig über seine Streiche. Es war auch nichts, was er Moni mitteilen konnte. Moni – wo war sie überhaupt? Er hatte sich seit Stunden nicht um sie gekümmert, aber jetzt kam eine kleine Gereiztheit in ihm auf, so, als gehörte die fremde Frau doch irgendwie zu ihm, er musste sie im Blick behalten, das gehörte sich so, selbst, wenn sie ihm völlig gleichgültig war. Er ließ seinen Blick durch das Lokal streifen, aber er fand sie nicht. Ach, was soll's!, dachte Chet, wahrscheinlich saß sie längst auf dem Schoß bei irgendeinem schmucken Franzosen. Er wandte sich wieder seinem Drink zu. Er fand Moni nicht. Er war nicht gut im Beobachten heute. Und so sah er auch nicht, dass Ricky hier war.

Ricky und Renate hatten es irgendwie geschafft, sich Zutritt zum Club zu verschaffen und hielten sich unauffällig am anderen Ende der hufeisenförmigen Bar verborgen. Sie beobachteten Chet schon seit einer ganzen Weile.

Was – der da?!, hatte Renate, halb entsetzt, halb entzückt ausgerufen, als Ricky ihr den Jungen zeigte. Entsetzt, weil der GI so jung war, gefährlich jung, hoffnungslos jung, und entzückt, weil er ein wirklich reizender Anblick war, selbst jetzt mit seinen geröteten Augen und der ein wenig verschwitzten Stirn. Er hatte eine hohe Stirn, einen sensiblen Mund, den er immerzu geschlossen hielt, das gab ihm ein fast beleidigtes Aussehen. Wirkte ein bisschen verwöhnt, dieser Chet – aber nicht wie einer aus gutem Hause. Dafür hatten die Berliner *Fräulein* einen Blick. Es war ein Junge, den man sich leisten können musste, und sie waren nicht in der Situation, etwas zu verschwenden. Fand Renate. Aber Ricky strahlte sie an: Aus dem mach ich schon noch was!

Renate schüttelte den Kopf. Hoffnungslos! Und dann weigerte sich Ricky obendrein, den Jungen vorzustellen. Machte ein Geheimnis aus ihm. Und sich. Zog es vor, in einem mehr als unzureichenden Versteck, auf einer Art Beobachtungsposten zu verharren und so ihre Zeit zu vergeuden! Renate verstand die kleine Schwester nicht: Du wirst noch ganz romantisch! Ricky schüttelte den Kopf und lachte leise: Keine Bange! Dabei war ihr selbst ein bisschen bange. Dabei wusste sie durchaus, dass Renate mit ihren Zweifeln so unrecht nicht hatte: Was für ein Baby! Und schwierig! Aber das musste Renate nicht merken. Ricky war ein wenig erleichtert, als Renate beschloss, sich ohne sie umzuschauen. Mit dir ist ja heute nichts Vernünftiges anzufangen! Glotz du dir nur in aller Ruhe die Augen aus! Renate gab ihr einen freundschaftlichen Stubs und sah sich nach Unterhaltung um. Und wurde schneller fündig als gedacht: Sie traf Thierry wieder, aus der

Einheit von Jean-Pierre, der sich aufrichtig freute, das Fräulein wiederzusehen, das ihm damals der Vorgesetzte so knapp vor der Nase weggeschnappt hatte … Für Zukunftspläne waren diese Mädchen nicht geeignet, wohl aber für Erinnerungen. Und das Mädchen tanzte gut – Herrgott, wie gut das Mädchen tanzte!

Die Schwestern verloren sich aus den Augen. Sie würden sich später wie immer dort treffen, wo die Akazienstraße auf den Kaiser-Wilhelm-Platz stieß, um gemeinsam ins Haus zu schleichen. Das mussten sie nicht verabreden, das wussten sie. Renate verschwand bald mit ihrem Franzosen, schaute sich in der Tür halbherzig um, winkte zum Abschied ins Ungefähre, über die Tanzenden, Trinkenden, Plaudernden hinweg. Eigentlich war sie für die kleine Schwester verantwortlich, aber an diese alte Sitte erinnerten sie sich nur, wenn es ihnen gelegen kam. Jetzt nicht. Thierry zog sie mit sich fort. Ricky bemerkte nicht, dass Renate gegangen war. Sie bemerkte auch nicht, dass ihr der Kellner, zunehmend ungeduldig, etwas zu trinken anbot. Immer lauter redete er auf sie ein, gestikulierte gegen den Lärm an. Ricky beachtete ihn nicht. Irgendwann gab er es auf. Ricky beobachtete immer noch Chet. Sie beobachtete ihn gern. Wenn sie ehrlich war, konnte sie sich immer noch nicht sattsehen an dem Jungen. Aber was wusste sie eigentlich von ihm? Wenig, sehr wenig, und zum ersten Mal beunruhigte sie dieser Gedanke.

Chet spürte, dass ihm jemand mit Blicken folgte. Aber er war zu müde und zu betrunken, um der Sache auf den Grund zu gehen. So viele Menschen hier, so viele Gesichter. Es war heiß, es war unübersichtlich, er fühlte sich nicht recht wohl. Von Zeit zu Zeit wirbelte Moni an ihm vorbei, die ihrem Galan tüchtig einheizte, sie richtete es so ein, dass viel von ihren schwarzen Strümpfen zu sehen war. Diese Strümpfe mit der langen schwarzen Naht hinten waren ihr ganzer Stolz. Andere deutsche Mädchen trugen nur Söckchen an den nackten Beinen, was ihnen das Aussehen von Schulmädchen gab. Chet mochte die Söckchen-Mädchen lieber. Die rote Farbe auf ihren Lippen wirkte unpassend, wie aufgemalt, als hätten sich die Kleinen bei ihren Müttern bedient. Chet wischte sich die Stirn. Wieder Moni, mit einer schneller Jitterbug-Drehung an ihm vorbei. Ihr Tänzer schwitzte gewaltig, ein dicklicher Sergeant, der sie mit der Linken im Nacken festhielt, während er mit der Rechten in der Luft ruderte, als hinge dort irgendwo ein Tau, an dem man sich festhalten konnte. Sie verschwanden wieder in der Menge. Andere Paare kamen näher, drehten sich, schoben sich, sprangen, stampften, die Frauen mit den bemalten Mündern an den Ohren der Männer. Die Männer wie schwer arbeitend, keuchend, die Hände in die Rücken der Frauen gegraben, in die Schultern, auf die Pobacken gepresst, mit wachen Augen, angestrengten Gesichtern. Und da – die Tür wurde aufgerissen, die Musik brach jäh ab! Chet schaute kaum auf. Nervöses Gemurmel, Fragen, Blicke, ein paar Mädchen kreischten erschrocken.

Schnelle, schwere Schritte bahnten sich einen Weg in den Club: Polizei, amerikanische Militärpolizei, und dahinter die Beamten der gefürchteten *Zentralstelle*. Geübt besetzten sie den Club in Sekunden. Instinktiv fingerte Ricky nach ihrem Ausweis.

Zentralstelle zur Bekämpfung von Geschlechtskrankheiten, so hieß die Behörde, die, vor einem Jahr eingerichtet, weitreichende Befugnisse hatte. Sie führte Razzien durch. Sie konnte Mitglieder verdächtiger Berufsgruppen in Gewahrsam nehmen und zwangsuntersuchen lassen. Die Beamten waren der Schrecken der Kellnerinnen, der Tänzerinnen, der Bardamen. Viel bewirken konnten sie freilich nicht: Dreieinhalbtausend Fälle von Gonorrhoe und Syphilis wurden jeden Monat bekannt.

Manche Mädchen versuchten vergeblich, sich hinter den Rücken ihrer Begleiter zu verstecken. Sie wussten, was jetzt auf sie zukam: Ausweiskontrolle! Papiere! Möglicherweise eine hochnotpeinliche Untersuchung! Eine Fluchtbewegung setzte ein, Richtung Ausgang, wurde im Keim erstickt. Auch der Weg zu den Toiletten versperrt. Die meisten GIs trugen es mit Fassung. Einige setzten ein amtliches Gesicht auf, hakten ihre *Frauleins* unter: Diese Dame gehört zu mir! Diese Dame! Verächtliches polizeiliches Schnauben. Und, was sagen die Papiere? Dass die Dame noch keine einundzwanzig ist. Mitkommen! Hierher und mitkommen! Und die da und die da auch! Bei anderen wirkte der männliche Schutz. Die Geretteten hakten sich umso fester bei ihren Freunden ein. Schauten triumphierend in die Runde. Um Ricky kümmerte sich keiner.

Moni war eine derjenigen, die es erwischte. Und die am lautesten schrie. Sie wehrte sich mit Händen und Füßen. Sie rief nach Chet. Einige, die ihn kannten, drehten sich zu ihm um. Gehörten die beiden nicht zusammen?! War der Kleine nicht der Aufpasser für den großmäuligen Dick? Musste er nicht einschreiten? Herrgott, wie jämmerlich die Frau greinte! Aber Chet rührte sich nicht von der Stelle. Eine Art Lähmung hatte ihn ergriffen. Diese große, alles umfassende Gleichgültigkeit. Chet!, schrie Moni, Chettie!

Chettie! So hatte seine Mutter ihn gerufen. Darling! Baby! Und er hatte sich auch damals nicht gerührt. Hatte sich im Kleiderschrank versteckt gehalten, bis es vorbei war. Bis die Tür hinter dem tobenden Vater ins Schloss fiel und die Mutter auf allen vieren in ihr Schlafzimmer kroch. Oder in seines. Es war sinnlos. Er konnte nicht helfen. Er konnte niemanden beschützen. Er war nicht der, für den sie ihn halten wollten, die Frauen. Moni wurde weggeschleppt, er hörte ihr Protestgeheul, das in Weinen überging.

Von den Übriggebliebenen wich die böse Spannung nur

ganz langsam. Jemand legte eine Platte auf, die Nadel kratzte darüber, ein hässliches Poltern ließ alle zusammenzucken. Ein neuerlicher Versuch, diesmal klappte es. Die Besucher des Clubs lachten nervös, dann endlich beruhigten sie sich, nahmen die Gespräche wieder auf. Zum Tanzen fehlten ihnen jetzt die Mädchen, aber nicht zum Trinken. Eine Razzia, so etwas kam vor. Alle naselang. Und es war letztendlich besser, wenn die Behörden die Sache ein wenig im Griff behielten. Manch einer machte sich Sorgen, wenn er an seine Dorothy zu Hause dachte oder seine Winnie. Was, wenn er ihr ein Mitbringsel aus Germany anhängte, das gänzlich unwillkommen war?!

Chet wandte sich wieder zur Bar. Eigenartig, wie sehr Military Police und Mädchen aufeinander eingespielt waren. Die einen jagten. Die anderen wurden gejagt. Aber sobald die Jäger auftauchten, schien alles festgelegt. Es war ein Ritual, fast ein Tanz. Es war ein Gedanke, der beruhigen konnte. Chet dachte darüber nach, ob ihm das eingefallen war, weil die Militärpolizisten auffallende weiße Gamaschen über den Schuhen trugen – sie sahen beinahe aus wie die Söckchen der Mädchen. Und Moni? Sie würde nicht untergehen. Frauen wie Moni gingen niemals unter. Hoffte er. Das war das, was Dick an seiner Stelle jetzt sagen würde. Jesus, wenn doch Dick bei ihm wäre! Aller Groll gegen den Freund war verflogen. Chet nickte dem Kellner zu: Einen Gin – oder was immer sie hier als Gin verkauften. Er nahm einen großen Schluck. Er war dabei, seinen gesamten Sold für diesen Monat zu vertrinken, aber immer noch sah er alles mit ätzender Schärfe. Er wartete auf den Rausch, darauf, dass Menschen und Gegenstände verschwimmen würden, er wartete auf die große, erlösende Unklarheit. Ihm schräg gegenüber, halb verdeckt vom breiten Rücken eines amerikanischen Sergeants, entdeckte er ein blasses Gesicht mit hellen Augen – Ricky. Sie starrte ihn an. Er erschrak zutiefst. Was machte sie hier, ohne ihn? Und im nächsten Augenblick der Gedanke: Sie hatte alles mitangesehen. Sein Versagen. Seine Untätigkeit. Er hatte nicht geholfen, und sie hatte es gesehen. Was sie beide verband, war die Scham.

Sie erwischten noch eine der letzten U-Bahnen, Ricky und Chet. Er bestand darauf, sie nach Hause zu begleiten. Immer wieder versuchte er es, und jedes Mal drang er ein bisschen weiter vor. In ihre Gegend. In ihre Straße. In ihre Welt. In der U-Bahn flackerte die Beleuchtung. Niemand außer ihnen im Wagen. Die U-Bahn-Waggons ratterten durch die Eingeweide der Stadt, bremsten abrupt vor den Kurven, beschleunigten langsam und widerwillig. Manchmal wurden die Wagen von herunterhängenden Kabeln gestreift, manchmal polterte ein Gleis gefährlich. Sie hielten an Bahnhöfen, die keine waren. Die Plattformen weggerissen, die Treppenaufgänge zerstört. Sie hielten einander bei der Hand. Sie wussten längst nicht mehr, wo sie waren. Sie gingen verloren.

Sie gingen verloren in diesem undurchschaubaren Gewirr von Bahnen und Schienen. Chet atmete schwer. Er roch nach Whiskey und Fremdheit. *I' ll take you home*. War das ein Lied?

Ricky kam es so vor, als ob Chet leise summte. Ricky war müde. Sie lehnte ihren Kopf an seine Brust. Ihr war schwindelig. Es war heiß in der Bahn. Chet pustete ihr ein paar Schweißperlen aus dem Nacken. So hätte sie immer weiterfahren mögen. Immer weiter durch das Innere der Stadt. Bis sie irgendwo herauskämen, wo es hell wäre, wo die Sonne schiene und wo gut genährte Kinder im Sand spielten. Vor dem Strand kreuzten Segelboote. Ricky träumte. Sie träumte von einem Land, das sie nicht kannte. Sie träumte von Amerika.

Chet hielt ihre Hand. Er spürte, dass sie gleich einschlafen würde. Er stellte sich vor, dass er ihrem Vater die Hand geben würde. Die U-Bahn rumpelte zum Gotterbarmen. Sie waren jung. Sie waren tief unten. Sie waren mutterseelenallein.

Über der Erde, ein paar Stationen weiter, in einem beschädigten Mietshaus, erster Hinterhof, in der Akazienstraße, knallte Siegfried Krampitz ein paar Beutel mit Lebensmitteln auf den Esstisch, dass seine Frau, die Wegener und Marie, die gerade Karten spielten, heftig zusammenzuckten. – Hier, *Roastbeef*! So heißt das bei denen! Und *Piri-Piri*! Schon mal gehört, ja?!? *Piri-Piri* – ihr werdet schon noch herausfinden, was das ist! Und ein scheißgelber Maissalat und Bohnen! Und ein paar Rinderknochen für 'ne Suppe, und Rippchen und *Mashed Potatoes*! Das habe ich alles für euch aus den Tonnen beim Amerikaner geholt! Piekfein ist das, was die wegschmeißen, in Tempelhof. Wahrscheinlich scheißen sie auch noch piekfein! Aber euch ist das ja egal, was ich den ganzen Tag mache! Euch kratzt es ja nicht!

Die Frauen starrten fassungslos auf die Menge der Esswaren. Krampitz war noch nicht fertig: Und hier ist noch Butter oder so was Ähnliches, und das hier ist Ketchup, das kippen sie auf jedes Essen, und wenn euch das nicht passt, dann erstickt doch daran!

Ihm ging die Luft aus. Er war seine eigene Wut nicht mehr gewöhnt. Die Wut hatte sich angestaut, seit er in der Tonne gewühlt hatte. Dabei war es gut, so eine Tonne zu finden, sie war geradezu ein Glücksfall, so eine Tonne, und Siegfried Krampitz hatte das durchaus zu schätzen gewusst.

Den Inhalt hatte er im Dunklen nicht sehen können, nur Feuchtigkeit hatte er gefühlt und Wärme, und auch, dass die amerikanischen Köche ein paar Päckchen mehr als notwendig hineingelegt hatten, damit die Deutschen mehr finden würden. Vielleicht war es das gewesen, was irgendwann seine Stimmung umkippen ließ: Sie waren barmherzig mit ihnen, sie meinten es gut, sogar, wenn sie ihren Müll entsorgten. Das musste man sich leisten können, diese Freundlichkeit! Und sie, die Wühlmäuse, die deutschen Müllwühler, waren froh. Gruben wie die Ratten im Dreck. So weit waren sie gekommen, die Helden! Er hatte plötzlich Soße an den Händen gespürt und Fett und jede Menge Undefinierbares. Und Wut und Ekel waren gewachsen bis eben. Und dann die Gesichter der Frauen. Ihre verdammte Ungerührtheit. Das gelassene Gesicht seiner Frau. Die Wegener, die alles wusste und niemals etwas sagte. Marie, das verdorbene Biest, das bei seiner Frau untergekrochen war. Und er, der keinen Platz hatte, nirgendwo, niemals – außer vielleicht in einer amerikanischen Mülltonne.

Und damit war er aus der Tür und verzog sich ins Schlafzimmer. Er weinte. Das hörten die Frauen nicht. In der Küche war es eine Weile still.

Kontra!, sagte Irmgard dann mit zitternder Stimme.

Re, sagte Marie.

Die Wegener zögerte: Kommt, wir räumen erst mal den Kram weg!, bestimmte sie dann. Sie verstauten die Lebensmittel, so gut es ging, schweigend. Die Wegener war von allen, was Wunder, die Ruhigste: Lass gut sein, Irmgard, der kriegt sich schon wieder ein!

Was für ein Unterschied zu der Fahrt, die sie ein paar Tage später machten! Chet wartete an der Paulus-Kirche, die Mütze in den Händen, einen Sack über dem Arm. Wieder ging es mit der S-Bahn zum Wannsee. Aber sei es, dass sie schon genug Licht und Luft getankt hatten, sei es, dass die Vorfreude auf das, was sie erwartete, sie blind machte für all das Bedrohliche rings um sie her – heute war alles leicht und fröhlich, und die unwahrscheinlichsten Sachen wurden denkbar. Sie wollten Segeln gehen, Chet hatte ihr klargemacht, dass er Zugriff auf die Boote des amerikanischen Offiziersclubs am Wannsee hatte. Segeln – *Sailing*, verstehst du? Er machte mit dem Arm eine weiche, gleitende Bewegung und ein Geräusch dazu, als striche Wind über Dünen. Chet war gut im Geräuschemachen. Ricky lachte und vergaß, dass sie noch nie in ihrem Leben auf einem Segelboot gewesen war und auch dass sie nicht schwimmen konnte. Komisch, dass sie Wasser so gern hatte und doch nicht schwimmen konnte!

Bis zum Wannseebad war es weit. Die Bahn war voll und heizte sich auf, und die Leute, die dicht an dicht standen, wurden gegeneinandergepresst und begannen zu schwitzen. Der Geruch nach Wolle und feuchtem Leinen. Ricky drückte ihren Beutel an sich. Darin war ihr improvisiertes Badezeug. Ein paar Bastschuhe von Renate, die wusste, dass man an Bord von Schiffen keine gewöhnlichen Straßenschuhe tragen durfte. Eine Badehose, ein Leibchen. Die Bahn rumpelte und quietschte in den Kurven. Manchmal machte sie urplötzlich einen Satz, dann taumelten die Leute und lachten. Chet wunderte sich über die ungewohnte Duldsamkeit. Er konnte nicht wissen, was die Wannseebahn für die Berliner bedeutete: Mit den geliebten rot-gelben Waggons, die aussahen wie die Konservendosen aus den PX-Läden, kehrte Mobilität zurück; plötzlich hatte Berlin wieder etwas Urbanes, konnte man von einem Kiez in den anderen fahren, ohne stundenlange Wanderungen auf sich zu nehmen. Plötzlich wurde es vorstellbar, aus der Ur-Zeit, in die sie der Krieg gebombt hatte, wieder aufzutauchen, aufzutauchen für zwanzig Pfennige je Fahrt in eine womöglich zivilere Welt. Voller Stolz zeigte Ricky Chet ihren *Taschenfahrplan*. Der war im Frühjahr herausgekommen. Gab es etwas Tröstlicheres als Fahrthinweise, Stundenpläne und Karten? Sie waren versessen darauf, alle.

Die Bahn legte sich in die Kurve. Noch zwei Stationen, dann waren sie da. Ricky war so froh, dass sie hätte singen können. Chet neben ihr summte tatsächlich eine Melodie. Eine hübsche kleine Melodie. Seine Musikstimme gefiel ihr. Die Türen öffneten sich. Zeit zum Überlegen hatte sie nicht. Menschenmassen auch hier. Hunderte, die sich die Treppen hinauf- und hinabwälzten, Hunderte, die drängten und schoben.

Chet kannte sich aus. Der Bootsanleger der Amerikaner lag ein wenig abseits. Eine Wache hielt sie an, stellte ein paar Fragen. Chet antwortete knapp, militärisch. Ricky wurde ein wenig nervös. Sie hatte keine Papiere dabei, offiziell wurden Deutsche am Bootsanleger nur geduldet, wenn sie dort Arbeit hatten. Aber da rief schon jemand und winkte und strahlte, wie es nur einer vermochte: Dick.

Dick sah natürlich auch an Bord eines Schiffes genau richtig und passend aus. Der 20er Jollenkreuzer war zwar nicht elegant, aber ein solide gebautes Boot, durch den flachen Rumpf bestens geeignet für den Wannsee mit seinen Sandbänken und flachen Uferstreifen. Dick, stilecht in weißer Leinenhose und blauem Polohemd, half ihnen an Bord. Und da war auch Moni – mit einem Gesicht, als hätte sie zwei Jahre Festungshaft hinter sich, dabei war sie nur ein paar Stunden in Arrest gewesen, bis ihr weichherziger Gatte sie befreit hatte. Das Unangenehmste war, dass sie nun auf das Ergebnis des *Wassermanntests* zu warten hatte. Ricky wollte sie umarmen, aber Moni wehrte ab. Eine Zumutung für eine anständige Frau!, schnaubte sie – denn dass sie nicht geschlechtskrank sei, das war ihr klar wie Kloßbrühe. Sie doch nicht! Sie passte schließlich auf. Ließ sich nicht mit jedem ein. Ja, was dachte diese grobfingrige Polente denn, wer sie sei?!? Das alles erzählte sie Ricky gleich zur Begrüßung, mit Chet redete sie kein Wort, und auch mit Dick sprach sie nur das Nötigste. Er hätte schließlich beizeiten auftauchen können im Club, dann wäre das ganze Schlamassel nicht passiert! Warum sie trotzdem seiner Einladung gefolgt war? Ricky konnte sich das nicht erklären.

Inzwischen hatten die Männer das Boot klargemacht. Leinen los! Chet stieß sie vorsichtig vom Steg ab. Und schon waren sie unterwegs. Ricky schwankte, legte ihren Beutel zur Seite und setzte sich eilig ins Achterdeck. Und dann staunte sie: Chet wusste offenbar, wie man ein Segelboot steuert! Er hielt die Pinne lässig in der Linken, während er mit der Rechten rauchte. Dick verstaute die leinenüberzogenen Fender, dann setzte er die Segel. Die beiden Männer machten das offensichtlich nicht zum ersten Mal, sie waren ein eingespieltes Team, alle Spannungen der letzten Zeit waren wie weggeblasen. Ricky fragte sich wie so oft, womit Chet eigentlich seine Tage verbrachte. Dick war ohnehin sonnengebräunt, als käme er direkt aus den Ferien. Er grinste sie an.

Moni kramte eine Sonnenbrille hervor und verzog sich aufs Vordeck, Dick gesellte sich zu ihr. Sie schlug zum Spaß nach ihm, aber nach einer Weile gab sie es auf. Chet und Ricky hatten den hinteren Teil des Schiffes für sich. Sie schwiegen. Ricky schaute fasziniert an dem großen weißen Segel empor, das fest gespannt im Wind stand. Das Schiff nahm schnell Fahrt auf, und ein leises Rauschen setzte ein. Chet korrigierte gelegentlich den Kurs, er fuhr auf Sicht, denn den Kompass, der sich vor ihnen in einem hübschen Messinggehäuse drehte, würdigte er auf dem Binnensee keines Blickes. Er war sich seiner Sache sicher, er strahlte eine Ruhe und Souveränität aus, die Ricky anziehend fand, die sie überraschte. Plötzlich wirkte Chet wie ein Mann. Der Mann, der er vielleicht einmal werden konnte. Es war so ein Tag, an dem man solche Dinge dachte. Es war ein Tag der Aussichten. Das hatte sie gleich heute morgen gespürt. Es war der Sommer. Er machte leichtsinnig.

Plötzlich sah Ricky Möglichkeiten in Chet, Perspektiven. Da, wo Chettie herkam, da musste es sie geben. Amerika. Schon vorher hatte sie Hoffnung an dieses riesige unbekannte Amerika geknüpft, von Zeit zu Zeit rieb sie an der kugeligen Brandyflasche, die an die Weltausstellung erinnerte, als wäre sie Aladins Wunderlampe – noch nie aber hatte sie gedacht, dass es eine Möglichkeit mit Chet geben könnte. Er war so jung. Er war so unbedarft. Nun aber steuerte er mit der größten Selbstverständlichkeit ein Schiff.

Sie wusste nichts über ihn. Sie dachte, dass sie auch nichts über sein Land wusste, nichts über den Kontinent, in dem die Zukunft liegen musste. Andere Mädchen waren schlauer als sie gewesen. Schon Anfang des Jahres waren die ersten *Fräuleins* nach Amerika gegangen. *Als Verlobte grüßen* … Es war nicht leicht für diese Frauen. Eine Menge Behördenaufwand war zu bewältigen – und das Misstrauen der Landsleute zu ertragen. Die *Amibräute* waren nicht beliebt. Die machen sich dünne, hieß es. Die ließen ihre Heimat im Stich. Machten sich einen schönen Lenz, jetzt, wo beim Aufbau jede Hand gebraucht wurde. Die Amibräute wurden missgünstig beäugt. Während die tapferen Trümmerfrauen sich aufgeopfert hatten, waren sie nur auf das schnelle Vergnügen aus. Und: Was sollte denn besser sein in Amerika? Die tranken dort, so hörte man, nur Coca-Cola und hörten diese Negermusik. Und: Waren ihnen die deutschen Männer nicht gut genug? Erst schickten sie sie in den Krieg, dann, als sie müde und verletzt nach Haus kamen, ließen sie sie sitzen. Ausrangiert, ausgemustert. Jeden Tag gab es mehr deutsche Heimkehrer, Soldaten, die aus den Kriegsgefangenenlagern entlassen wurden, und jeden Tag durften mehr amerikanische, britische und französische Soldaten nach Hause zurückkehren. Das Bild wandelte sich, der Druck erhöhte sich.

Vor ein paar Wochen waren sie allein im Wannseebad

gewesen, Moni, Frau Wegener, Ricky und Renate, und da hatte Moni plötzlich die Klappstulle sinken lassen, die sie, man wusste nicht woher, organisiert hatte. Sie schaute sich mit einer Mischung aus Hohn und Abscheu um, und als Renate und Ricky fragten, was denn los sei, was sie denn habe, beschrieb sie mit der Stulle in der Hand stumm einen Kreis um sie herum. Die Stulle klappte auf, wie ein Maul, das etwas fressen will, und da sahen es die Schwestern: Überall im Wannseebad lagen die Kriegsversehrten, die jämmerlichen Heimkehrer, manche mit Kopfverbänden oder abenteuerlich verpflasterten Gesichtern, überaus viele jedoch, die einen Arm oder ein Bein verloren hatten und diese Stümpfe nun, hungrig nach Licht und Wärme, in die Sonne hielten. Es gab, so schien es, mehr Verwundete als Unversehrte, das Wannseebad glich einem Lazarett in Badehosen. Als hätte man die, die sich auf eine Untersuchung vorbereiteten, zum Warten auf einer Wiese abgelegt. Und jeden Tag kamen mehr.

Die Soldaten der Besatzungsarmeen dagegen wurden langsam abgezogen, ein paar tausend Amerikaner sollten es nur noch sein, zu wenige Heiratswillige für die deutschen Frauen, die wegwollten, einfach nur weg. Die Berliner Tageszeitungen zeigten die ersten, die unsicher, aber mit einem erleichterten Lächeln die Gangway zu einem Flugzeug hinaufstiegen, die *Boyfriends* und demnächst *Husbands* vorweg, die Mädchen mit einem Blumenstrauß in den Händen hinterher. *Aufbruch in eine ungewisse Zukunft?*, fragte der *Tagesspiegel* – immerhin ein Aufbruch, dachte Ricky jetzt und konnte sich plötzlich vorstellen, dass auch mit dem halbwüchsigen Jungen an ihrer Seite so etwas möglich wäre. Jedenfalls nicht undenkbar. Moni hatte damals ihre Hand mit dem Brot darin sinken lassen. Etwas Belag bröckelte heraus. Moni kümmerte sich nicht darum. Hier war nichts zu holen, lautete ihre stumme Botschaft. Sie biss herzhaft in ihr Brot. Ein Geruch nach

Leberwurst machte sich breit, echte Leberwurst, das hatte Ricky sofort gerochen. Auch ein Zeichen von Hoffnung.

Der Junge sprang auf. Er rief nach Dick, und sie drehten bei. Die Segel wurden eingeholt, und dicht bei der kleinen Insel setzten sie den Anker. Das Boot drehte sich langsam in den Wind, dann war es still. Ohne viel Federlesens verzogen sich Dick und Moni in die kleine Kajüte. Sie war so niedrig, dass man nicht einmal stehen konnte, aber Stehen hatten die beiden auch nicht im Sinn.

Ricky und Chet schauten sich an, plötzlich verlegen. Jetzt, da das Boot still lag, brannte die Sonne auf der Haut. Ricky trug wieder ihr Turnleibchen, die kurze Hose, Chet war nackt bis auf seine Badehose. Er beugte sich über Bord, um die Wassertemperatur zu prüfen. Er wandte sich zu ihr um, strahlte: *Come on, girl!*

Sollte sie ihm sagen, dass sie nicht schwimmen konnte? Da war er schon über Bord. Sie hörte ein Platschen, ein Prusten und Strampeln und wieder: *Come on, girl!* Da streifte sie ihr Leibchen über den Kopf, warf es auf die Bank, dann ließ sie sich zögernd über die Bordwand hinab, klammerte sich am Boot fest. Erleichtert sah sie, dass Chet stehen konnte. Das Wasser war hier nicht einmal brusttief, und der Grund des Sees war deutlich zu erkennen. Klares, laues Wasser und unter ihren Füßen feiner Sand. Ihre Zehen bohrten sich hinein. Unsicher machte Ricky ein paar Schritte. Sie spürte, wie sie eine Gänsehaut bekam.

Come on! Chet ließ sich rücklings in Wasser fallen, machte eine Rolle, tauchte wieder auf und schwamm prustend um sie herum. *What's up, girl? Come on!* Er wunderte sich. Er feuerte sie an, wie immer, wenn er rief, eine Hand zum Schalltrichter vor den Mund gelegt, als schämte er sich gleichzeitig dafür, dass er laut wurde. *Come on!* Chet war sichtlich ungeduldig.

Er konnte sich offenbar nicht vorstellen, dass ein halbwegs erwachsenes Mädchen nicht schwimmen konnte. Ricky machte ein paar ungeschickte Bewegungen mit den Armen und ließ sich ein wenig tiefer ins Wasser sinken. Aber sie konnte Chet nicht täuschen. Der war stehen geblieben. Der schaute sich ihr Manöver eine Weile an, dann kam er zu ihr.

Sie sahen aus wie ein langes, träges Tier, das entspannt seine Bahn zieht. Chet hatte sich auf den Rücken gelegt und das Mädchen rückwärts über sich gezogen. Ihren rechten Arm, der angewinkelt war, hielt er über ihrer Brust fest, mit der Linken machte er kräftige Schwimmzüge und hieß sie, das Gleiche zu tun. Es war ein nicht sehr ausbalanciertes Tier, es konnte hauptsächlich im Kreis schwimmen, aber das machte nichts. Das große Menschentier umkreiste das dümpelnde, weiße Schiffstier. Aus dem Schiffstier ächzte und stöhnte es gelegentlich, aber das schwimmende Tier war ganz still. Ricky hielt ihre Augen halb geschlossen. Sie blinzelte in die Sonne. In ihrem Rücken spürte sie weich das Geschlecht des Jungen, spürte, wie sich sein flacher Bauch hob und senkte. Manchmal schwappte ein wenig Wasser in ihr Gesicht. Es machte ihr nichts aus. Sie hatte keine Angst. Sie trieben dahin. Sie würden sich verlieren in der Weite des Sees. Sie würden in die Flussmündung gesogen und von dort weit, weit bis ins Meer. Ricky schwamm. Es sollte nie aufhören.

Hinterher, als Chet und Dick das Boot wieder abgegeben hatten, machten sie ein Picknick. Ricky packte die mitgebrachten Sachen aus, stolz, dass sie etwas beitragen konnte: Sogar Roastbeef war dabei, das ihr Vater irgendwo organisiert hatte. Chet schaute lange auf den Imbiss, sagte aber nichts. Er und Dick hatten einige Dosen Beef dabei, eine gelbliche, harte Masse dazu, die sie *Polenta* nannten und die Ricky hinterher schlimmes Bauchweh machen sollte. Aber sie schmeckte gut. Nahrhaft und salzig. Und als der schlimmste Hunger gestillt war, dösten sie alle ein wenig vor sich hin. Moni, gegen die Knie von Dick gestützt, mit einem Gesicht so friedlich wie das eines Kindes. Der Zwist aus dem Jazzclub war offenbar vergessen. Dick mit der üblichen gleichgültigen Miene, der mit einer Hand das Gras auszupfte. Chet, der auf dem Rücken lag, die Arme hinter dem Kopf verschränkt. Plötzlich begann er zu singen. Ganz leise zuerst, dann immer deutlicher. Ricky war überrascht. Das war Chets Singstimme? Die Stimme war weich und melodiös, sie hatte etwas Verführerisches – aber er klang wie ein Mädchen. Ricky schloss die Augen: Kein Zweifel, da sang eine etwas laszive, aber warmherzige Frau! Sie machte die Augen wieder auf: Da war ihr *boyfried*, dünn und mager ihr Mann, *my man*.

Versteh einer die Kerle!, sagte Moni. Dick schlug nach ihr.

Lange hielten sie so viel Untätigkeit nicht aus. Moni wurde unruhig und wollte nach Hause, und Dick, nach einem Blick auf die Uhr, verabschiedete sie lässig mit der Handbewegung eines Bürovorstehers, der dem Tippfräulein frei gibt. *See you!* Wieder war Moni beleidigt. Langsam entwickelte sie einige Übung darin.

Kaum war sie verschwunden, kramte Dick eine Ausgabe von *Stars and Stripes* hervor und nahm sich die Rätselseite vor. Chet und Ricky hielt es nicht auf der Decke. Sie standen auf und begannen, Steine ins Wasser zu werfen, und da war sie es, die ihm etwas beibringen konnte: Die flachsten Strandkiesel ausgesucht, sich tief gebückt und dann scharf über die kleinen Wellen geworfen, dass sie vier-, fünfmal auftitschten. Chet stellte sich reichlich ungeschickt an. Seine Steine plumpsten einfach ins Wasser. Sie machten Zielwerfen, auf ein paar Stangen, die ein längst nutzlos gewordenes Fischernetz markierten. Es gab ein metallisches Geräusch, wenn sie trafen.

Doch da, plötzlich – gerade war ein Kiesel von der Stange abgeprallt – schrie Chet auf, krümmte sich, hielt sich das Gesicht, fiel auf die Knie. Ricky war sofort bei ihm, versuchte, die Hände wegzuziehen, er stieß sie mit dem Oberkörper beiseite, aber dann zeigte er ihr, was passiert war: Der Stein, der zuletzt die Stange getroffen hatte, war zurückgeprallt und hatte ihn im Gesicht getroffen. Ein Vorderzahn fehlte. Eine Lücke klaffte.

Ricky fiel in ihrer Aufregung nicht auf, dass Chet gar nicht blutete und die Lücke ganz und gar sauber war. Sie war zu erschrocken. Sie glaubte, dass sie schuld sei. Und führte den scheinbar Benommenen zurück Dick. Aber der grinste nur und kümmerte sich nicht weiter. Sturer Kerl!, dachte Ricky verärgert. Und merkte nicht, dass Chet mühsam ein Lachen unterdrückte: Die Zahnlücke hatte er ja schon immer. Seit er denken konnte. Seit ihn tatsächlich einmal ein von einer Laterne abprallender Stein erwischt hatte. Da war er sechs. Er wusste selbst nicht, wie er auf die Idee gekommen war, Ricky so hinters Licht zu führen. Vielleicht war es das metallische Geräusch des Steins auf der Stange. Vielleicht war es die Lust, ihr etwas vorauszuhaben – und sei es eine Täuschung.

Und außerdem war es eine Vorstellung, die ihm gefiel: Dass Ricky ihn getroffen hätte. Es gefiel ihm, dass sich Ricky mit der Verletzung in Verbindung brachte. Dass sie ihn trösten musste. Nichts hielt Menschen enger beieinander als die Verletzungen, die sie sich zufügten. Bereitwillig öffnete er an diesem Abend die Lippen, als Ricky ihn zärtlich und besorgt küsste.

Und so war es Chet, der mit dem Betrügen begann.

III.

Abschied

Ich glaube dir kein Wort!, sagte Renate. So was gibt's gar nicht. Dabei hatte sie die Fotos vor der Nase. Unscharfe Schwarz-Weiß-Fotos zwar, mit einem gezackten Rand, aber immerhin, das Wichtigste sah man. Das Wichtigste war ein Junge, der mitten im Meer – stand. Ja, er stand. Der amerikanische neue Jesus stand auf einer Welle. Er stand gebeugt, die Arme ausgebreitet, und er stand auf einem Brett. Auf diese Weise ließ er sich von der Welle tragen. Alles an dem Jungen war Spannung, Aufmerksamkeit, Wachheit.

Unglaublich!, sagte Renate.

Surfing, sagte Ricky. *Wellenreiten*. Chet hatte ihr das Wort beigebracht und die Fotos gezeigt. Die Wörter und Sätze, die er sie lehrte, hätten kaum dazu gereicht, in einer amerikanischen Kleinstadt zurechtzukommen, aber es waren Wörter und Sätze, die Ricky gefielen: *Waterfall. Rocking. Hitch-hiking. Dance. Dream. Loverboy.* Und eben: *Surfing.*

Das Wellenreiten auf einem Brett war in Kalifornien schon in den zwanziger Jahren in Mode gekommen. Auf Holzplanken – an Kunststoff war noch nicht zu denken – eroberten die Jugendlichen die Wellen. Es war nur etwas für die sehr Jungen und sehr Mutigen, denn die ersten *Boards* waren bessere

Bodenbretter – schwer, sperrig und aus Material, das leicht splitterte, aber das Fieber griff schnell um sich. Das war cooler als Schwimmen und aufregender als Segeln. Man war Teil des Wassers und doch wieder nicht. Man nutzte seinen Auftrieb und die enorme Kraft der Pazifikwellen. Erste Wettbewerbe wurden ausgetragen, und erste Stars der noch jungen Szene machten sich bemerkbar: Die Amerikaner lernten den schwierigen Namen Duke Paoa Kahanamoku, und Duke, wie der Haiwaiianer genannt wurde, verbreitete nicht nur die Botschaft von der Schönheit seiner Heimat, sondern auch den Reiz des Surfens bis nach Australien. Chets Idol aber war Tom Blake, ein ungewöhnlich attraktiver Surfer, von dem es in den dreißiger Jahren etliche Aufnahmen in ungewöhnlichen Posen gab: Tom in weißer Matrosenhose und Ringelshirt, das seine perfekten Muskeln zeigte. Tom mit melancholischem Blick auf die Wellen des Pazifiks, als ob er darauf wartete, dass ein Schiff zurückkehrte, das ihn hier ausgesetzt hat. Tom, wie hingegossen auf ein paar Felsen, die vollkommen geformten Beine lasziv gespreizt. Tom, der Wellenreiter, war rasch so berühmt geworden, dass es auf den Bildern keines Boards mehr bedurfte. Für die Menschen an der Westküste verkörperte Tom das Wellenreiten, er *war* das Wellenreiten. Chet hatte noch nie erlebt, dass das, was ein Mensch tat, derart vollkommen mit seiner Erscheinung harmonierte. Tom Blake war für Chet ein Vorbild, er war hingerissen von dieser Mischung aus Anmut und Stärke. Ein Zeitungsausschnitt mit dem Abbild Tom Blakes begleitete ihn von da an überallhin. Chet liebte Idole. Und er konnte sich hingeben. Zwar war er selbst mager, blass und nicht besonders groß – aber er wurde, wie die Leute in Kalifornien das nannten, ein *Wassermann*. Seine Gliedmaßen streckten sich. Sein Nacken wurde sehnig. Die Hände lernten, fester zu greifen. Der Vierzehn-, Fünfzehnjährige riskierte viel, um seinem Idol ähnlicher zu werden, aber nie passierte etwas. Er wurde nicht nur ein hervorragender Schwimmer und Surfer, auch beim Segeln machte ihm so schnell keiner etwas vor.

Renate starrte noch immer auf die Fotos. Manchmal meine ich, die leben auf einem anderen Stern! Wo waren wir bloß die ganze Zeit über? Sie drehte die Fotos um, als fände sie auf der Rückseite eine Erklärung.

Ricky verstand, was sie meinte. Ihr ging es genauso. Noch nie hatten sie etwas von diesem neuen Sport mit dem imposanten Requisit gehört. Aber es ging nicht nur um Sport. Sie hatten von so vielem nicht gehört. Wo waren sie gewesen? Was war geschehen? Waren sie aus der Welt gefallen? Während die Deutschen erst Mord und Brand über ihre Nachbarn gebracht und dann erschrocken die Köpfe eingezogen hatten, hatte sich die Welt einfach weiterentwickelt. Menschen bestiegen Boards und surften über die Wogen des Ozeans. Es war nicht zu fassen. Tonband und EEG waren erfunden worden. General Electric produzierte seit 1938 serienweise Leuchtstoffröhren, die die Welt in ein kaltes Fabriklicht tauchten. Sie sahen es in den Wochenschauen. Die Quarzuhr, die der Amerikaner Warren Melvin Marrison 1929 entwickelt hatte, zeigte die Zeit mit gnadenloser Genauigkeit an, während der erste automatische Toaster ein Jahr später bei den amerikanischen Arbeitern auf dem Frühstückstisch stand. Es waren kleine Erfindungen, die die Welt schneller und praktischer machten, wie Nylon, Sprühdose, Fotokopierer. Und während die Deutschen Hubschrauber bauten und an der Perfektion der V2 arbeiteten, erfand die Welt – den Kugelschreiber. Und zehn Jahre später den Klettverschluss. Die Welt, in der Ricky und Renate und mit ihnen zweieinhalb Millionen verstörter Berliner im Sommer 1945 aufwachten, war nüchterner geworden, pragmatischer, während sie selbst die Nazi-Parolen noch in den Ohren hatten, die Aufforderung, bis zum letzten

Tropfen Blut für den *Endsieg* zu kämpfen, die Hetze und die Kontrolle, dazu das Pfeifen der Bomben und den Donner der feindlichen Artillerie.

Was für ein Leben!, sagte Renate.

Gar kein Leben!, sagte Ricky.

Hier passiert gar nichts mehr, sagte Renate.

Gar nichts.

Nach der Kapitulation war es schlagartig still geworden in Deutschland, die Leute bewegten sich leise, huschend, die Kriegsheimkehrer kehrten wie auf Socken aus den Ländern zurück, in denen sie nichts zu suchen hatten. Aber die Deutschen trauten dem Frieden nicht. Sie konnten mit der Stille nichts anfangen. Sie schauten nur zögernd in die Welt, wie Tiere, die sich über den Winter im unterirdischen Bau verkrochen haben und nun die ersten Schritte ins Freie tun. Die amerikanischen Besatzer kamen ihnen, nachdem sie die erste Bedrohlichkeit für sie verloren hatten, schrecklich unbedarft vor, selbstsicher und laut.

Die geben den Ton an, was?!, bemerkte Renate. Die wissen, wie der Hase läuft, drüben, in Amerika. Wer weiß, was die noch alles machen, und wir wissen nicht mal, wie das heißt. Verflixt noch eins, wo sind wir bloß gewesen?! Renate wurde allmählich wütend. Sie starrte immer noch auf das Foto, dann warf sie es beiseite. Weißt du, was wir alles verpasst haben?!

Ricky wusste es nicht. Sie war zu jung gewesen, als der Krieg anfing. Aber sie ahnte es. Und sie wollte nie wieder so abgehängt werden, so *hinten dran sein*. Sie fing an, AFN zu hören. Auch das hatte ihr Chet beigebracht. Zwar verstand sie vorläufig nicht viel, wenn die Redakteure im fernen Frankfurt oder in München die Stars aus dem Showgeschäft interviewten, aber Ricky gewöhnte sich an die immer gleichen Stimmen, und mit der Zeit schnappte sie das eine oder andere auf. Wer da alles auftrat! Wer sich beim Radio interviewen ließ! Es war gar nicht so einfach, AFN zu empfangen: Viele Sender verfügten über starke Frequenzen, es war kein Problem, den neuen Radiosender aus Bremen oder sogar einen aus München zu hören, aber die Auswahl machte es gerade schwierig: Im Kontor der Limonadenfabrik, in der Ricky neuerdings an zwei Tagen in der Woche arbeitete, wollten die Angestellten etwas anderes hören als AFN, sie wollten einen deutschen Sender, etwas Vertrautes, das ihnen Vertrautes lieferte. Ricky hingegen wollte das Neue. Sie wollte oben auf der Welle dahingleiten und sich die Sonne ins Gesicht brennen lassen. Sie wollte nach vorne schauen.

Manchmal machte Renate beim Radiohören mit. Es war besser, wenn Renate mitmachte, denn Werner, der Malergehilfe, der nun in der Küche wohnte, besetzte mit der Küche auch das einzige Radio in der überfüllten Wohnung, und für Renate war es leichter, ihn zu überreden, dass er sie *Music in the Air* und *Midnight in Munich* hören ließ. Manchmal aber hatte Werner partout keine Lust, dann musste Renate ihn beschäftigen und ging mit ihm ins Kino oder setzte sich mit ihm vor die schwer beschädigte Kirche und plauderte. Es war kurios: Im Krieg waren alle Fenster der Pauluskirche zu Bruch gegangen, bei einem schweren Angriff im Januar 1944 war das Dach abgebrannt, der rechte Treppenturm hatte in den letzten Kriegstagen noch ein Artilleriegeschoss abbekommen, und Wochen nach der Kapitulation war ein betrunkener russischer Panzerfahrer rückwärts in den rechten vorderen Anbau gerast. Im letzten Winter hatten die frierenden Berliner nach und nach alles Kirchengestühl weggeschleppt und verheizt – und dennoch war die Pauluskirche schon wieder ein Treffpunkt. Beharrlich trafen sich einmal in der Woche die wenigen, die noch glauben konnten, unter der Orgelempore zu einem schlichten Gottesdienst, beharrlich nutzten die anderen das Kirchengemäuer für ein Stelldichein, oder sie saßen vor dem östlich gelegenen Chor auf großen Trümmerteilen, die sie als improvisierte Bänke nutzten. Werner zog es immer zu der Kirche hin, wenn er irgendwo eine Pappe fand oder einen alten Kalender, dann zeichnete er das angeschlagene Gotteshaus, und Renate begleitete ihn immer öfter. Ricky hatte den Eindruck, dass es Renate nicht schwerfiel, ihr den Gefallen zu tun und sich um Werner zu kümmern – auch, wenn Ricky gerade nicht Radio hören wollte. Werner machte wenigstens etwas. Werner war anders. Werner war interessant. Neuerdings organisierte Renate Stifte und Farben.

Ricky fand Radiohören allerdings unterhaltsamer zu dritt. Wenn sie allein Radio hörte, fühlte sie sich manchmal auf merkwürdige Weise einsam, obwohl doch Menschen mit wohlklingenden Stimmen zu ihr sprachen. Aber wo waren diese Menschen? Und wen meinten sie wirklich? Die Stimmen klangen sicher und zuversichtlich, sie erzählten von berühmten Showstars, die hier oder dort auf Tournee waren, sie berichteten von Baseball, von Hollywood und von Country Music, es waren Berichte von einem anderen Planeten.

Manchmal stellte sich Ricky vor, die Radiostation befände sich auf dem Mond. Der Mond leuchtete so kalt, weil ihn die neuen Lampen erhellten, und er leuchtete so lange, weil die amerikanischen Radiomoderatoren so geschäftig waren. Manchmal merkte man, dass die Moderatoren nicht allein waren. Dann reichte jemand hörbar einen Zettel ins Nachrichtenstudio, dann schäkerte ein Moderator mit der Regie. Radiomachen, begriff Ricky, war etwas für eingespielte Teams, es war überhaupt etwas für Spieler und es hatte etwas von einem Sport. Gab es etwas, das die Amerikaner nicht als Sport betrachteten?

Das Radiogerät in der Küche war nicht besonders gut, es rauschte und knackste. Ricky wartete immer auf die Stimme von Mark White. Mark White interviewte Sportler. Und

Politiker. Und Marlene Dietrich, über die die Leute sagten, sie sei eine Vaterlandsverräterin. Die Stimme der Dietrich war so einnehmend und so müde. Nicht selten geschah es, dass Ricky einschlief, den Kopf ans Radio gelehnt. Dann weckte sie Renate, wenn sie spät nach Hause kam, vorsichtig, und Werner machte sich ein bisschen über sie lustig: Du bist gar keine Amibraut – du bist eine Radiobraut! Und Renate brachte die schlaftrunkene kleine Schwester ins Bett, als wäre sie noch ein Kind. In der Küche blieb Werner zurück und wartete. Er brannte darauf, Renate einen Katalog zu zeigen, Bilder des Malers, für den er arbeitete und für den er durchs Feuer gegangen wäre. Durchs Feuer gegangen war Werner allerdings schon, allerdings für den Führer, dabei hatte er ein Bein verloren, und seit eine Luftmine direkt an ihm vorbei in eine Gruppe von Kameraden geschlagen war, wurde er den Tinnitus in den Ohren nicht los: ein scheußliches, ständiges Pfeifen.

Werner war zwanzig. Er half dem berühmten Maler, so gut es eben ging mit dem einen Bein; Gehilfe war genug, Werner glaubte nicht daran, dass man *mit einem halben Gehwerkzeug ein ganzer Maler* werden konnte. Ein halbes Gehwerkzeug, so redete er. Der Katalog seines Meisters war dünn und die Farben waren miserabel gedruckt, aber es war der erste Ausstellungskatalog nach dem Krieg, es war das erste Produkt des neuen Kunstbetriebs. Die Bilder des berühmten Malers hatten sie mit der Straßenbahn in die Ausstellungshalle gebracht, ganz langsam, Bild für Bild. Langsam, fast andächtig blätterte Werner jetzt. Es waren ungewohnte Bilder, noch nie gesehene Bilder, ganz andere als die, die der Führer und seine Gesellen gefördert hatten.

Manchmal dachte Werner, dass er es doch schaffen könnte, mit nur einem Bein, auch, wenn er nicht den ganzen Tag vor der Leinwand stehen könnte. Wenn er malte, hörte er das Pfeifen in seinem Kopf nicht mehr so laut. Endlich kehrte

Renate zurück und setzte sich zu ihm. Wie gut er ihren Geruch schon kannte! Dabei hatte er sie noch nie berührt. Das wagte er nicht. Renate wartete ab. Und Ricky träumte von riesigen Meereswellen in Kalifornien, auf denen Marlene Dietrich ritt. Neuerdings hatte sie schöne Träume.

Kirschen! Sie hatten tatsächlich Kirschen entdeckt. Auf der Suche nach einem geschützten Platz hatten sich Ricky und Chet immer weiter von den anderen entfernt, waren immer weiter am Ufer entlanggelaufen, Hand in Hand. Chet mochte Rickys Hände, sie waren klein und schwielig. Rickys Hände erinnerten ihn an ihre Füße, und die Füße, das war beinahe das Beste an dem Mädchen. Chet hatte nicht gewusst, dass er Füße mochte. Er hatte sich gewundert über manche Offiziere, die sich damit hervortaten, ihren *Frauleins* teure Schuhe aus Frankreich mitzubringen. Sie zeigten die Schuhe herum wie Eroberungen und prahlten mit den roten oder schwarzen Pumps vor den anderen. Einmal hatte ein völlig betrunkener englischer Captain im Y. M. C. A. Club darauf bestanden, dass man einen der neuen roten Stöckelschuhe seiner Liebsten mit Brandy auffüllte – und den hatte er dann vor aller Augen leergetrunken, bevor er seinen nun bräunlich verschmierten Mund auf den der Geliebten presste. Der Schuh war achtlos zu Boden geworfen worden, und Chet sah, wie die Frau die ganze Zeit diesen einen Schuh im Auge behielt.

Schuhe waren etwas Kostbares, fast so kostbar wie Strümpfe – und auf jeden Fall noch begehrter als Schokolade und Kaffee. Ricky brauchte keine Schuhe. Und auch keine Strümpfe. Fand Chet. Er liebte ihre kleinen, festen, sehr flachen Füße mit den runden, pummeligen Zehen. Nur der große Zeh war anders: flach und breit, als wäre er schon etwas länger auf der Welt als die anderen. Der große Zeh war als einziger erwachsen. Trotzdem küsste Chet auch diesen Zeh gern. Nicht ganz so gern wie die anderen, aber dafür war dieser größere und erwachsenere Zeh besonders dankbar für Zuwendung. Verblüfft stellte Chet fest, wie still Ricky hielt, wenn er ihre Zehen in den Mund nahm und daran lutschte, wie sie leise seufzte, wenn er sich mit den Zwischenräumen beschäftigte und wie sie kaum merklich zuckte, wenn er mit dem Daumennagel über die Fußsohle strich.

Rickys Fußsohlen waren hart, der rechte Fuß noch härter als der linke, weil Ricky mit dem rechten Fuß fester auftrat. Alles machte sie mit rechts heftiger, das kam von den schweren Lasten, die sie in den letzten Jahren hatte tragen müssen – Wassereimer, Kohlesäcke, Steine, immer mit rechts. Das spürte man ihrem Körper an. Empfindlich aber war auch der rechte Fuß geblieben, trotz der ledernen Haut, die eine deutlich dunklere Farbe aufwies als der linke Fuß, und manchmal rückte Chet ein Stück von Ricky ab, setzte sich ihr gegenüber, hieß sie, die Beine auszustrecken, und hielt beide Füße in die Höhe, die Sohlen vor seinem Gesicht. Als ob er darin lesen könnte.

Ricky war das erst ein bisschen peinlich. Es war nicht weit her mit der Reinlichkeit in diesen Tagen, und sie gingen meist weite Wege zu Fuß. Aber Chet bestand darauf. Er hatte etwas entdeckt. Etwas, das nur ihm gehörte und das er mochte. Es wurde ein Spiel daraus. Manchmal gingen sie nur, um sich irgendwann hinzusetzen. Manchmal zögerten sie es hinaus. Bis sie, an diesem heißen Tag Anfang Juli, die Kirschen entdeckten.

Die Kirschen hingen in aller Unschuld an einem Baum. Ricky schrie auf, dann hielt sie sich erschrocken die Hand vor den Mund. Chet ahnte, was in ihr vorging: Es war ein ganz normaler Kirschbaum, und der Baum trug schwer an seiner Last. Der Kirschbaum war ein Kirschbaum. Die Früchte daran waren Kirschen. Es war so normal, wie ein Kirschbaum nur sein konnte. Und genau das war das Ungeheuerliche. Ein leiser Wind ging. Man hörte die Blätter rauschen. Die Blätter hatten ein sattes Grün, und die Kirschen glänzten saftig und dunkelrot. Ricky stürzte sich darauf, ohne auf Chet zu warten. Sie riss mit beiden Händen Kirschen von den Zweigen, in ihrer Gier riss sie die Zweige gleich mit ab und stopfte sie sich in den Mund. Dann wieder pflückte sie hastig die Kirschen von den Stielen ab, stopfte sich so viele wie möglich auf einmal in den Mund. Mit Kauen hielt sie sich kaum auf. Bald troff ihr der rote Saft von den Mundwinkeln, tropfte auf ihre Bluse, auf den Rock. Sie merkte es nicht. Sie aß.

Chet wunderte sich längst nicht mehr über diese enorme Gier der Deutschen. Er dachte an seine ersten Wochen in Berlin, daran, wie ein fühlloser Colonel ihm diese angeblich deutsche Unart vorführen wollte: Sie sind wie Hunde, Männer, ihr werdet sehen, dass sie wie Hunde sind!, sagte der, sicher über die Wirkung seines Experiments. Sie waren im Jeep unterwegs, der Colonel und sein Fahrer vorn, drei Rekruten hinten. Chet wusste nicht mehr, wohin sie unterwegs gewesen waren. Aber er erinnerte sich an die Gruppe von Deutschen, die plötzlich am Straßenrand gestanden hatten: Alte, Halbwüchsige, Frauen jeden Alters dabei. Da hatte der Colonel noch einen Zug aus seiner Zigarette genommen, dann das Fenster geöffnet und den Leuten seinen noch glimmenden Stummel vor die Füße geworfen. Sofort stürzte sich die Gruppe auf den Zigarettenrest, einer war dem anderen im Weg, sie drängelten rücksichtslos, sie waren wie von Sinnen. Der Colonel zuckte die Achseln: So sind sie!, sagte er verächtlich. Sein Fahrer gab wieder Gas.

So sind sie nicht, dachte Chet jetzt. So sind alle, die Hunger haben. Und er dachte an den Mann, der im Müll gewühlt hatte, an seine Verzweiflung. Es war nicht lange her. Und doch: Dies hier war anders. Im Sommer 1947 hatte sich etwas verändert. Die Versorgungslage war immer noch heikel, die Menschen nahmen viel zu wenige Kalorien zu sich, sie ernährten sich einseitig und vertilgten, was ihnen in die Hände fiel. Und dennoch war da ein Unterschied, und diesen Unterschied bemerkte er, während er Ricky beobachtete: Ricky lachte. Sie griff mit beiden Händen die köstlichen Früchte, sie stopfte maßlos alles in sich hinein – aber sie lachte. Sie konnte genießen. Chet merkte, wie sich etwas in ihm zusammenzog vor Freude. Und wie er gleichzeitig weinen wollte und lachen.

Also lachte auch Chet. Er nahm zum ersten Mal keine Rücksicht auf seine Zahnlücke. Es war ihm egal, wie er aussah, so, wie es ihr offensichtlich gleichgültig war, dass sie ihre Bluse ruinierte. Es war ein Augenblick der Verschwendung, der völligen Entspannung, der Eintracht. Ricky merkte nicht, dass sie beim Essen Laute ausstieß, Laute des Wohlbehagens, Grunzlaute, Stöhnen. Endlich war der erste Hunger gestillt. Beinahe erschöpft ließ Ricky sich auf die Knie fallen.

Mein Gott! Kirschen! Stundenlang versuchte sie, Chet das schwierige Wort zu lehren: Kir-schen. Und lernte selbst: *Cher-ries*. Sie sprach es eher französisch aus: Chéries. Und das stimmte ja auch. Sie hängte ihm Kirschenpaare über die Ohren, imitierte Glockentöne: Bim-bam, bim-bam! – Und er wies respektlos auf das andere Glockenpaar, das in seiner Hose, das auch beachtet werden wollte.

Einige Zeit später lagen sie beisammen unter dem jungen Baum. Ricky ausgestreckt auf Chets langem, dünnem Körper. Ricky redete leise in ihrer komischen kehligen Sprache auf ihn ein, wissend, das er kein Wort verstand, aber sie wollte, dass er stillhielt, denn sie war konzentriert bei der Sache: Ricky versuchte, Chet eine möglichst kleine Kirsche in die Lücke zwischen seinen Vorderzähnen zu schieben. Und wenn dies gelungen war, küsste und saugte sie sie wieder heraus. Das war nicht einfach. Zähne und Zunge hatten viel zu tun. Und war die kleine Frucht erst einmal eingeklemmt, saugte sie manchmal nur das Fruchtfleisch heraus, während der Kern steckenblieb. Dann musste sie umso heftiger ziehen und küssen.

Chet hatte sich anfangs gewehrt. Die Zahnlücke war ein äußerst heikler Punkt. Immer war es ihm gelungen, diesen Makel zu verbergen, und nun richtete Ricky alle Aufmerksamkeit darauf! Aber ihre Zunge kitzelte seine Lippen und seinen Gaumen, ihr Atem roch nach frischen Früchten und blies sanft über seine Nase, und als ihre Küsse fordernder wurden, spürte Chet, wie es in seinem Kopf zu rauschen begann. Was sollte er tun? Er ergab sich dieser seltsamen deutschen Behandlung. Sich hingeben, das konnte er. Und Ricky, seinen Kopf zwischen ihren Händen, freute sich über den Jungen, der stillhielt.

Irgendwann in diesem Sommer hatte es angefangen. Im Juni. Vielleicht sogar schon Ende Mai: Da hätte man anfangen können, von *Chet und Ricky* zu sprechen. Da waren sie beinahe ein Paar. Der GI und sein Mädchen. Es gab viele solcher Paare in Berlin. Der GI und sein Mädchen war häufiger als der französische Offizier mit seiner Mademoiselle und der Brite mit seinem *Girlfriend*. Die Amerikaner waren unbedarfter als ihre Kollegen, offener, vielleicht lag es auch daran, dass sie nicht allzu lange blieben – das US-Kommando tauschte die in Deutschland stationierten Soldaten häufiger aus als die anderen Alliierten. So behielten sie die Neugier und die Unbefangenheit, die Neugier und die Unbefangenheit des flüchtigen Besuchers, der weiß, dass er nichts riskiert, wenn er etwas riskiert. Die alten Hasen erzählten den Neulingen Wunderdinge von den deutschen Mädchen: Ursprünglich seien die, nicht so anspruchsvoll wie die Amerikanerinnen, dankbar und irgendwie fraulicher. Die deutschen Frauen verhielten sich so, wie es die amerikanischen Soldaten noch von ihren Müttern und Großmüttern gewohnt waren, während die Frauen ihrer Generation gerade ihre eigene Stärke entdeckten, die Lust, einen eigenen Beruf zu ergreifen, ein eigenes Auto zu fahren. So besaßen die deutschen Frauen den Reiz des Exotischen – und sie rührten gleichzeitig an etwas zutiefst Vertrautes, Anheimelndes.

Gemütlich – das war ein Wort, das sie alle schnell lernten. Und auch, wenn damit eigentlich die deutschen Feste gemeint waren, die Art, eine Wohnung einzurichten, so traf dieses urdeutsche Wort doch auch auf die Frauen zu. Also mehrten sich schon in der zweiten Jahreshälfte 1946 die Fälle von Fraternisieren. Und aus dem Fraternisieren wurde immer öfter eine legalisierte Beziehung, ein Verlöbnis, eine Ehe. Ricky sammelte inzwischen die entsprechenden Artikel in den Tageszeitungen, sie wusste selbst nicht, warum. *Der Tagesspiegel* zeigte immer wieder Fotos junger Frauen mit Sonnenbrillen, die an Bord eines Schiffes in die unbekannte Neue Welt aufbrachen – *Kriegsbräute auf hoher See* war solch eine Reportage überschrieben, und Ricky dachte an das Segelboot der Amerikaner, das im Wannsee lag. Weiter würde sie es mit Chet vermutlich nicht bringen, dachte sie, und zum ersten Mal empfand sie Neid gegen die unbekannten Sonnenbrillenträgerinnen. Auch die anderen Berliner konnten, so schien es, von derlei Geschichten nicht genug kriegen. Von manchen Beschwerlichkeiten war zu lesen, aber auch von Abenteuern. Da mussten die üblichen lästigen Papiere, Zeugnisse und Bescheinungen vorgelegt werden. Impfpässe, Unbedenklichkeitsbescheinigungen und natürlich – ein Pass. Es wurde von einem weiblichen Pechvogel berichtet, der alles glücklich zusammengebracht hatte und dann mit einem Flugzeug von

Osnabrück aus nach England reisen sollte. In der Luft öffnete sich jedoch die Klappe eines Notausstiegs, und mit dem Koffer der Reisenden verschwanden auch alle ihre Papiere. Wochenlang habe die Unglückliche in Internierung gesessen, wusste die Zeitung zu berichten, ein Wunder, dass ihr die Lust aufs Heiraten nicht vergangen sei!

Auch im Bekanntenkreis wurde geredet. Über die, die es schafften, und über die anderen auch. Einige der jungen Frauen erfuhren plötzlich, dass sie eine unbemerkte TB hatten, wieder andere erschienen politisch nicht einwandfrei. Eine junge Deutsche, noch nicht einundzwanzig, fälschte die Unterschrift ihrer Mutter unter der Einverständniserklärung zur Heirat und wurde erwischt. Man rätselte, was für eine Strafe sie treffen würde. Ein französischer Offizier, der seine deutsche *Fiancée* heiraten wollte, musste seine militärische Karriere aufgeben. Das Verblüffende war: Er tat es. Plötzlich hörten die deutschen Frauen von Männern, die ihr Gefühl verteidigten. Die ihr privates Glück über den beruflichen Erfolg stellten. Männer, die zur Liebe entschlossen waren. Das steigerte die Anziehungskraft der Alliierten noch weiter. Aber Ricky, obwohl noch keine zwanzig, blieb skeptisch. Nicht alle, die ein deutsches *Fraulein* reizvoll fanden, gehörten ja zu diesen Entschiedenen. Es gab auch die anderen, die in der Heimat gebunden waren, es gab die Abenteurer und die Wankelmütigen, es gab die, die sich nicht gesucht und trotzdem gefunden hatten. Frauen waren darunter, krank vor Heimweh nach ihren Männern und zermürbt von Sorgen, die sich nach einigem Zögern doch auf die Aufmerksamkeiten eines wohlerzogenen Captains einließen. Da waren die, die Hunger nach Brot und Hunger nach Trost litten, und solche, die den Alltag vergessen wollten für ein paar Stunden. Sie fanden sich, sie arrangierten sich. Es waren oft ungleiche Paare: der dicke Zivilangestellte der Militärbehörde, der in seinem Leben kein

Buch gelesen hatte, und die trockene Bibliothekarin. Die Tanzlehrerin und der Bienenzüchter. Der schwarze Colonel und die blonde Frau eines SS-Mannes, der bei Kriegsende auf Nimmerwiedersehen verschwunden war. Es waren unmögliche Lieben, aber sie waren möglich, für eine Zeit.

So sah das auch Ricky. So wollte sie es sehen. Der Junge war anziehend, und wenn das so weiterging, würde er selbst das Küssen noch lernen. Er war nicht bedrohlich. Er behielt niemals die Oberhand. Ricky liebte es, mit ihm zu segeln und zu schwimmen. Der Wannsee war ihr bevorzugtes Revier. Es war ihre Gegenwelt, ihr Gegenberlin. Wenn sie ankamen am Yachtclub und Chet oder Dick die Wachen mit ein paar Dollars bestochen hatten, ihre Mädchen bei der Hand nahmen und mit ihnen auf den Jollenkreuzer sprangen, dann vergaß Ricky alles, was hinter ihr lag. Dann legten sie ab, so schnell es ging, überstürzten die Manöver, holten die Leinen nicht ordentlich ein und rissen die Segel hoch, als sei jemand hinter ihnen her – um dann, wenn sie einigermaßen weit vom Ufer entfernt waren, die Kleider abzustreifen, im Wind zu stehen und ganz ruhig zu werden, ganz ruhig. Ricky war nie zuvor in ihrem Leben gesegelt, niemals hatte sie den Wannsee vom Wasser aus gesehen, und sie war verblüfft, wie groß und weit und offen er war. Sie befanden sich mitten in Berlin und gleichzeitig weit fort. Ricky spürte, wie sie eine Gänsehaut bekam – nicht allein von dem kühlen Wind, sondern weil sie ein Prickeln der Erwartung spürte, eine Aufbruchslust.

Meistens weckte Chet sie aus ihren Träumen, zeigte gebieterisch auf das Wasser oder sagte: *Come on!* Das bedeutete, dass er Schwimmen mit ihr üben wollte. Da kannte er kein Erbarmen. Und Ricky, die Ältere, die so viel Erfahrenere, genoss den Rollentausch und ließ sich treiben. Ließ sich führen und korrigieren, befolgte träge und ein bisschen nachlässig seine Anweisungen und bewunderte seinen nassen Körper, der im Wasser geschmeidig wirkte, sehnig. Im Wasser hatte Chet etwas von einem jungen Delphin, und zu gern wäre Ricky mit ihm in eines dieser neuen Riesenaquarien gegangen, um ihm zu zeigen, was sie meinte. Erklären konnte sie es nicht. Dann kletterten sie wieder an Bord, Dick warf ihnen die Handtücher zu, und Chet rieb sie so heftig trocken, dass es schmerzte. Er übertrieb dabei, wie er so oft übertrieb, dann war er wieder der ungeschickte, plötzlich kindische Junge, der sie an den Haaren zog oder sie vor Dicks Augen in die Brust kniff und albern dabei kicherte. Da wusste Ricky, dass es nicht ging. Dass es keinen Sinn hatte. Und Chet, der eine feine Antenne für Ablehnung hatte, wandte sich ab, zog sich zurück und schwieg.

Dann wieder saßen sie zusammen auf dem Achterdeck, das Boot glitt sanft und leise dahin, es ging kaum Wind, und Chet saß am Ruder, blickte gelegentlich konzentriert nach oben, wo ein Fähnchen die Windrichtung anzeigte, und korrigierte gelegentlich den Kurs, damit sie Fahrt aufnähmen, und wenn er nicht nach oben schaute, blickte er irgendwohin, ins Wasser, auf die Uferlinie. Manchmal holte er einen Lappen und polierte den Kompass, den er nie brauchte. Er hauchte das Metallgehäuse an und wischte und wischte, und wenn er merkte, dass Ricky ihn dabei beobachtete, hörte er sofort auf, wie jemand, der bei etwas Ungehörigem ertappt wird.

Sonst schaute er meist ein wenig müde, melancholisch, nach innen gewandt, und wenn Ricky ihre englischen Sätze gebaut und sich selbst innerlich ein paar Mal vorgesagt hatte, um nun endlich eine Frage zu stellen, dann wusste sie, dass sie keine Antwort bekommen würde. Dann war Chet da und war gleichzeitig unerreichbar. Auch dann wusste Ricky, dass es nicht ging. Dass es niemals gehen würde.

Zuerst hatte sie geglaubt, es läge am Altersunterschied: Was war er doch manchmal für ein Baby! So sehr *Baby*, dass sie es wochenlang versäumt hatte, Kondome zu benutzen, eine eigentlich unverzeihliche Nachlässigkeit, nicht nur wegen einer möglichen Schwangerschaft, sondern auch als Schutz vor den grassierenden Geschlechtskrankheiten. Jede fünfte Berlinerin hatte es schon erwischt, so hieß es. Demütigende Untersuchungen und schmerzhafte Behandlungen waren mindestens die Folgen. Renate und Ricky hatten sich geschworen, dass sie sich nicht anstecken ließen, auf keinen Fall wollten sie krank werden, das hatten sie sich gegenseitig immer wieder in die Hand versprochen, so, als ob ein Pakt zwischen Schwestern zusätzlichen Schutz brächte. Und sie hatten aufgepasst, höllisch aufgepasst. Nie ohne Gummi!

Und jedes Gummi nur ein Mal benutzen! Und dann das! Als es Ricky bewusst wurde, hatte sie es schon wochenlang mit Chet gemacht, ohne die geringste Vorsichtsmaßnahme zu treffen. Sicher, wenn sie am Wannsee waren, wusch sie sich hinterher, aber das brachte nichts, wie sie allzu genau wusste. Was war nur mit ihr los? Es war, als ob Ricky sich nicht vorstellen konnte, dass dieses Kind ihr ein Kind anhängen würde. Und schon gar nicht würde Chet sie krank machen. Es war nicht möglich, es war nicht vorstellbar.

Wenn er befriedigt in ihren Armen lag und sich nicht gleich wieder aufsetzte, um eine Zigarette zu rauchen, sah sie, wie weich seine Züge waren, wie undeutlich sie noch waren, wie unsicher sein Blick. Dann hatte sie das Gefühl, ihn beschützen zu müssen, sie beschützte ihn manchmal auch, wenn sie mit ihm schlief, sie barg diesen zarten Jungen in ihrem Schoß, sie nahm ihn auf und wiegte ihn, und dann vergaßen sie beide die Zeit.

Hinterher war Ricky noch stundenlang weich und gerührt und leicht zum Weinen zu bringen, und in einer solchen Stimmung hatte sie Renate einmal erwischt, und Ricky hatte ihr alles erzählt, von ihrem unmöglichen Geliebten und dass sie nichts tat, um zu verhüten, verwundert hatte sie das erzählt, über sich selbst erschrocken. Und da hatte Renate ihr eine Ohrfeige verpasst, dass ihr der Kopf herumflog, und hatte sie angebrüllt: Wach auf, verdammt noch mal, wach endlich auf! Und hatte ihr fürchterliche Geschichten von gemarterten Frauen erzählt, Geschichten, die sie doch kannte, jede Berliner Frau wusste von den Risiken, die sie mit jedem neuen Partner einging, von den Schmerzen, von den Gefahren. Allgegenwärtig waren die Warnungen, von Kinoleinwänden und aus den Zeitungen mahnte es, Litfaßsäulen malten das Schreckgespenst der Geschlechtskrankheit als dunkles, widerwärtiges Monster. Was hatten sie darüber gelacht, sie und Ricky – und nun das! Wollte sie vielleicht als *Veronika* enden? Als Lachnummer oder als Krüppel?

Für die Alliierten waren die Gefahrenquellen natürlich die Mädchen. Sie nannten sie kurzerhand Veronikas, Veronikas für *veneral diseases*, und mögliche Veronikas waren aus alliierter Sicht Mädchen wie Ricky – und Ricky tat so, als wüsste sie nicht Bescheid. Es war verrückt! Es war dämlich! Renate hatte noch eine Weile getobt. Und dann hatten sie beide geheult, und Ricky hatte versprochen, es besser zu machen, und hatte es auch besser gemacht und erwachte langsam immer mehr aus dieser seltsamen Verträumtheit, in die sie der Junge mit seinem seltsamen Wesen gestürzt hatte und die sie sich beim besten Willen nicht leisten konnte – kein Mensch im besiegten Deutschland konnte sich 1947 Träume leisten, und schon gar keine Frau! Man konnte bloß Glück haben und in einen Soldatentraum passen. Für immer oder für einige Zeit. Für ein neues Leben in Amerika oder für ein paar Stunden auf hartem Grund in verlassenen Bunkern oder Ruinen. Sie hatte es nicht anders gewollt. Mit der Zeit betrachtete sie diesen Geliebten anders und verdämmerte mit ihm nicht mehr die Tage – sie dachte nach. Sie dachte: Es geht nicht. Es ist unmöglich. Es hatte nicht nur etwas mit dem Alter zu tun, es lag an Chet. Es lag an dem, was sie faszinierte. Es lag an seiner seltsamen, doppelgesichtigen Persönlichkeit, daran, dass er anzog und abstieß. Chet war keiner, auf den man bauen konnte, das begriff sie, und das würde sich auch nicht ändern, wenn er älter würde. Chet war einer, der vorbeizog und den man ziehen lassen musste. Wie ein Wellenreiter, dachte Ricky. Einer, dem man hinterherschaut, und er merkt es nicht einmal. Es war ein neuer, seltsamer Schmerz, den sie empfand: Sie sehnte sich nach jemandem, der doch da war, der auf Armeslänge von ihr entfernt war, aber sie spürte, dass selbst, wenn sie ihn liebkoste, wenn sie ihn zwang, sie anzusehen, diese merkwürdige Distanz bleiben würde. Sie tranken. Sie tranken Bier, das Dick immer irgendwo auftrieb, und sie rauchten Lucky Strikes und Schwarze Hand, und wenn sich Chets Tabakrauch mit dem ihren vermischte, lächelten sie beide, aber der Trost verflüchtigte sich mit dem nächsten Zug aus der Zigarette.

Vielleicht übertrieb sie ja mit seinem Geheimnis, dachte sie dann wieder. Vielleicht lag es daran, versuchte sie sich zu trösten, dass sie nichts wusste. Sie hatte oft versucht, herauszufinden, was Chet eigentlich arbeitete, was genau seine Aufgaben waren, aber dazu reichte ihr Englisch nicht aus, und Chet hasste es, ausgefragt zu werden. Er machte ein paar vage Bemerkungen, deutete Liegestütze an und eine Geste, die sie zunächst für obszön hielt, bis sie begriff, was er meinte: Gewehrputzen. Aber es konnte doch nicht sein, dass er den ganzen Tag Sport trieb und ansonsten die Waffen reinigte! Natürlich wusste Ricky, dass Chet in der Army Band spielte, aber die paar albernen Märsche konnten doch den Tag nicht ausfüllen! Sie wusste von ihrem Vater, wie klein das Repertoire an Militärmusik war, das so eine durchschnittliche Kapelle zum Besten gab. So etwas lernte man schnell, das hatte man schnell intus, wie der Vater nicht ohne Stolz sagte, das vergisste nich', so wie Fahrradfahren!

Als Chet das Trompetespielen pantomimisch vorführte, zeigte sie ihm also einen Vogel: Du bist mir der Richtige!

Chet war beleidigt. Und Ricky kam sich veralbert vor. Sie fragte sich, was für eine geheimnisvolle Tätigkeit er wohl ausübte. Dick machte nicht so ein Aufhebens um sich. Er hatte Ricky einmal mitgenommen in sein Büro, das natürlich *office* hieß, eine Nummer hatte und ein Türschild mit seinem Namen, und stolz hatte er ihr den Vorführraum gezeigt, den improvisierten Kinosaal, die *library*, hinter der sich ein kleines Archiv verbarg, die Bar. Aber auch Dick zeigte sich zugeknöpft, wenn sie versuchte, nach Chet zu fragen. Die beiden waren Freunde, ganz klar, aber so eng, wie sie es bei ihren deutschen Freunden nie zuvor erlebt hatte. *Buddies* nannten sie das, Chet und Dick waren Buddies, und es gab etwas, das Ricky daran störte. Auf Dick konnte sie nicht zählen, wenn sie versuchte, herauszufinden, was Chet eigentlich trieb.

An diesem Tag brach sie eher auf als sonst, ein wenig verstimmt. Und als Chet sie nach Hause bringen wollte, lehnte sie ab. Sie musste nachdenken, sagte sie ihm. Das verstand er natürlich nicht. Er hätte es auch nicht begriffen, wenn er ihre schnell gesprochenen deutschen Wörter verstanden hätte. Ricky kam es auch nicht darauf an, verstanden zu werden. Sie wollte Chet loswerden. Der spürte das – und wurde ärgerlich. Als sie in zum Kaiser-Wilhelm-Platz kamen, legte er den Arm um ihre Schulter, gebieterisch, besitzergreifend. Ricky schüttelte ihn ab. Sie ging schneller. Natürlich hielt er mit ihr Schritt. In Ricky kämpfte es. Was sollte sie ihm sagen? Er war offensichtlich darauf aus, sie bis nach Hause zu begleiten, und genauso offensichtlich war er entschlossen, ihren Widerstand zu ignorieren.

Chettie!

Sie blieb stehen. Sie verlegte sich aufs Bitten. Sie sprach ganz langsam, ganz deutlich. Sie versuchte, ihm klarzumachen, dass es unmöglich sei. So leid es ihr tue. Sie merkte, dass ihre Worte hohl klangen. Wie auswendig gelernt. Vielleicht, weil sie so langsam sprach. Chet bemühte sich nicht, sie zu verstehen. Er zündete sich eine Lucky Strike an, offenbar gelangweilt.

Chet!

Sie musste energischer werden. Er musste sie ernst nehmen. Er zuckte mit den Schultern und nahm seinen Schritt wieder auf. Er wusste ja, wo sie wohnte. Jetzt war sie es, die hinter ihm herlief. Wie lächerlich das alles war!

Chettie!

Irgendwann wurde es ihm zu bunt. Er fuhr herum, und jetzt war er es, der laut wurde: *Listen, honey* …

Auch die amerikanischen Männer benutzten Kosenamen, vor allem, wenn sie ihre Stärke demonstrieren wollten. Ricky kannte das: *Darling, honey, o my baby* … Sie ließ sich nicht kaufen, sie ließ sich nicht bestechen, sie wollte auf keinen Fall, dass ihr diese Situation hier entglitte und dass Chet … Jetzt brüllte er. Er brüllte sie regelrecht an. Ricky sah, wie sich sein Hals puterrot färbte und der Adamsapfel darin hüpfte. Lächerlich! Sie wollte an ihm vorbei, aber Chet hielt sie fest – und dann sah sie aus den Augenwinkeln, dass die Bäckersfrau aus Nummer 17 langsam näherkam, und sie begriff, dass sie überhaupt einen hübschen Anblick bieten mussten, sie und ihr amerikanischer Freund am hellichten Nachmittag in Schöneberg … Sie zog Chet mit sich fort, am Hofeingang zum Haus der Eltern vorbei, weiter, weiter, nur fort von den Gaffern und Glotzern! Und Chet, unwillig, wütend, ließ sich ziehen und schimpfte weiter, und was er sagte, konnte sie sich denken. Und dann sah sie das Loch in der Kirche, das große Loch, das Loch, das der betrunkene russische Panzerfahrer zu verantworten hatte, und zog Chet hinein, und dann ging alles sehr schnell. Sie waren allein. Chet war einen Moment still, aber er atmete immer noch schwer. Er war sehr erregt – erregt, weil sie ihn zurückwies, erregt, weil er für Mummy und Daddy offenbar nicht gut genug war, aber auch erregt, weil das nicht in ihren Kopf ging, und diese Hilflosigkeit machte ihn noch zorniger, und der Zorn machte, dass Chet zitterte und dass er Ricky packte, bis die gar nicht mehr wusste, ob sie lachen oder sich fürchten sollte.

Chettie!

Und dann entdeckte er, die paar Stufen neben der alten Sakristei hinab, eine Eisentonne. Kein Mensch wusste, wie eine eiserne Tonne hier hereingeraten war. Die Tonne war innen schwarz verfärbt: Die Tonne war als Ofen benutzt worden, Holzreste lagen darin, Asche. Chet zwang Ricky, sich umzudrehen, und hieß sie ihre Arme auf den Tonnenrand stützen, und dann, während sie noch lachte und ein bisschen protestierte, hob er ihr den Rock hoch, und sie trieben es gleich da. Schamlos, gottlos, direkt und von hinten nahm er sie, mitten in der Kirche. Und Ricky, typisch Ricky, ließ es nicht nur geschehen, sondern machte bald mit und legte ein Bein rückwärts um seine Hüften, und fast wäre die Tonne umgekippt. Da hinein warf er hinterher das unvermeidliche Kondom. Darüber mussten sie lachen, sie lachten sich die Befangenheit aus dem Leib, die sie plötzlich befallen hatte, und Chet stimmte leise ein kleines Lied an, er summte nur, wie es seine Art war, aber allmählich kam Ricky doch dahinter: Er sang *Stille Nacht* – auf Englisch. Da boxte ihn Ricky, sie hatte einen ganz schönen Punch, er machte einen Sprung zur Seite, sang aber weiter, sang immer lauter, sang immer noch, selbst, als sie sagte: Ich gehe jetzt! Und sang sein unheiliges, heiliges Lied, bis sie tatsächlich ging, unschlüssig erst, dann immer entschiedener, bis sie schließlich rannte. Sie ließ ihn zurück, allein, in der dämmrigen Kirche, und noch vor ihrer Haustür glaubte sie, sein Lied zu hören: … *sleep in heavenly peace!*

Ihr Rock und ihre Bluse waren voller schwarzer Striche. Kohlestriche, Aschereste.

Wo kommst du her?, fragte Irmgard drohend, als sie die Bescherung sah.

Aus der Kirche, antwortete Ricky wahrheitsgemäß.

Am nächsten Abend lehnte Chet zum ersten Mal nicht ab, als Willie und Fernando ihn fragten, ob er mitkäme. Sie hätten da, so bedeuteten sie ihm, etwas ganz Besonderes. Sie machten anzügliche Gesten. Bestimmt werde er es nicht bereuen, aber er müsse schweigen, schweigen wie ein Grab. Chet zuckte die Achseln. Jede Ablenkung war ihm recht. Er war immer noch ein wenig ungehalten über Ricky, und er wusste selbst nicht den Grund dafür. Sie wollte ihn nicht zu Hause haben, das war das eine. Sie versuchte, ihn auszufragen, das war das andere. Sie machte ihn verrückt. Sie hielt sich nicht an die Regeln. Mit der Nummer in der Kirche hatte er ihr zeigen wollen, wo es langging, aber am Ende hatte sie den Spieß umgedreht. Ricky änderte sich nicht. Die Mädchen änderten sich nicht. Sie waren alle gleich. Sie setzten Grenzen, die kein Mensch akzeptieren konnte. Und gleichzeitig stellten sie Forderungen. Das kam, wenn die Mädchen unzufrieden wurden: Sie wollten dann alles wissen. Sie fragten ihm Löcher in den Bauch. Warum er so sei und nicht anders. Warum er dieses tue und nicht jenes. Sie konnten es nicht ertragen, ihn einfach zu lassen. Mum hatte damit angefangen. Eigentlich war Mum die Schlimmste von allen gewesen, und das war vielleicht ein Hauptgrund dafür gewesen, sie zu verlassen. Trotz allem. Obwohl er sie damit diesem debilen Wüterich überließ. Aber auch Mum hatte ihn nicht in Ruhe gelassen. Hatte gefragt und gefragt, weil sie die Kontrolle über ihn verlor.

Aber wenn er die Wahrheit gesagt hätte: Ja, Mum, ich bin mit sechzig Meilen über die *Beach Lane* gebraust, und ja, Mum, getrunken hatte ich auch … – Was hätte das geändert? Wäre sie etwa beruhigt gewesen? Ein Mann musste seinen Weg gehen, das hatte sogar, auf seine verquere Art, der Vater begriffen. Die Frauen taten unschuldig und mitfühlend, sie stellten Fragen – aber sie wollten die Kontrolle. Die Kontrolle, die sie zum letzten Mal hatten, als sie die Babies aus ihrem Bauch herauspressten. Chet hatte das einmal gesehen. Bei einer schwarzen Nachbarin, der Mum hatte helfen müssen. Es war kein schöner Anblick gewesen, aber seine Mum schien genau zu wissen, was sie zu tun hatte. Das ängstigte ihn beinahe noch mehr. So eine blutige Angelegenheit – und damit kannte sich seine Mutter aus! Sie hatten Geheimnisse, die Frauen, sie wussten etwas, das sie den Männern vorenthielten, und deswegen war es das Beste, wenn man sie das ihre tun ließ und sich ansonsten bedeckt hielt.

Chet war durchaus klar, dass ihm das bei Ricky nicht richtig gelungen war. Verdammt nah war sie ihm gekommen, zu nah womöglich. Es war besser, ein wenig auf Abstand zu halten. Gleichzeitig beunruhigte ihn, dass sie einfach weggegangen war. Sie hatte nicht versucht, ihn versöhnlich zu stimmen. Beim Sex in der Kirche hatte sie mitgemacht – weil es ihr Spaß machte. Weil sie es aufregend fand. Chet dachte an ihr halblautes Stöhnen, an ihr heiseres Lachen, an den Schweiß, der ihr über die Oberschenkel rann. Sie war so – ungeniert. Und anschließend hatte sie nicht geweint und geschmollt, wie das Shirley oder die anderen Mädchen in Kalifornien getan hätten. Shirley! Er hatte seit Wochen nicht mehr an sie gedacht! Er dachte überhaupt nicht mehr an andere Mädchen, nur noch an diese kleine Deutsche mit den harten Fersen, die ihm, wenn sie Liebe machten, die Sporen gab wie einem widerspenstigen Appaloosa.

Fernando, Willie, der lange Bowman und Steve Rich hatten einen Jeep organisiert, und darin brausten sie jetzt durch Berlin. Es war eigentlich nicht erlaubt, dass sie die Fahrzeuge für private Zwecke nutzten, andererseits sollten sie immerfort *Präsenz zeigen*, Präsenz vor den Russen, er konnte es schon nicht mehr hören, aber wenn der wortgewandte Steve ihren Captain daran erinnerte, kam er mit beinahe allem durch. Es war inzwischen eine fixe Idee, diese Sache mit der Präsenz, denn natürlich waren abends, nach Einbruch der Dunkelheit, keine russischen Einheiten mehr unterwegs, und schon gar nicht in den westalliierten Zonen, aber Vernunft war die eine Seite, Paranoia die andere.

Jedenfalls dachte Chet, dass das Paranoia wäre. Sie hatten einmal zwei betrunkene Russen erwischt, zwei Soldaten, die bei einer Tour durch Berlin offenbar ihre Wodkaflasche als Kompass benutzt hatten und nicht wenig erschrocken waren, als sie ausgerechnet bei Onkel Toms Hütte aus der U-Bahn stiegen – in kürzester Entfernung zum amerikanischen Hauptquartier. Vorschriftsgemäß hatten sie die beiden Soldaten aufgehalten und die Militärpolizei benachrichtigt, und während sie gemeinsam auf die Ankunft eines Dolmetschers warteten, hatte Chet hinreichend Gelegenheit, die etwas fadenscheinige, gefleckte Bluse des russischen Soldaten, seine kläglich schief sitzende Mütze und die grob geschnittene Uniform seines Kameraden zu betrachten. Es waren Jungen, dünne Jungen in zu großen Uniformen. Sie waren todmüde und sternhagelvoll, und die Angst sprach aus ihren Gesichtern.

Der diplomatische Zwischenfall wurde auf dem kleinen Dienstweg gelöst: Die vermeintliche Vorhut der sowjetischen Armee wurde umgehend in die nächste U-Bahn Richtung Osten platziert und verschwand winkend und sichtlich erleichtert.

Trotzdem hatten sie einen Bericht verfassen müssen. Trotzdem war der lächerliche Vorfall am nächsten Morgen Tagesgespräch. Und deshalb war es so leicht, sich einen Jeep zu organisieren.

Sie hielten auf Kreuzberg zu, jenen Stadtteil, den es beim Kampf um Berlin besonders schlimm getroffen hatte. Diese Ruinenlandschaft sollte wieder eine Stadt werden? Wie die meisten glaubte Chet nicht daran. Sie hatten Filmteams hier ihre Schienen verlegen und ihre Lampen aufbauen sehen, und tatsächlich sah es so aus, als ob die ineinandergestürzten Häuser, die grotesk verzogenen Dächer, die geborstenen Mauern und bizarr in die Luft ragenden Röhren und Drähte allenfalls dafür geeignet waren: als Kinokulisse. Und doch wurde auch hier aufgeräumt. Entstanden Trümmerberge. Schoben Frauen verbissen schwer beladene Loren mit Schutt. Vielleicht war es deshalb abends in Kreuzberg besonders still: Die Menschen waren erschöpft. Willie aber wusste einen Weg. Er kannte da eine gewisse Adresse. Am Görlitzer Bahnhof vorbei und am Mariannenplatz um zwei, drei Ecken, dann waren sie da.

Sie parkten den Jeep eine Straße weiter, kletterten über ein Trümmerfeld, umrundeten etwas, das einmal ein Haus gewesen sein musste. Die Hinterhäuser standen noch, aber es war so viel Schutt zwischen ihnen, dass sie einander näherzurücken schienen. Der ganze Häuserblock hatte sich verschoben, ineinander verkeilt wie eine verunglückte Eisenbahn. Willie fuchtelte mit seiner Taschenlampe herum: Los jetzt, weiter! Im Treppenhaus gab es natürlich kein Licht. Es roch nach Kohl und nach etwas Angebranntem. Ein Kind schrie. Und da war Musik. Noch ein paar Stiegen hinauf. Das Scharren vieler Schritte. Ein Flüstern. Ein Beseitegehen.

Schuhe aus!, herrschte sie eine Frau an, und selbst Chet verstand: Die Geste war eindeutig. In der Wohnung herrschte ein ungeheures Gedränge, die Luft zum Zerschneiden, und

Chet hörte deutsche, englische und französische Satzfetzen. Fernando schob ihn weiter. Wer wohnte hier? Im Geschobenwerden entdeckte Chet eine Küche, eine Kammer und dann das Schlafzimmer. Auf dem großen Ehebett eine rosa Daunendecke, und auf der Daunendecke zwei halbwüchsige Mädchen. Sie knieten einander gegenüber und halfen sich beim Frisieren. Sie trugen seltsame Kostüme, aber da wurde er schon weitergegenötigt, in eine Art Wohnzimmer, wo sie die Herrin des Hauses in lautem, gerade angelerntem Englisch begrüßte. Er hatte keine Zeit, sich zu wundern. Gerade schaffte er es noch, sich einen Drink zu beschaffen – *Steinhäger* stand auf der Flasche, die ihm jemand reichte, da schaltete jemand das Grammophon ein, die Gäste rückten noch weiter zusammen, und die, die schon öfters hier gewesen waren, reckten kennerisch die Hälse.

Und dann sah es auch Chet: Zur Musik von Rudi Schuricke tanzten die beiden Mädchen, die er eben noch im Schlafzimmer gesehen hatte. Aber was heißt schon tanzen, und was heißt schon Mädchen: Die beiden trugen eng anliegende Trikots, in die irgendjemand um den Busen herum kleine Löcher in Herzform geschnitten hatte. Die Herzen zogen sich mal in die Länge, mal in die Breite, sobald die beiden sich bewegten, und so gab es schon zur Begrüßung, als die beiden artig knicksten, den ersten donnernden Applaus. Sie verbeugten sich – Gejohle. Sie hoben die Arme über den Kopf wie Ballerinen – Gelächter. Und dann verrenkten sich die beiden nach Kräften im Türrahmen zum Flur. Freilich war dort so wenig Platz, dass es eher nach der Dehnübung einer Schlangenturnergruppe aussah als nach einem Tanz. Auch waren die Mädchen zwar geübt, aber keineswegs ausgebildet. Sie nahmen das alles furchtbar ernst, und das machte es so komisch: Ein paar winzige Schritte hin und her, dann erstarrten sie. Am Ende jeder Liedzeile ruckten sie in eine pathetische Pose:

Den Arm weit über den Kopf zurückgebogen, dabei ein Bein gehoben. *Wenn bei Capri die rote Sonne im Meer versinkt* … Dann trat die eine zur Seite, um der anderen Platz zu lassen, und die führte ihre Brücke vor, den kindlichen Rücken nach hinten gebogen, bis die Hände den Boden berührten. Die Herzen zogen sich zu schmalen Schlitzen zusammen. Das Publikum applaudierte frenetisch. Die Brückenbiegerin trat zur Seite, und die erste stemmte energisch einen Fuß in den Türrahmen und breitete seitlich die Arme aus, dass es die Herzen flach zur Seite zog. Die Männer jubelten, als sie den Oberkörper nun nach vorn neigte. Die Mädchen verzogen keine Miene. Sie waren stark geschminkt, ihre Gesichter waren eine weiße Fläche, so dass die Augen umso stärker hervortraten. Runde Augen, Puppenaugen, ganz tot.

Chet bemerkte, dass es unter den Gästen auch ein paar deutsche Zivilisten gab. Einer von diesen ging in der Pause umher und sammelte den Eintritt in seiner Mütze ein, während die Hausherrin der einen den Ausschnitt des Trikots nach unten zog: Püppi, lass sehen, was du hast! War das etwa die Mutter? Wo waren sie hier gelandet? Unwirsch wandte sich Chet ab. Fernando hielt ihn fest. Das ist ein Nachtclub, erklärte er, kapiert? Die machen das ein bisschen anders als wir. Alles improvisiert, aber auch alles echt. Ganz lustig, oder? Fernando redete sich in Rage. Er wusste Bescheid. Er war ein Kenner. Der Kreuzberger Nachtclub war nur einer von vielen privaten in der Stadt. Sie schossen geradezu wie Pilze aus dem Boden. Familienbetriebe, sozusagen. Ja, wo lebte er denn!, fragte er Chet, beinahe entrüstet – auf dem Mond? Und dieses Geturne der halbwüchsigen Mädchen? Das war ein *Schönheitstanz*, Herrgott, das wusste doch jeder – in Berlin der letzte Schrei. Und obendrein eine Kulturveranstaltung, grinste Fernando, richtige Kultur! Das wollen sie doch immer, dass wir das machen! Kultur! Und international!

Und er griff einem der Mädchen, das sich gerade an ihnen vorbeischieben wollte, ans Kinn. Das Mädchen grinste ihn frech an, und er steckte ihr einen Dollarschein zu: *See you, baby!* Das verstand sie. Sie nickte. Sie lächelte wieder. Die Puppenaugen verzogen sich zu Schlitzen. Sie war höchstens sechzehn, schätzte Chet.

Eine neue Musik ertönte, Opernmusik diesmal, *Martha*. Chet schaute nicht hin. Er wusste jetzt, was passierte. Sie tranken viel. Sie tranken lauter Sachen, die sie nicht kannten. Und sie landeten mit Fritz, einem Deutschen, der angeblich als Schieber dicke Dinger drehte, in einer Spelunke, wo sie noch weiter noch unbekannteres Zeug tranken, und weil Chet wusste, dass er am nächsten Tag ohnehin einen fürchterlichen Schädel haben würde, gaben er und Willie sich auf dem Nachhauseweg den Rest und leerten Willies Flachmann mit Brandy. Das waren die Deutschen? So etwas machten sie abends? Vielleicht waren sie doch verrückter, als er gedacht hatte, doch wahnsinnig geworden über diesem Krieg?

Er stellte sich Ricky in diesem Irrsinn vor und musste lachen, so absurd kam ihm das vor. Und doch – was wusste er von ihr? Was tat sie, wenn sie ihn nach Hause geschickt hatte? Aus dem Lachen wurde ein Schluckauf, dann Brechreiz. Die anderen warteten nicht auf ihn. Es hatte keinen Sinn, er konnte keinen klaren Gedanken mehr fassen. Er musste sich darauf konzentrieren, Willie nicht aus den Augen zu verlieren. Und George. Die anderen, Fernando und diesen seltsamen Fritz, hatten sie unterwegs längst verloren, in den Armen irgendeiner Gitty oder Lissy oder wie sie alle hießen mit ihren offenen Armen und Schößen und Herzchenschlitzen über der Brust.

Willie und Chet brauchten das nicht, lallten sie sich gegenseitig vor. Sie waren sich selbst genug. Chet entdeckte sie hier, diese schöne Einigkeit unter schwer Angeschlagenen.

Jeder verachtungsvolle oder ängstliche Blick von entgegenkommenden Passanten bestärkte sie nur darin, dass sie, weiß Gott, etwas Besonderes waren, Brüder, Brüder im Geiste, den sie sich gerade wegsoffen, Brüder in der Sehnsucht, nur dass sie vergaßen, wo diese Sehnsucht hinwollte, Brüder im Glauben waren sie, im Glauben daran, dass alles sowieso sinnlos und die paar *Bucks* nicht wert sei, die sie dafür ausgaben. Sie torkelten gemeinsam durch die Trümmerwüste, sich gegenseitig eher behindernd als helfend, wenn sie sich stützten. Aber sie wollten sich nicht loslassen, jetzt nicht und nie mehr. Brüder! Brüder!

Am nächsten Tag bellte ihn der Sergeant aus dem Bett. Arrest! Und Chet war nicht einmal traurig darüber.

Ricky stand am Zaun, die Finger um die Maschen geklammert. Weiter kam man nicht. Weiter kam man nicht, wenn man eine Deutsche war und nicht als Angestellte hier arbeitete. Es war nicht weit von der Wohnung in der Akazienstraße zum Flughafen Tempelhof, ein Klacks gegen die Entfernungen, die sie und Renate zurücklegten, um Lebensmittel zu besorgen und Brennmaterial für den Winter, aber Tempelhof lag außen vor. Das war schon vor dem Krieg so gewesen. Damals war Tempelhof eine Baustelle gewesen – eine der größten des Reiches, und stolz war in den Wochenschauen immer wieder von den gigantischen Fortschritten an diesem gigantischen Bauwerk berichtet worden. Gigantisch, riesig, kolossal und imposant – das waren die Kennzeichen der neuen Architektur, die aus Berlin ein strahlendes *Germania* machen sollte, und Tempelhof war Teil davon. Ein Flughafen, gewiss, aber mehr noch als das – ein Symbol der Fortschrittlichkeit und der technischen Fähigkeiten der Deutschen.

Jedes Kind kannte den Namen des Architekten: Ernst Sagebiel. Sa-ge-biel, Ricky hatte den Namen gepaukt wie die der anderen Berühmtheiten. Sie hatte sich das Foto in der Schulfibel genau angesehen: ein ehrgeiziger kleiner Dicker, der schon die Flughäfen in Stuttgart und München-Riem geplant hatte. Gleich 1933 war er in die Partei eingetreten. Ein Überzeugungstäter, einer, dem der Führer wie gerufen kam, weil er endlich ohne Beschränkung seine Träume realisieren konnte: Bauten, die zu schweben schienen, Gewölbe, die riesige Flächen mühelos überspannten, Bauten, die repräsentativ und funktional zugleich waren. Und Tempelhof war sein Meisterstück. Eine geschwungene Anlage, deren Form an die ausgebreiteten Flügel eines Adlers erinnern sollte.

Wie satt sie alle diese Adler hatten! Es würde Jahre dauern, alle diese Adler aus Nazideutschland abzubauen, man könnte eine riesige Ausstellungshalle nur mit den Wappentieren der Deutschen füllen – oder am besten gleich das Flugfeld hier, hunderte und aberhunderte von Adlern in Reih und Glied, da, wo sonst die Flugzeuge scheppernd auf der metallenen Landebahn aufsetzen.

Ricky hatte Bilder vom *Zentralflughafen* gesehen. Alle redeten von der Empfangshalle, die eher an eine Ruhmeshalle erinnerte. Sie redeten von den Baumaterialien. Das Neueste vom Neuesten – nur kühner eingesetzt. Und das Beste vom Besten – nur in gewaltigen Mengen. Zum Rollfeld hin öffnete sich das Gelände. Von oben, hieß es, hatte man einen fantastischen Blick. Und diesen Blick sollten irgendwann einmal alle genießen können, tausende von Berlinern. Sie alle sollten Zuschauer sein bei den fantastischen Paraden, die hier stattfinden würden, denn Sagebiels Flughafen war gleichzeitig ein *Luftstadion*, eine Manege für die militärischen Kunststückchen des Führers.

So weit war es nie gekommen. 1943 war Schluss. Baustopp und totaler Krieg. Hier und da wurde noch gemurkelt, aber das war es. Listig verlegte das Luftfahrtministerium den Bau kriegswichtiger Flugzeuge der Weserwerke hierher: Tempelhof verfügte über einen Gleisanschluss und sichere Tunnelanlagen. Die *Stukas*, hier gebaut, gingen direkt an die Front. Trotzdem wurde Tempelhof nicht bombardiert. Im Umkreis, da fielen über dreihundert Bomben, die das Gelände zerlöcherten, Sagebiels Traum aber hielt stand. Dann kamen die Russen. Es brannte hier und dort auf dem riesigen Areal. Dann übernahmen die Amerikaner das Gelände. Und richteten sich sofort häuslich ein. Mehr als fünftausend Büroräume! Ein eigenes Wasserwerk! Ein eigenes Heizwerk! Das allerdings war zu Bruch gegangen. In der Folgezeit mehrten sich die Gerüchte über den sagenhaften Bau. Geheime Bunker seien entdeckt worden mit brisantem Material. Ein Bordell sei eingerichtet oder, im Gegenteil, aufgelöst worden. Die Gerüchte konnten wuchern wie das Gestrüpp auf dem Rasenrollfeld, weil der Flughafen natürlich gesperrt worden war. Zutritt verboten! Eine Sperrzone mitten in der Stadt!

Auch Ricky kannte den Flughafen nur aus den Wochenschauen und aus den Zeitungen. Und nun stand sie hier und wusste nicht weiter. Sie wusste nicht einmal mehr, warum sie eigentlich gekommen war. Hatte sie etwa gehofft, hier zufällig auf Chet zu treffen? Wohl kaum. Und wenn ja – was hätte sie ihm sagen, was ihn fragen sollen? Das war ja ohnehin ihr Problem, das Reden. Sie strich mit der linken Hand am Zaun entlang, als sie langsam weiterging. Sie musste hineinkommen, irgendwie. Sie musste sehen, wohin Chet alle paar Tage verschwand, manchmal spätabends, manchmal am frühen Morgen. Was tat er da Geheimnisvolles? Um das Eingangsgebäude waren Sperren gebaut, sie war gezwungen, einen weiten Bogen zu machen, und verlor sich beinahe im Gelände. Richtig: Hier, auf der Westseite, war Tempelhof nicht weitergebaut worden, hier, an einem Ende der Rollbahn, klaffte eine riesige Baugrube, aus der sich Fundamente erhoben. Ein Anschluss-Stück zum zentralen Gebäude war bis in den ersten Stock gebaut, die Stahlträger ragten sinnlos in die Höhe. Trümmer lagen herum, Bauteile. Tempelhof machte, dass man sich winzig fühlte, gleichgültig, wo man sich gerade befand. Ricky schüttelte die Angst ab, die sich auf sie legen wollte wie der Nieselregen, der einsetzte. Es war kühl. Der Sommer ging vorzeitig zu Ende. Sie lief weiter, sich vorsichtig umschauend. Hier endete der Zaun im Nichts.

Eine halbe Stunde später stand Ricky mit klopfendem Herzen in einem Treppenhaus, das größer und gewaltiger war als alles, was sie bisher gesehen hatte. Die Wände waren unverputzt, so dass die Skelettbauweise gut zu erkennen war: Zwischen Stahlbetonpfeilern von gigantischer Höhe gemauerte Wände aus Ziegeln. Sieben Stockwerke hoch. Ricky schlich vorwärts. Sie wusste selbst nicht so recht, wohin sie wollte. Irgendwo mussten Büros sein, Arbeitsplätze für die Amerikaner, die zum Teil hier untergebracht waren. Hitler hatte Tempelhof als autarkes System geplant – den Besatzungskräften nutzte das jetzt.

Über einen Quergang gelangte Ricky weiter. Hier war sogar ein Fahrstuhl! Ricky konnte es nicht lassen: Sie drückte auf einen Knopf, der Fahrstuhl kam, und sie stieg ein. Plötzlich Stimmen – und mit der Panik des ertappten Kindes drückte Ricky auf irgendeinen Knopf und hätte nicht einmal sagen können, in welche Richtung sich der Fahrstuhl bewegte. Drei. Sie hatte eine Drei gedrückt. Allerdings: eine Minus-Drei. Ricky öffnete die Fahrstuhltür im dritten Untergeschoss. Ein Brummen hörte sie, tief und bedrohlich. Maschinengeräusche. Ein Scheppern. Immerhin brannte überall Licht. Und warm war es. Unerträglich warm. Eben noch war ihr kalt gewesen, jetzt begann sie, unerträglich zu schwitzen. Sie öffnete eine Metalltür, vorsichtig, sah sich um, trat ein, ließ die Tür los, die hinter ihr ins Schloß fiel. Gefangen! Von innen gab es nur einen Knauf, keine Klinke. Und dieser Knauf ließ sich nicht bewegen. Vergebens redete sich Ricky zu, dass sie ja sowieso nicht gewusst hätte, wohin.

Ihr Herz schlug wie wild. Allmählich begriff sie, wohin sie geraten war: in ein Labyrinth aus vielen tausend Quadratmetern ausgefuchster militärischer Architektur, gebaut von einem pedantischen Genie, das alles auf Funktionalität, Monumentalität und Sicherheit ausgerichtet hatte. Und diese Sicherheit würde ihr Verderben sein. Ricky irrte durch die Gänge. Sie versuche sich zu merken, wann sie abbog und in welche Richtung sie ging. War sie hier nicht schon einmal vorbeigekommen? Hatte sie diesen Verschlag nicht eben gesehen? Die Symmetrie der Anlage machte die Orientierung unmöglich. Jeder Gang wie der vorherige. Jeder Flur ein Spiegel des gegenüberliegenden. Lange Gänge. Schmale Flure. Hohe Decken. Grelles Licht. Große Wärme. Sie ging schneller und schneller. Sie schwitzte. An einer der Drahttüren, die die Gänge voneinander trennten, gab sie auf. Es war sinnlos. Sie hatte schon vor vier, fünf, sieben solcher Türen gestanden. Sie geöffnet und geschlossen. Nur, um weitere Gänge entlangzuirren und weitere Türen zu öffnen. Sie legte ihr Hand in das Gitter. Sie hielt inne. Sie hörte ihr Herz schlagen. Sie gab auf. Sie musste das hoffen, was sie am meisten fürchtete: dass man sie entdeckte. Es war dasselbe Gefühl wie damals im Keller, ehe die Russen kamen. Ricky hockte sich auf den Boden und schlang die Arme um die Knie.

Für eine Arrestzelle war der Raum ganz komfortabel: Bett, Stuhl, selbst ein Radio hatte der Sergeant dem Jungen gelassen. Und natürlich die Trompete.

Dem kann man eher das Essen wegnehmen als seine Musik!, hatte er zum Wachsoldaten gesagt. Nicht aus den Augen lassen und keine Gespräche!, fügte er scharf hinzu, als er sah, wie sich der Soldat über die Milde seines Vorgesetzten wunderte. Insgeheim hoffte der Sergeant, dass der Private Chesney Henry Baker auf diese Weise wieder auf andere Gedanken kommen würde. Allein mit AFN und heimatlicher Musik würde sich der Bengel vielleicht besinnen – so weit ein Siebzehnjähriger aus Kalifornien mitten in diesem Irrenhaus überhaupt dazu in der Lage war. Er mochte den Jungen ganz gern. Und er wäre ihn gern losgeworden. Hätte ihn lieber heute als morgen nach Hause geschickt. Er passte nicht hierher. Der Sergeant hörte es hinter der verschlossenen Tür kramen, hörte ein Gewinde quietschen. Er grinste. Es ging schon los. – Lasst ihn in Ruhe, wenn er spielt!, sagte er streng zu dem Wachmann. Der nickte verständnislos, aber folgsam.

Aber Chet spielte nicht. Er setzte nur sein *Horn* zusammen, probierte hier und da an den Ventilen herum, packte sorgfältig den Lederlappen aus, den er im doppelten Boden des Koffers aufbewahrte, und begann zu polieren. Es war nicht nötig, Chet pflegte sein Instrument besser als seine Zähne, aber es beruhigte ihn. Und während er putzte, begann er leise vor sich hin zu summen. Aus dem Summen wurde Singen. Standards, die er auswendig wusste: *Speak Low, One Step To Heaven, Here's That Rainy Day*. Aber die sanften Melodien machten ihn heute unruhig, machten ihn geradezu wütend. Unschlüssig packte er das Instrument. Er nahm das Mundstück zwischen die Lippen, wärmte es, fuhr mit der Zungenspitze darüber. Eine alte Angewohnheit. Er blies probeweise hinein. Versuchte ein paar Töne. Der Wachmann vor der Tür horchte auf. Chet hatte so eine Art, die Trompete zu blasen! Die Töne kamen weich. Und leise. Der Wachmann verstand nichts von Musik, und er wusste nicht, wie wichtig ein guter Ansatz beim Trompetespielen ist, aber er fühlte sich augenblicklich angesprochen von dieser Musik. Chet spielte, als wollte er einen Schlafenden auf keinen Fall wecken. Und tatsächlich ertappte sich der Wachmann dabei, dass er auf Zehenspitzen fortschlich. Im Aufenthaltsraum der Wachleute lachte er über sich selbst: So etwas, war er dem kleinen Biest auf den Leim gegangen!

Das kleine Biest setzte inzwischen das Instrument wieder ab. Er war unzufrieden. Fahrig. Sein Kopf schmerzte immer noch zum Erbarmen, und wenn er ihn zu rasch bewegte, wurde ihm schwindlig. Dieses Land machte einen krank.

Benny Goodman und Duke Elllington halfen nicht weiter. Er drehte das Radio an, streckte sich auf der Pritsche aus. Die Deutschen waren verrückt nach diesem Sound. *Major Glenn Millers Army Air Force Band* war der Hit. Mit dem *Jeep Jockey Jump* begann die Band ganz behutsam. Da waren die treibenden Trompeten und Posaunen aus dem *St. Louis Blues March*, aber alles ein bisschen ruhiger, vernünftiger, und selbst das Saxophon-Solo in der Mitte blieb unter Kontrolle. Da riskierte mancher ein Tänzchen, dem die Amimusik ansonsten noch fremd war. Mit *Everybody Loves My Baby* brachte die Band dann jeden Saal zum Kochen, Filmmusik, die sich auf Katerpfoten anschlich, aber augenblicklich einen irren Drive entwickelte, die geschmeidigen Klarinetten gaben hier den Ton an, das Sopransaxophon rief ihnen hell hinterher, und erst das Piano fing alle wieder ein – und dann war es Zeit für den Lokal-Hit: Die abgekämpften Menschen in der alten Hauptstadt waren versessen darauf, versessen auf *There'll Be A Hot Time In The Town Of Berlin*, und sie bekamen ihn immer, ihren Song.

Klar, das Ding hatte Rhythmus, die Melodie blieb jedem sofort im Ohr – trotzdem spürte Chet, dass da ein Missverständnis vorlag, ein freundliches Missverständnis. Die Berliner jubelten, weil sie sich gemeint fühlten. Aber waren sie gemeint, hatte das alles wirklich mit ihnen zu tun? Die explodierenden Bläsersätze, die zahllosen Wiederholungen der Melodiebögen im immer üppigeren Arrangements – all das hatte Chet in den vergangenen Wochen auch von deutschen Bands in den Clubs gehört. Von Coco Schumann und der *Berliner Allstar Band.* Es waren Erben des Swing. Die Leute bejubelten etwas, das sie kannten. Sie bejubelten, dass es weiterging, nicht, dass etwas neu anfing. Chet kratzte sich im Nacken. Herrgott, warum machte er sich so einen Kopf! Die Leute wollten eben ihren Spaß, sie sagten immer, Hauptsache, es ist *schmissig*. Das alte Naziwort hatte noch nicht ausgedient. Chet, ahnungslos, hatte es bald gelernt. *Schmissig* schien deutsch für *cool.* Aber vielleicht war das auch nur ein Missverständnis, wiederum ein freundliches. So, wie es ein Missverständnis war, wenn Sieger und Besiegte Abend für Abend in den Clubs zusammen tanzten, zusammen tranken, zusammen vergaßen, was hinter ihnen lag. Vielleicht war alles ein Missverständnis, vielleicht auch die Liebe, vielleicht sogar Ricky. Was war das für ein Radioprogramm, das einen auf solche Gedanken brachte?! Unwillig lauschte Chet dem AFN-Programm, dieser seltsamen Mischung aus Schlagern, deutschen Versionen von Swing, Marschmusik und immer gutgelaunten Moderatoren, ein Programm wie *Mashed Potatoes*, die es unweigerlich jeden Dienstag im Casino gab, ungesalzen, zusammengerührt. Es machte friedlich, aber nicht satt.

Chet sehnte sich geradezu körperlich nach anderer Musik, nach richtiger Musik. Nach Musik, die neu anfing. Die erst einmal zertrümmerte. Musik, die Gläser durch die Bar warf. Musik, die die Hand biss, die sie ernährte. Er sehnte sich nach Dizzy Gillespie. Nach Charly Parker. Nach den Typen mit den Baskenmützen, die selbst nachts um drei in den Clubs die Sonnenbrillen nicht abnahmen. Hipster. Sehr cool. Als müssten sie ihre hochempfindlichen Augen vor zu viel Wirklichkeit schützen. In Berlin bräuchte man drei Sonnenbrillen, dachte Chet und lachte leise. Na, vermutlich schützten die ihre Augen auch aus anderen Gründen. Man hörte so einiges. Die rauchten nicht nur Tabak. Und er saß in der Kaserne in Zehlendorf fest, in der sich schon Heerscharen gelangweilter Sünder an den Wänden verewigt hatten. Er konnte nicht einmal Ricky benachrichtigen, und wer weiß, was die dachte. Sein deutsches *Fraulein*. Sein Missverständnis. Auch Chet kratzte in die Mauer: Ricky. Mit einem Herzen drumherum. Und: *Dizzy was here*. Ein frommer Wunsch. Dizzy war nicht hier. Er wurde nicht einmal im Radio gespielt. Nicht heute.

Als Paul, der freundliche Gefreite, der abends Dienst hatte, die Klappe öffnete, um dem Insassen von Arrestzelle 307 sein Essen zu reichen, rührte der sich nicht. Paul wartete eine Weile, dann schloss er auf. Chet reagierte nicht. Er lag auf dem Rücken, die Trompete auf den Bauch gelegt, und starrte an die Decke. Er lag da wie tot, aber die Bauchdecke hob und senkte sich regelmäßig. Paul mochte Chet. Alle mochten den Kleinen, der so verdammt gut Trompete spielte, der nichts vertrug und Schlägereien aus dem Weg ging. Jetzt aber zögerte Paul, den so viel Jüngeren anzusprechen. Er räusperte sich.

Verpiss dich!, sagte Chet. Ich höre Musik.

Aber da war nichts. Das Radio hatte Chet schon lange ausgestellt. Trotzdem verließ Paul kommentarlos die Zelle. Das Essen ließ er stehen.

Captain Steve Brooks brachte das Mädchen, das so erbärmlich zitterte und weinte, nach oben. Er hatte sie gefunden, als ihm einer der deutschen Elektrotechniker im Abschnitt S11 in einem der Versorgungstunnel einen Defekt zeigen wollte, ausgelöst wahrscheinlich durch Leute, die hier immer wieder eindrangen – auf der Suche nach Essbarem, nach Brauchbarem, nach irgendetwas, das ihre Lage verbessern würde. Fast fünf Kilometer zogen sich diese Schächte kreuz und quer unter dem Gebäudekomplex hin, kein Mensch fand sich da ohne Plan zurecht – und schon gar nicht ein junges Mädchen, das bei seinem Anblick hell aufschrie, zurückwich und sich auch von dem deutsch sprechenden Arbeiter nicht beruhigen ließ. Captain Brooks dachte, es sei wieder einmal seine Hautfarbe, die jemanden erschreckte, aber dann war es doch er, der sie anfassen konnte, er war es, der ihr eine Decke umlegte, er war es, der sie fest um die Schultern fasste und mit sanften, aber bestimmten Worten zum Aufzug und dann nach oben brachte. Im sechsten Stock, wo die Büros der Kommandantur untergebracht waren, arbeitete Lucy, die Krankenschwester, die sich sofort um die Kleine kümmerte. Sie schüttelte den Kopf, denn Ricky zitterte vor Kälte, obwohl es in den Schächten über dreißig Grad warm war. Sie war kreidebleich.

Sieht aus wie ein Schock, meinte Lucy fachmännisch – aber was kann da unten schon gewesen sein?!

Sie nötigten Ricky auf eine Liege, sie deckten sie zu. Ricky wollte nach Chet fragen, aber sie traute sich nicht, sie fühlte sich so jung und so dumm zwischen all diesen Uniformierten, die lässig herumstanden, genau zu wissen schienen, was zu tun war, und sich unterhielten. Nur dieser Steve schaute sie auf andere Weise an. Ernst und ein bisschen besorgt, und Ricky dachte, dass es gar nicht so schwierig war, in der Miene eines Schwarzen zu lesen. So nah war sie bisher noch keinem gekommen.

Sie merkte, dass Lucy ihre Hand hielt und sie streichelte. Wie eine Schwester. Wie Renate, als sie beide noch Zeit für so etwas hatten. In letzter Zeit fühlte sich die Schwester nicht mehr wie eine Schwester an, und die Mutter wirkte umso ferner und unerreichbarer, je mehr sie versuchte, eine normale Mutter zu sein. Irmgard mit ihrem Bestreben nach Normalität war irgendwie unheimlich, unfassbar, unwahrscheinlich. Ricky fragte sich, warum sie jetzt um jeden Preis eine normale Mutter sein wollte. Wer wusste noch, was das war? Und wer würde ihr diese Rolle abkaufen? Sie bestimmt nicht, hatte sich Ricky geschworen, sie konnte ihr sowieso nichts mehr glauben, seit jenem Abend im Keller, als die fremden Soldaten gekommen waren. Jetzt schüttelte sie die Erinnerung. Ricky kamen die Tränen. Ihr wurde wieder kalt. Und dann warm. Lucy streichelte sie unbeeindruckt weiter. Dann fielen Ricky die Augen zu. Lucy und Steve schoben die anderen hinaus.

Wie oft war er hier in letzter Zeit herumgestromert? Allein? Ohne mit seiner Liebsten verabredet zu sein? Das war sie doch, seine Liebste? Sein Darling? Ricky. Sie war ein ziemlich erwachsenes Mädchen, und er hatte es irgendwie geschafft, dass sie bei ihm blieb. Das gefiel ihm. Aber etwas war anders in letzter Zeit. Sie war anders. Sie war ungeduldiger mit ihm. Sie wollte so viel wissen. Sie wollte Fotos sehen von seiner Familie. Chet war nicht stolz auf seine Familie. Sicher, sie waren aus dem Gröbsten raus, seit Mum eine Anstellung gefunden und sie das Holzhaus bezogen hatten – aber gemessen an dem, was Chet in Dahlem und Zehlendorf gesehen hatte, war das ein Nichts. Ein Dreck.

Gut, Ricky kam nicht aus den feinen Villenvororten, ihr Schöneberger Wohnviertel bestand aus drei- und viergeschossigen Mietshäusern, die gestaffelt zu zweien oder dreien hintereinanderstanden. Und dennoch: Etwas war hier anders. Ganz anders als Glendale. Es war so – alt. Manchmal lachten sie darüber, er und Dick und Fernando, über die Gerüche, die aus den wenigen intakten Kellern kamen. Es roch wie aus Gräbern, dachten sie, oder so, wie sie sich Grabesgeruch dachten. Zuhause war er zu jung gewesen, um Gräber zu kennen – und hier war er zu spät gekommen für die andere, die ganz große Beerdigung. Er stellte sich dennoch etwas vor unter Grabgeruch. Er stellte sich vor, wie das Lebendige der Stadt auf etwas Totem ruhte. Das Heutige wuchs auf Vergangenem. Da, wo die Bomben der Alliierten nicht alles eingeebnet hatten – Vergangenheit und Gegenwart, Schmuckes und Schäbiges – konnte man es deutlich sehen.

Chet hatte bisher nicht gewusst, dass er sich für Architektur interessierte. Wird Zeit, dass ich mir eine runde Nickelbrille zulege!, dachte er, wie immer misstrauisch gegen sich selbst, wenn er zu viel dachte. Zu viel denken war nicht gut. Mit Denken kommst du nicht weit! Hatte ihm Dad immer eingebleut. Da oben ist nicht genug drin! Und schon hatte er ihm mit harten Fingerknöcheln an die Stirn geklopft: Da oben – alles hohl! Und hatte gelacht.

Chet hasste ihn wegen dieser Sätze, und er hasste ihn wegen seiner Grobheit – und doch spürte er, dass etwas dran war. Beim Denken stieß er oft an eine Grenze, eine unsichtbare Mauer. Es ging einfach nicht weiter, es war wie in der *Lily-Lane* in *Downtown Glendale*, die plötzlich an irgendeiner Brandmauer endete – eine nette Straße, in einem netten Vorort, und gerade, wenn man ins Bummeln kam, war plötzlich Schluss, einfach so, vor einer roten Backsteinwand – und das machte ihn wütend und unzufrieden. Dann schnappte er sich zu Hause Dads billigen Whiskey, oder sie schwatzten Normans Vater den Dodge für eine Runde ab, denn wenn sie durch die Nacht brausten, verlor sich die Spannung in seinem Kopf.

Er und ein Intellektueller! Darüber musste er selbst lachen. Trotzdem schaute er sich die Häuser ganz genau an. Seine Häuser, wie er inzwischen dachte. Inzwischen kannte er die Gegend um Rickys Haus ganz gut. Er trieb sich hier öfters herum, seit sich Ricky so veränderte. Er wollte wissen, was sie trieb. Sicher nichts Gutes! Und er wollte wissen, wie sie lebte. Nie hatte sie ihn mit nach Hause genommen – und als er einmal darauf bestanden hatte, hatte sie einen schlimmen

Streit begonnen. Noch nie hatte er sie so außer sich erlebt. Schämte sie sich mit ihm? Dabei war es durchaus üblich, dass die deutschen *Frauleins* ihre Verlobten vorstellten. Na ja, so richtig verlobt waren sie eigentlich nicht. Chet wurde es heiß: Erwartete Ricky etwa so etwas von ihm? Einen Ring? Er konnte es sich nicht vorstellen, aber wer kannte sich schon aus! Er überquerte den kleinen Platz an der Kirche. Hier hatten sie sich herumgedrückt, die Finger überall am anderen, die Münder auf Wanderschaft, um sich herum Reste von Pfeilern und von steinernen Figuren, die sie hohläugig anstarrten. Chet spürte die Erregung in den Knochen, aber er hatte kein gutes Gefühl, wenn er daran dachte, wie sie es in der Kirche getrieben hatten. Er war nicht religiös, aber etwas flog ihn an, umkreiste ihn, so wie einen nachts manchmal Fledermäuse störten. Sie machten einem klar, dass man nicht hierher gehörte. Chet war empfindlicher als Ricky, was Orte betraf. Ricky fand immer neue Verstecke. Eine halb eingestürzte Orgelempore, die ein Zeltdach bildete, den Keller, in dem es nach Feuchtigkeit roch und nach Wein, das verlassene Labor in einem privaten Klinikum.

In wie vielen Kellern waren sie gewesen! Es war eine Untergrundliebe, eine Erdlochliebe, sie verkrochen sich immerzu tief in die Erde, sie gruben sich ein und dann mühsam wieder aus, sie gingen verloren in all den ehemaligen Bunkern, den Archiven, den Kellern und U-Bahnschächten der Hauptstadt. Der Untergrund machte sie kühn und frei. Sie hatten kein Bett und nur selten eine Decke. Keine Chance, etwas zu verbergen. Keine Chance, die Augen zu schließen. Irgendwann hatte der Zauber auch auf Chet gewirkt. Irgendwann hatte Chet gemerkt, dass er es kaum erwarten konnte, sich in irgendeinem Schacht die Kleider vom Leib zu reißen und Rickys mageren Körper an seinen zu pressen. Er schämte sich nicht mehr. Er wandte den Kopf nicht mehr ab.

Und Ricky? Schaute ihm ins Gesicht, wenn sie kam. Lachte, wenn es klappte, und lachte, wenn es nicht klappte. Sie war manchmal roh. Sie war immer direkt. Sie nahm sich, was sie brauchte. Und es machte ihn stolz, dass sie offensichtlich ihn brauchte. Oder wollte, oder beides. Es war so unverhohlen. Es war echt. Das Tageslicht hatte sie regelmäßig wieder aufgescheucht. Der allmählich wieder einsetzende Alltagslärm. Ein Briefträger, der sich den Weg durch die halb zerstörten Straßen bahnte. Dann flohen sie. Die Normalität war ihr Feind.

Chet seufzte und kickte einen kleinen Abbruchstein vor sich her. Er dachte an Ricky wie an etwas Gewesenes. Dabei hatten sie ihm erst gestern den Termin seiner Rückkehr in die USA mitgeteilt – Mitte November, bis dahin war noch viel Zeit. Am Anfang der Akazienstraße roch es würzig und scharf nach Leder und Gerbmittel. Die Sattlerei war wieder geöffnet, der alte Mann, der sich im Schaufenster zu schaffen machte, hatte sicher genug zu tun, denn Stiefel und Lederkoppel der Alliierten wollten gepflegt sein. Chet entdeckte Schulranzen in einem Regal und war plötzlich gerührt. Ein paar Häuser weiter bot ein Friseur seine Dienste an. Zwei Frauen standen in seinem Laden herum, als ob sie noch unschlüssig wären, jede ein Handtuch über dem Arm, jede ein Stück kostbarer Seife in der Hand. Man hörte die Frauen bis nach draußen lachen und scherzen, ihre Stimmen klangen fröhlich und ein wenig aufgeregt, ein Festtagsgeschnatter war das, es brachte Chet zum Lächeln. Vielleicht waren sie nicht unschlüssig, vielleicht wollten sie den Moment ausdehnen, den sie so offenkundig genossen. Vielleicht redeten Frauen überhaupt deswegen so viel? Nie hatte sich Chet Gedanken über das Geplauder von Frauen gemacht. Oder über Haare. Sie gefielen ihm. Er mochte Frauen, die dichtes, dunkles Haar hatten. Wie seine Mum. Er dachte daran, wie heikel seine Mum mit ihren Haaren war. Nie *saßen sie richtig*, was auch immer sie sich vor ihrem Besuch beim Friseur vorstellen mochte – heraus kam offenkundig immer etwas anderes. Selbst Dad zog den Kopf ein, wenn Mum mit dem alten Wagen vom Friseur zurückkam, den Motor abwürgte und mit jeder Geste zeigte: Es war wieder nichts geworden. Ein Friseurbesuch, das war die geplante Enttäuschung, die Frauen holten sich ihre kosmetische Ohrfeige und bezahlten noch dafür. Wie anders war das hier! Chet schaute fasziniert in den Laden. Der Friseur war jetzt nach hinten gegangen, in einen Nebenraum. Wahrscheinlich machte er dort das Wasser warm. Die Frauen setzten sich inzwischen, sie drehten die Stühle hierhin und dorthin. Sie schlugen die Beine übereinander und dann wieder nicht. Die eine schaute in den Spiegel, lächelte. Die andere machte eine Bemerkung, beide lachten hell auf. Chet begriff: Die Frauen probierten sich aus. Sie versuchten eine neue Weiblichkeit. Eine neue Weiblichkeit nach dem Krieg.

Chet spazierte weiter, am Zeitungskiosk vorbei. Der Kiosk war auch eine Art Nachrichtenbörse, seine Seitenwände waren über und über mit kleinen Zetteln beklebt: *Suche … Hat jemand … Brauche dringend …* Private Nachrichten und die der Welt hingen hier konkurrierend nebeneinander. Chet versuchte, die Schlagzeilen zu lesen. Er war verblüfft, wie viele Zeitungen es zu kaufen gab. Hatten die Berliner nichts Dringenderes zu tun? Neben dem neu gegründeten *Tagesspiegel* und dem *Telegraf* gab es auch *Die Welt* und natürlich den englischsprachigen *Observer*. Chet konnte sich nicht erinnern, dass zu Hause eine Tageszeitung gelesen worden wäre. Mum blätterte gelegentlich in Zeitschriften, die ihr eine Nachbarin überließ. Aber darin ging es hauptsächlich um Kochrezepte, die Mum sorgfältig abschrieb, an deren Umsetzung sie sich aber nie versuchte. Mum war nicht gut im Kochen. Sie war, sagte sie, zu nervös. Dad beklagte sich darüber, aber in Wahrheit war es ihm egal. Er war kein Feinschmecker.

Und auch Dad las so gut wie nie, außer die Anzeigen für Gebrauchtwagen. Darin ähnelte ihm sein Sohn: Sie träumten beide immerzu von noch besseren Wagen.

Die Leute hier aber waren versessen auf Nachrichten. Es war geradezu eine Obsession. Auf jedem Platz, an jeder Straßenecke sah man die Zeitungsleser herumstehen, und in der Bahn lasen meist mehrere mit: die, die hinter oder neben dem Zeitungsbesitzer standen. Zwischen den Zeitungsaushängen hatte der gutmütige Kioskbesitzer Dutzende von Zetteln platziert, die ihm hilfesuchende Nachbarn zugesteckt hatten: Sie suchten ihre Angehörigen. Die Welt stand in den Schlagzeilen der großen Zeitungen, das Lokale fand in Form von weitergereichten Zetteln statt.

Chet bummelte weiter. Ein Bäcker, der bisweilen Brot hatte. Ein Kolonialwarenladen. Das ehemalige Gardinengeschäft, ausgebrannt, und, zwischen zur Unkenntlichkeit zerstörtem Mobiliar die Reste einer gestreiften Markise, geschmolzene Gardinenstangen, der Rest eines Werbeplakats: *... modernste ...* Mehr war nicht zu lesen. Das Geschäft war, so hatte ihm Ricky mühsam erklärt, sofort geplündert worden. Seitdem liefen viele Nachbarinnen mit brokatfarbenen und goldenen Troddeln an den umgeschneiderten Wehrmachtsmänteln herum, sie waren ja gierig nach allem, was ein wenig schmückte. Die Ladeninhaberin hatte ihre Ware natürlich wiedererkannt und strafte alle Übeltäterinnen mit Verachtung. Aber Verachtung beeindruckte hier keinen mehr.

Eine zusammengesackte Fassade. Ein Haus, so hohl wie ein Baum, den ein Blitz getroffen hat. Ein Pferdefuhrwerk trottete vorbei. Chet kannte den Kutscher: Er lieferte das Bier in den *Felsenkeller*. Aber nicht nur das. Der Kutscher verlieh seine Pferde auch zur Feldarbeit. Im Tiergarten, rund um die Siegessäule, wurde Ackerbau betrieben. Die Siegesgöttin auf ihrer prächtigen Säule thronte nicht mehr über ordentlichen

Buchsbaumspalieren, sondern über dem langsam wachsenden, goldgelben Korn. *Die Fuchsjagd*, ein bronzenes Reiterstandbild, das den Jäger auf seinem entspannten Pferd inmitten tollender Hunde zeigte, wirkte hingegen auf natürliche Weise eingebettet. Chet hatte es nicht glauben können: Farming mitten in der Stadt! Aber Ricky hatte gelacht und eine kreisende Handbewegung über ihren Magen gemacht, und dann war, mit gewaltigem Geschepper, Kaspars Pferdefuhrwerk aufgetaucht, und zwischen Kutschbock und Bier war noch Platz für das junge Paar gewesen; gutmütig hatte Kaspar sie mitgenommen. Jetzt tippte er mit der Hand an die Mütze: Er hatte den jungen GI erkannt. Manchmal ging es in Berlin zu wie in einem Dorf.

Das Lokal auf der anderen Straßenseite hatte Chet vor ein paar Wochen entdeckt, es sah aus wie ein kleines Museum, stellte seine besten Spirituosen und ausgefallenen Tabakwaren in hübschen Vitrinen aus. Das Bier kam aus dem Süden, aus Bayern, und schmeckte süßer als das heimische. In Chets Kopf kam Deutschland nicht vor. Er wusste natürlich mehr oder weniger, wo Berlin lag, Frankfurt, Stuttgart, München – diese Namen sagten ihm etwas, denn aus diesen Städten sendete AFN. Aber sie spielten keine Rolle, höchstens als Stationsnamen. Berlin war ein Kiesel, geworfen in ein Meer aus Rätselhaftigkeit und Feindseligkeit: das gesamte Gebiet ringsumher war von den Russen besetzt und deshalb *No-go-Area*. Nie fragte er sich, wie die Menschen anderenorts lebten, ob andere Städte ebenso zerstört waren wie Berlin.

Chet betrat den Felsenkeller; man grüßte ihn auch hier. Er legte seine Mütze auf den Tresen und suchte sich eine Ecke, von der aus er einen guten Überblick auf die Straße hatte. Heute war ihm nicht nach Süße. Er bestellte ein *Kulmbacher*, indem er auf das entsprechende Schild wies. Unmöglich, das auszusprechen. Er wartete. Im *Felsenkeller* hörten sie immer eine deutsche Radiostation. Sie spielten amerikanische Schlager, aber mit deutschen Texten. Irgendwann musste Ricky nach Hause kommen.

Ricky wollte nicht zugeben, dass ihr schlecht war. Sterbenselend. Sie hatte die heiße Schokolade in großen Schlucken getrunken, die ihr Lucy gebracht hatte. Steve hatte ihr dabei den Rücken gestützt, und die beiden hatten sie so besorgt und liebevoll angeschaut, dass Ricky weitertrank, selbst, als sie längst genug hatte. Es war die Milch. Die fette, ungewohnte Milch. Und der Kakao. Und die Menge. Ricky spürte, wie die heiße Flüssigkeit durch ihren Körper rann, wenn sie sich bewegte, glaubte sie, dass es hin- und herschwappte. Sie hielt sich eine Hand vor den Mund, rülpste, ein Geruch nach Schokolade stieg in ihr auf. Steve lachte und klopfte ihr leicht auf die Schulter. Die beiden fragten Ricky aus, so gut es ging. Ließen ihr Zeit.

Dann beschlossen sie, dass Steve sie nach Hause bringen würde. Nein, keine Widerrede! Am Fahrstuhl nahm Lucy Ricky in den Arm. Es war fast so, als hätte sie lieben Tanten und Onkeln einen Besuch abgestattet, und die verabschiedeten sie nun in der Diele. Nur, dass von dieser Diele ungeheuer viele Türen abgingen, dass der Flur länger war als drei Kegelbahnen hintereinander und dass der letzte der Kegelbahn-Flure in den nächsten mündete und dann wieder in den nächsten. Die Wände waren holzvertäfelt, und überall standen amerikanische Flaggen. Die fröhlichen roten und weißen Streifen. Ricky fand, dass die Flagge Mut machte. Und sie dachte an den ersten Tag mit Chet, als er sie in sein Handtuch eingehüllt hatte. Wie lange war das jetzt her?

Im Aufzug gab es Licht aus kleinen, kreisrunden Löchern. Im Erdgeschoss mussten sie weit laufen, bis sie zur Eingangshalle kamen. Ricky staunte. Zwar hatte es hier gebrannt, aber der gemusterte Marmor auf dem Fußboden war erhalten – und die Pfeiler! Riesig hohe Pfeiler ragten nach oben zur schwarz verbrannten Decke. Unwillkürlich blieb Ricky stehen, legte den Kopf in den Nacken. Steve grinste. Er hatte sich an den Bombast längst gewöhnt. Aber er staunte, wie stark die Wirkung dieser Architektur selbst im halb zerstörten Zustand noch war. Diese verdammten Nazis hatten schon gewusst, was sie taten. Die Leute staunten – und waren eingeschüchtert. Die Nazi-Architektur funktionierte auch ohne Nazis.

Er schob Ricky nach draußen. Ricky hatte noch nie hier gestanden. Sie hatte den Ehrenhof noch nie betreten. Was für ein verschwenderisch weiter Platz mitten in der Stadt! Aber Steve schob sie weiter. Er war offenbar fest entschlossen, sie bis vor das elterliche Haus zu begleiten. Steve sah gut aus. Er war sehr groß und breitschultrig, seine Haut tatsächlich von jenem Schokoladenbraun, das man den Schwarzen pauschal zuschrieb. Ein Geruch nach Leder und Rasierwasser ging von ihm aus, ein überwältigender Wohlgeruch. Ricky taumelte ein wenig. Steve hakte sie besorgt ein, machte hin und wieder kleine Pausen, bot ihr eine Zigarette an. Am Kaiser-Wilhelm-Platz wollte sich Ricky verabschieden, aber Steve schüttelte den Kopf und lächelte: *No way* … Und wieder gab sie nach. Gegen die ruhige Stärke dieses Mannes kam man nicht an. Und es tat gut, nachzugeben. Sie fühlte sich schwach und unendlich müde.

Plötzlich stürzten Kinder aus dem Hinterhof bei der Gerberei. Eine ganze Horde von Kindern, und sie schrien, als hätten sie eine großartige Entdeckung gemacht. Die Entdeckung war Steve. Schwarze Soldaten waren immer noch eine Sensation, und die Erfahrung hatte die Gören längst gelehrt, dass amerikanische Soldaten selten ohne Süßigkeiten in ihren Taschen unterwegs waren. Steve lachte und schob sich ein wenig beschützend vor Ricky. Die schaute auf die struppigen Köpfe, die verschmierten Gesichter und die dünnen, bloßen Beine der Kinder. Kinder kamen offenbar nur noch in Banden vor. Stundenlang war es still in den Straßen, und plötzlich stoben sie irgendwo hervor: Mädchen und Jungen jeden Alters, die in den Ruinen wie auf einem für sie erdachten, abenteuerlichen Spielplatz tobten, die die GIs als ihre persönlichen Spielkameraden betrachteten und über Gewehre und Munition fachsimpelten wie die Alten.

Steve kramte in seinen Taschen. Tatsächlich: Er förderte ein paar Schokoriegel und Kaugummi hervor. Die Kinder johlten vor Begeisterung, aber Steve war klug. Er warf die Süßigkeiten nicht einfach in die Menge, was sofort eine Rauferei zur Folge gehabt hätte, er zählte vielmehr vor den Augen der Kinder genau ab, was er da in seinen großen Händen hielt, und dann bestimmte er zwei der kleinsten Kinder, die Beute zu verteilen. Im Weggehen hörte Ricky sie noch zählen: … sieben, acht, das ist für dich … Und plötzlich fragte sich Ricky, ob Steve wohl Erfahrung mit Kindern hatte. Es war möglich, Steve war deutlich älter als sie. Vor Haus Nummer 13 blieb sie stehen.

Thank you, Sir! Sagte sie unbeholfen und streckte Steve zum Abschied die Hand hin. Der Offizier lachte. Er war es nicht gewöhnt, dass man ihn wegschickte.

Chet, der im Felsenkeller der merkwürdigen Melange der Musik zuhörte, war von dem Geschrei der Kinder aufgeschreckt worden. Aber als er aus dem Fenster schaute, sah er nur die übliche hungrige Horde und mittendrin den unvermeidlichen schwarzen Soldaten, der seelig und ein bisschen dümmlich grinste, als sei er der Weihnachtsmann. Chet beschloss, das Lokal zu wechseln. Seit einer halben Stunde spielten sie hier die Musik eines Geigers, den die Deutschen neuerdings liebten. Der Mann war nicht schlecht, er improvisierte offensichtlich und hatte alles, was gut war, im Repertoire. Konnte swingen und coolen Jazz produzieren, konnte etwas spielen, das nach orientalischer Weise klang, und beherrschte sein Instrument mit einer Fixigkeit, die schwindelig machte.

Aber Virtuosität allein machte Chet müde. Sie führte zu nichts, außer zu einer großen Leere im Kopf. Was er stattdessen suchte, wusste er nicht. Er zahlte und entdeckte ein Café, das ihm nie zuvor aufgefallen war. Hier würde es sich aushalten lassen für ein paar Stunden. Hier würde es still sein.

Wo kommst du her?!?

Die überflüssigste und gefährlichste Frage, die Väter stellen können. Ricky war sofort auf der Hut. Es ist hellichter Nachmittag!, sagte sie trotzig und wollte am Vater vorbei.

Das seh ich, Herrgott, das sehe ich auch! Jetzt fing der Vater an zu brüllen. Ich habe gefragt, wo du herkommst, und ich will eine anständige Antwort darauf!

Das Gebrüll war für alle in der Wohnung das Signal, näherzukommen. Angezogen und abgestoßen zugleich. Sie schoben sich in die Türen. Ricky hatte keine Lust, ihnen das übliche Spektakel zu bieten. Und außerdem war ihr immer noch schlecht. Vater hielt sie fest: Du hast getrunken!, behauptete er siegessicher, wandte sich zur Mutter um, die eben in den Flur trat, wiederholte seine Anklage, fast triumphierend: Sie hat getrunken!

Ja, Schokolade!, rief Ricky nun. Scho-ko-la-de, das ist alles. Zufrieden?!

Es reichte ihr, sie war schließlich kein kleines Kind mehr. Die Mutter wollte einschreiten, aber Vater war so in Rage, dass es ihr nicht gelang.

Schokolade, aha! Also Schokolade hat das feine Frollein getrunken, ja?! Mit ihrem feinen Schokoladenmann vielleicht, ja? Und hat er dir sonst auch noch was zu kosten gegeben?!

Und dann ging es los. Der Vater hatte sie aus dem Fenster beobachtet. Sie und Steve. Sie und den Neger. Wie sie über den Platz der Kirche gekommen und zusammen geraucht hatten. Wie sie bei den Kindern stehen geblieben waren. Der Vater war außer sich. Seine Tochter – ein Amiflittchen. Und, schlimmer noch: ein Negerflittchen! Wollte sie sich etwa mit so einem einlassen? Fiel ihr denn nichts Besseres ein? Hatte er dafür im Osten gekämpft und die Heimat verteidigt und …

Die Mutter sagte etwas, in scharfem Ton, was aber unterging. Renate warf sich dazwischen, protestierte – und wurde geohrfeigt. Sie, sie hatte es gerade nötig! Trieb sich mit einem Krüppel herum, mit einem, der mit Farben herumschmierte und sich für etwas Besseres hielt. Kriegst gleich noch eine Schelle ab! Eine schöne Familie war das …

Der Krüppel kam aus der Küche, kreidebleich. Werner hatte nur eine Aktentasche unter die Achsel geklemmt, aber es war klar, dass er gehen würde. Gehen für immer. Mühsam humpelte er mit seinen Krücken den Flur entlang. Renate schrie auf: Werner! Und raste in ihr Zimmer und rief die ganze Zeit, er möge warten. Jetzt lief die Mutter hinter Renate her, warf die Tür hinter sich zu, und man hörte die beiden erregt miteinander sprechen, während der Vater weiter wütete und Ricky nicht durchließ, nie würde er sie gehen lassen, immer würde er sie halten und beschimpfen und …

Da riss Ricky sich los, drehte sich um, rannte hinaus und die wackelige Stiege hinunter, fort, nur fort. Vor dem Haus lehnte Steve an der Mauer, rauchte, wie es schien, ganz vergnügt eine Zigarette und sagte nur: *Hello, darling – come on!*

Da ging Ricky mit ihm fort.

Chet hatte im Café Paulus gesessen, halb ausgestreckt auf einem zu kleinen Holzstuhl, und hatte den bunt bemalten Stuck an der Decke bewundert. Irgendwann hatten sie auch hier Musik eingeschaltet, aus dem Radio tönte das vertraute *Munich At Five*, und Chet ließ sich einlullen von der zigarrenschweren Stimme von Mark White, der eine deutsche Sängerin interviewte. Die Sängerin war gerade in New York gewesen, zum ersten Mal in ihrem Leben, und bestand darauf, dass jeder unbedingt dort hinreisen müsse, New York sei die Welt, sagte sie in ihrem lustigen Englisch, das klang, als müsse jemand gleichzeitig sprechen und sich verrenken, sie sagte, sie begreife gar nicht mehr, wie sie habe Musik machen können, ohne New York zu kennen. Und sie lachte und wiederholte das mit einer solchen ungeschickten Bestimmtheit, dass Chet in Versuchung war, ihr zuzustimmen, bis er merkte, dass er selbst noch nie in New York gewesen war, die Clubs nicht kannte, von denen sie redete, und auch den Bassisten und den Drummer nicht, mit dem sie aufgetreten war. Ihre Musik entpuppte sich dann wieder als eine komische Mischung aus Jazz und deutschem Schlager, aber ihre Stimme gefiel ihm; wenn sie sang noch mehr, als wenn sie redete, und er beschloss, sich ihren Namen zu merken: Caterina Valente. Irgendwie italienisch. Und dann schaute er aus dem Fenster und sah Ricky und den schwarzen Offizier. Sie gingen gemeinsam fort. Sie betrog ihn also doch. Sie hatte einen anderen.

War es wirklich ein Missverständnis, dass sie zusammenkamen? Deutsche *Fraulein* und amerikanische Soldaten? Und vielleicht war es noch einfacher: Die einen suchten Gesellschaft, die anderen wollten überleben. Aber wenn schon das Zusammenkommen ein Missverständnis war, wie viel mehr war es das Auseinandergehen! Bei Chet und Ricky jedenfalls. Sie liefen auseinander, als sie versuchten, einander näherzukommen, und je mehr sie es versuchten, umso größer wurde die Distanz zwischen ihnen. Ricky spürte es. Sie war ja die Ältere, und sie wusste durchaus, dass es heikel war, was sie da tat. Sie ging auf die Freundlichkeit dieses Captain Steve Brooks ein, weil der ihr Zugang zum Flughafen Tempelhof verschaffte.

Und auf dem Flughafen arbeitete Chet. Jedenfalls meistens. Aber war es wirklich so simpel, so klar? Sie hatte Chet noch kein einziges Mal dort gesehen. Und: Suchte sie wirklich nur Chet, wenn sie sich mit Steve und ihren neuen Freunden dort aufhielt? Steve und Chet hatten nicht viel gemeinsam. Steve war achtundzwanzig, er gehörte zu denen, die beim Endkampf um Berlin dabei gewesen waren, und er hatte allen Angeboten, ihn nach Hause zurückzuschicken, widerstanden, weil er eine Sache zu Ende bringen wollte, bevor er eine neue anfing. Er hatte Berlin in Trümmern liegen sehen, jetzt wollte er bei seiner Wiederauferstehung dabei sein. So ungefähr drückte er sich aus, ein bisschen blumig, ein bisschen umständlich, in einer höchst privaten Mischung aus Englisch und Deutsch, denn Steve gehörte zu jener Minderheit von Offizieren, die die unmögliche fremde Sprache zu lernen versuchten. Ricky sollte ihm dabei helfen. Dafür zeigte er ihr den Flughafen, diesen geheimnisvollen Planeten, der eine abgeschlossene Welt für sich war – und wo es vielleicht auch eine besser bezahlte Arbeit für Ricky geben würde, eine Arbeit mit Zukunft, wer weiß?

Und Ricky, magisch angezogen von dieser Welt der Ordnung und der Lässigkeit, ging an Steves Hand wie ein kleines Kind, das man an den weihnachtlichen Gabentisch führt. In Tempelhof konnte man obendrein vergessen, dass dieser Gabentisch nicht in den USA stand, sondern im halb zerstörten Berlin. Steve machte sie mit ein paar Piloten der *Air Force* bekannt, und noch nie, so kam es Ricky vor, hatte sie derart schmucke Typen gesehen. In den Clubs, in denen Ricky und Renate unterwegs gewesen waren, hatte man sie kaum je zu Gesicht bekommen. Jetzt standen sie mit Steve herum, redeten ihr unverständliches Kauderwelsch und lehnten mit ihren schmalen Hosen und den Lederblousons lässig an den Billardtischen.

Ricky hatte es nicht glauben können, als Steve ihr das oberste Stockwerk des zentralen Flughafengebäudes gezeigt hatte: Überall gab es kleine Kneipen und Bars, dazwischen, locker eingereiht, Räume mit Sportgeräten, Billardtische und Zielscheiben, auf die mit Pfeilen geworfen wurde. *Dart* hieß das und wurde nach Wettkampfregeln ausgetragen. Auch die Nationalsozialisten hatten die obere Etage repräsentativen Zwecken vorbehalten – aber aus ihrem Pomp machten die Amerikaner Praktisches, mit ihrem Bombast gingen sie selbstironisch um. Hitlers großer Ballsaal, in dem ausgewählte Paare Walzer zu den Starts und Landungen der Bomber tanzen sollten, war eine Baustelle: Rücksichtslos hatten die Amerikaner das Parkett herausgerissen und waren nun dabei, einen Schwingboden einzubauen: Hier sollte in Zukunft Basketball gespielt werden. Immer, wenn sie mit Steve hierherkam, lud er sie in einer anderen Bar zum Essen ein. Zur Rollfeldseite hin öffneten am späteren Abend die Tanzlokale – hier allerdings gab es keine deutschen Mädchen, sondern nur die amerikanischen Zivilangestellten wie Lucy, Krankenschwestern und Funkerinnen. Frauen, wie Ricky sie bisher noch nicht gekannt hatte – adrett, pragmatisch und von einer geradezu überwältigenden Offenheit. Eingeschüchtert hielt sich Ricky an Steve.

Wie anders war es, mit Steve durch Berlin zu spazieren, als mit Chet. Mit Chet trieb sie sich herum, mit Steve ging sie aus. Mit Chet wurde jeder Spaziergang zu einem Abenteuer, Steve gab ihr das Gefühl, dass riskante Situationen überhaupt nicht existierten oder dass man sie einfach irgendwie *managen* musste. Steve und seine Wörter! Sie versuchte, Chet und Steve ein paar von den neuen Vokabeln zuzuordnen, die sie gerade gelernt hatte. Als sie Chet einmal gefragt hatte, ob sie seine Unterkunft sehen könnte, hatte er gesagt: *It's a problem. Problem* gehörte zu Chet, *challenge* zu Steve. *Passion* zu Chet, *fun* zu Steve. *Water* war Chet, *sailing, surfing.*

Sie vermisste Chet, als wäre er schon gegangen. Sie sammelte seine Wörter wie andere Fotos sammeln. Die Wörter waren ihre Erinnerungsstücke, Fotos besaß sie nur wenige. Eines zeigte sie beide zusammen auf dem Jollenkreuzer: Chet mit bloßem Oberkörper konzentriert an der Pinne, sie in einer weißen Bluse, mit einer dunklen Sonnenbrille vor den Augen.

Sie vermisste ihn, wie man den Sommer vermisst, selbst, wenn es ein merkwürdiger Sommer gewesen war, ein kurzer Sommer, ein Sommer mit plötzlichen Regengüssen und einer abrupten, heftigen Hitzeperiode. Sie vermisste Chets merkwürdige Launen und seine plötzliche Zurückgezogenheit. Seine kindliche Freude, wenn sie ihm ein Geschenk machte, und seinen Lerneifer in der Liebe. Wie er sich, seit sie darauf bestanden hatte, ein Kondom überstreifen ließ und dazu ein Gesicht schnitt wie ein kleiner Junge, dem man die verhasste Wollmütze aufsetzt. Und wie er dann lachte, wenn sie beide das verdammte Ding hinterher suchen mussten. Nie wieder würde sie Kirschen essen können, ohne an Chettie zu denken. Nie wieder in einer Kirche sein. Nahm sie denn schon Abschied? Manchmal erschrak Ricky über sich selbst, dann überschüttete sie den verdutzten Chet zur Begrüßung mit Küssen, und es war ihr egal, dass die Leute schimpften.

Einmal waren sie noch zusammen ausgegangen. Verabredet, wie ein ganz normales Paar. Ricky fiel auf, dass Chet kaum größer war als sie selbst, vielleicht nicht einmal gleich groß. Wenn sie von ihm träumte, war er ihr gewachsen. In ihren Träumen machte sie ihn größer, als er war. Seltsam: Er war genauso aufgeregt wie sie. Aufgeregter noch. Undenkbar wäre das mit Steve, der ihr immerzu den Eindruck vermittelte, alles im Griff zu haben. Chet und Ricky machten sich auf zum Schloss – zu dem, was die Bombenangriffe übriggelassen hatten vom Schloss. Vor dem ausgebrannten Gerippe der Kuppel hatte die *Camilla-Mayer-Hochseil-Truppe* ihre Seile gespannt. Unter dem Seil wölbte sich ein Netz, das bedenklich schwankte und das kaum die Illusion von Sicherheit vermittelte, und oben auf den Türmen, die das Seil rechts und links hielten, wurden in fünfzehn Metern Höhe die Plattformen für die Seiltänzer eingerichtet. Zehn Akrobaten, fünf Männer und fünf Frauen, überprüften ein letztes und ein allerletztes Mal den Zustand der Anlage, dann verrutschte ein Tusch von einer Platte, die sicher schon tausend Mal gespielt worden war, der Journalist von AFN in seinem Reportagewagen begann seinen Live-Bericht, und eine Schau fing an, die selbst eingefleischten Zirkusfans das Blut in den Adern gefrieren ließ.

Chet und Ricky standen inmitten der Menge, Hand in Hand, und beobachteten, wie die ersten Akrobaten mit ihren Balancierstangen das Seil betraten, in aller Ruhe, wie Menschen, die eine kleine Furt im Wald überqueren. Beim nächsten Mal liefen sie schon schneller, dann rannten sie und sprangen übereinander – um schließlich Türme und aberwitzige Formationen zu bilden, menschliche und übermenschliche Gebilde zugleich, die von nichts zusammengehalten wurden als von Körperbeherrschung, Mut und einem glücklichen Zufall: Kein Lüftchen regte sich an diesem Tag in Berlin.

Ricky starrte mit schmerzendem Nacken in den blauen Himmel. Ihr kam es vor, als ob das Seil ein wenig schwankte – oder waren es die Aufbauten selbst? Vielleicht hielt das

Ganze auch nur, gerade weil es schwankte? Sie tastete wieder nach Chets Hand, aber der hatte sie in seiner Hosentasche vergraben und war völlig in den Anblick versunken. Sie gingen still nach Hause, Chet machte schon lange keine Anstalten mehr, sie nach oben zu begleiten, aber vor der Tür kramte er in seiner Jacke und schenkte ihr ein winziges Figürchen: eine Seiltänzerin, die sich anmutig drehte. Plötzlich ärgerte sich Ricky. Ihr wäre lieber gewesen, dass Chet sie vorhin zu einer Limonade eingeladen hätte. Und doch steckte sie die kleine Ballerina ein. So war Chet: zu nichts zu gebrauchen, sagte sie sich. Und dennoch …

Ein paar Wochen später half sie ihrer Schwester Renate beim Packen. Es hatte keinen Sinn, sie aufhalten zu wollen. Werner hatte Berlin verlassen und eine Adresse in Bayern aufgesucht, die ihm sein Maler zugesteckt hatte. Murnau, am Staffelsee. Noch nie hatten die Schwestern davon gehört. Aber Werner schrieb, es gehe ihm gut, er wolle, dass Renate nachkomme. Und Renate zögerte nicht lange. Mit der Entschlossenheit, die Ricky schon immer ein wenig Angst gemacht hatte und die sie an die Mutter erinnerte, beschloss Renate, alles auf eine Karte zu setzen.

Der Krüppel!, schnaubte der Vater verächtlich, aber sein Schnauben hatte etwas Klägliches, Verröchelndes. Ricky legte Renates Kleider zusammen. Irmgard lief mit verweinten, rot geäderten Augen herum.

Es ist doch nur Bayern!, sagte Frau Wegener tröstend, als habe sie eine Vorstellung davon, wo dieses Kaff läge. Es ist schließlich nicht aus der Welt!

Ich seh sie nicht wieder, entgegnete Irmgard verzweifelt. Ich weiß es genau.

Und begann wieder ihr sinnloses Auf und Ab. Vielleicht hoffte sie, dass Renate ihr widerspräche. Vielleicht hoffte sie, dass Renate etwas Begütigendes sagte, etwas Versöhnliches. Aber die tat ihr den Gefallen nicht. Holz von meinem Holz!, dachte Irmgard verzweifelt. Sie nahm sich keine Zeit für Widerreden, auch nicht für Beschwichtigungen. Wie Mutter!, dachte Ricky voller Bewunderung, in die sich Furcht mischte. Werner hatte Arbeit gefunden, bei einem Kunstmaler, der die Verzierungen der einst prachtvollen Bauernhäuser erneuerte. Kein Wort von seiner Behinderung in seinen Briefen, nur Aufbruch und Mut und eine Fröhlichkeit, die hier fremd wirkte, wie ein stark reizendes Gewürz.

Sie schleppten Koffer und Kisten nach unten. Der Fuhrmann würde Renate zur Bahn kutschieren. Ihr stand eine lange Reise bevor. Ricky wartete allein mit einer Kiste vor dem Haus und strich nachdenklich über die nagelneuen Adressaufkleber. Und wenn da nun New York stünde? Oder Alabama? Sie hatte viele solcher Wörter aufgeschnappt in den letzten Wochen, Wörter, die wie Verheißungen klangen.

Chet, der im Café schräg gegenüber lauerte, begierig zu erfahren, dass sie ihn betrog, begierig zu erfahren, dass er sich täuschte, beobachtete, wie Ricky ihre Reisevorbereitungen traf oder das, was er dafür halten musste. Sie wollte also weggehen mit diesem Schwarzen. Sie hatte die Koffer schon gepackt. Und ihre Familie half ihr dabei. In ihm verhärtete sich etwas, wurde eckig, wurde nachtblau, wurde kalt. Er zahlte und ging. Der Wirt sammelte das Kleingeld in einer Zigarrenkiste. *Antwerpen-Boston-Linie* stand auf dem Etikett, das einen imposanten Dampfer bei voller Fahrt zeigte.

Abends wunderte sich Dick über Chet. In dessen Gesicht entdeckte er einen neuen Zug, etwas Abweisendes, Frostiges. Aber Chet wollte nicht reden, er wollte feiern! Er wollte *German Schnaps*. Und er wollte Mädchen. Dick war erfreut. Solche Wünsche waren für Dick kein Problem.

Im Oktober fand Irmgard eine neue Wohnung für ihren Mann. Nachdem sie Renate verloren hatte, hielt sie es nicht länger aus mit ihm. Nicht, dass sie ihm die Schuld gegeben hätte. Der Mann war nicht schuld. Sie allein war verantwortlich. Und nicht, weil sie Siegfried zurückgeholt hatte. Das war ein Fehler gewesen, aber nicht schuldhaft. Sie hatte den Fehler vielmehr begangen, um ihre Schuld wiedergutzumachen, sie hatte gedacht, dass das möglich wäre oder dass der Verrat, den sie an ihren Töchtern begangen hatte, auf diese Weise gesühnt werden konnte. Gesühnt! Lauter katholisches Zeug dachte sie, dabei war Siegfried katholisch, nicht sie, krauses Zeug hatte sie im Hirn neuerdings, sie kriegte ihren berühmten kühlen Kopf nicht mehr klar. Eigentlich seit jenem Tag nicht mehr. Seit jener einen fatalen Entscheidung.

Es nützte nichts, dass Marie sie tröstete. Dass Marie sie verstand. Dass Marie sich von ihr und von Siegfried abwechselnd beschimpfen ließ, wenn auch aus ganz verschiedenen Gründen. Marie hatte es ja am schwersten, dachte Irmgard und konnte doch nichts tun. Gar nichts mehr konnte sie tun, sie war verurteilt zuzuschauen seit jenem Tag, seit jener einen verhängnisvollen Entscheidung. Und Marie, die spürte, dass etwas nicht mehr gutzumachen war, Marie, die früher immer so fröhlich gewesen war und so lebendig, wurde bleich und schmal und krank und verzagt. Eines Tages ging auch sie fort.

Und dann setzte der Regen ein. Nicht kalt, aber unaufhörlich. Verdüsterte die Tage und machte Private Chesney Henry Baker den Abschied leicht. Der Sommer war gut gewesen. Gut, aber zu kurz. Zu kurz für einen, der es liebte, sich acht Monate im Jahr bedenkenlos in die Wellen des Pazifiks zu stürzen. Zu kurz für einen, der daran gewöhnt war, dass er geblendet wurde vom Licht, sobald er morgens aus dem Haus trat.

Schon Ende September kehrte die große Trübnis nach Berlin zurück. Der Himmel ergraute von einem Tag auf den anderen. Die Farben hatten sich plötzlich verbraucht. Der Himmel gähnte und wurde weißlich und flach. Die Konturen verschwammen, die Dinge wurden undeutlich. Manchmal rieb Chet sich die Augen, weil er dachte, er hätte womöglich zu lang in die verdammten Noten gestarrt, aber das war es nicht. Im Winter war Chet gekommen, und der Winter würde nun bald zurückkehren. Chet begann, sich vor dem ersten Kälteeinbruch zu fürchten. Mit Glück allerdings, so rechnete er sich aus, würde er vorher zu Hause sein.

Zu Hause! Zu Mum und Dad konnte er nicht zurückkehren, so viel war klar. Dann wäre alles umsonst gewesen. Er würde seinen eigenen Ort finden müssen, einen Ort, an dem es die Musik gab, die er suchte. Es musste einen Ort geben wie diese Musik. Er würde diesen Ort finden. Er spürte eine seltsame Sicherheit.

Alles, was Chet von da an unternahm, unternahm er mit einem Gefühl des Abschieds. Er suchte das Café in der Akazienstraße auf, aber er wartete nicht mehr auf Ricky. Er betrachtete den bemalten Stuck ganz genau, als wollte er ihn in sich aufsaugen, und war plötzlich gerührt, als er im Radio die Musik hörte, die ihn normalerweise ärgerte, diese typische deutsche Nachkriegsmelange aus dem Swing der Vorkriegszeit, vermischt mit deutschem Schlager und Jazz-Rhythmen. Musik wie lauer Kaffee, wie dieser *Kaffee mit Schuss*, auf den sie im Café Paulus so scharf waren und den irgendein Witzbold angesichts der Trümmer ringsum *Kaffee mit Schutt* getauft hatte: Kaffee mit einem Schuss Brandy oder Whiskey darin, so dass beides nicht mehr recht zu schmecken war, der Kaffee nicht und nicht der Alkohol.

Er glaubte, die Sängerin wiederzuerkennen, die ihn bei seiner Ankunft in Bremerhaven so erschreckt hatte, die Frau mit der Männerstimme, die Lale Andersen hieß, die Frau, die *Lili Marleen* gesungen hatte. Er hatte sich alle Frauen damals so vorgestellt, wie er sich Lale Andersen vorstellte. Er dachte, dass alle deutschen Frauen Walküren seien, vierschrötige Flintenweiber, die die jungen Soldaten hinterrücks überfallen und töten würden. Chet lachte leise. Wie lange war das her! Im Café redeten sie über nichts anderes als über die Auftritte eines Stars aus den USA, der zum ersten Mal Berlin besuchte. Chet verstand die ganze Aufregung nicht.

Er hatte auch nicht verstanden, dass die Ehrenformation für einen normalen Instrumentalisten antreten musste, und Charlie, der erste Geiger, war gehörig ins Schwitzen geraten, weil er das Solo aus *Porgy and Bess* einstudieren musste – ausgerechnet, um es vor einem der berühmtesten Violinisten der Welt zu präsentieren. An dem Tag hatte es geschüttet wie aus Eimern. Weil das Flugzeug aus Frankfurt Verspätung hatte, durften sie sich ausnahmsweise in der Abfertigungshalle unterstellen, um zu warten. Die Abfertigungshalle! Sie war noch immer zur Rollfeldseite hin offen, Hitlers Bauleute hatten es nicht mehr geschafft, die riesige Glasfront einzubauen, die den Fluggästen freie Sicht gewähren sollte. Jetzt klaffte die offene Seite wie ein riesiges Maul, das gefräßig alle ankommenden Maschinen verschluckte.

Sie bekamen ja auch wirklich nie genug vom Flugverkehr, die Berliner, die allerdings noch immer keinen Zutritt zum Flughafengelände hatten und deshalb als Schaulustige am Zaun standen. Immer warteten dort die Menschen auf die Maschinen aus Frankfurt oder München oder sogar aus Übersee, und das erste, was die Passagiere zu sehen bekamen, war, dass sie mitten in der Stadt landeten – und dass die Bewohner dieser Stadt sie mit der immer gleichen Begeisterung begrüßten. So lange waren sie von allem abgeschnitten gewesen, jetzt wollten sie alles nachholen: den modernen Verkehr, die neuen Maschinen, den Geruch der *großen, weiten Welt*.

Yehudi Menuhin, der berühmte Geiger, hatte den Wirbel mit Fassung getragen. Er hatte die Army Band begrüßt, ein paar Worte gesagt, und Chet hatte unter dem schwarzen Regenschirm ein freundliches, eher weiches Gesicht erkennen können. Menuhin lächelte und ließ sich mit der Army Band fotografieren. Sein Lächeln war entgegenkommend, aber auch ein wenig distanziert. So, als hätte der ganze Rummel nichts mit seiner Person zu tun. Er nahm ihn hin, aber er ließ ihn nicht an sich heran. Für die Berliner war der jüdische Musiker wie ein Erlöser. Das hatte Chet jedoch erst gemerkt, als er die Titelseiten der Zeitungen an den Kiosken sah. Menuhin spielte mit den Philharmonikern, im Titania-Palast, und jetzt diskutierten die Caféhausbesucher im *Paulus*, ob er es damit Wilhelm Furtwängler, dem Dirigenten des Orchesters, nicht zu leicht machte.

Persilschein, noch so ein Wort, das Chet in seinen letzten Wochen in Deutschland aufschnappte, es war das Wort, das die Leute benutzten, wenn sie von *Entnazifizierung* sprachen, das eine Wort so kompliziert wie das andere, alle redeten darüber, aber was es bedeutete, darüber waren alle höchst unterschiedlicher Meinung. Chet hatte einmal eine Liste mit deutschen Wörtern angefangen, so, wie Ricky englische Vokabeln auswendig lernte: *Fraternisieren, hübsch, organisieren, plemplem, verboten, Stulle*. Chet flüsterte die Begriffe vor sich hin. Er wusste nicht genau, wo man sie betonte, oder er hatte es vergessen. Also gab er ihnen seinen eigenen Rhythmus, seine eigene Wortmelodie. Er verlor sich in seinen Silbenträumereien. Dann wurde die Musik besser. Es war in Ordnung, mit guter Musik im Ohr zu gehen. Er legte ein paar Münzen auf den Tisch. Draußen war es schon dämmrig und sehr feucht.

Chet schlug den Kragen seiner Jacke hoch. Eine Katze strich um seine Beine, als er sich eine Zigarette anzündete. Chet erschrak, dann freute er sich: Es liefen wieder Katzen herum. Ein gutes Zeichen.

Renate schickte Ansichtskarten aus Murnau. Sie hatte ein Kreuz auf jene Stelle im Dorf gemalt, wo sie ungefähr wohnte. Sie war glücklich, schrieb sie, und sie lud alle ein zu kommen. Sie beschrieb in zwei, drei Sätzen die neue Umgebung. Glücklich! Das war ein Wort, das beinahe ausgestorben war. Ricky erschrak: Hatte sie es Chet beigebracht? Bestimmt nicht! Sie selbst freilich wusste *happy*. Und *sunshine*. Das war überhaupt nicht dasselbe, hing aber irgendwie zusammen – und beides hatte unweigerlich mit Kalifornien zu tun. Kalifornien war nicht das Amerika, das sie nun gelegentlich im Kino sah, das war das Amerika, das zu Chet gehörte. Ein Land für Schwimmer, Wellenreiter, Träumer. Ein Jungenland.

Sie war immer sicherer, dass dort kein Platz für sie wäre. Nicht mit Chettie. Jede Woche kam Post von Renate. Ricky drehte die Karten hin und her. Sie kamen ihr vor wie übergroße Spielkarten. So bunt. So unwirklich. Sie bildeten das eine ab, bedeuteten aber das andere. Eine Kirche – hier fielen keine Bomben. Ein Haus – hier kannst du sicher wohnen. Eine Wiese – hier kannst du vergessen. Ein Marktplatz – hier werden wir ausstellen.

Irmgard weinte, wenn sie die Karten las. Alle Kraft schien sie verlassen zu haben, seit Renate fort war. Und Marie. Frau Wegener war es jetzt, die sich kümmerte. Frau Wegener ließ sich Renates Postkarten auch ein fünftes Mal vorlesen. Frau Wegener war es, die sich rechtzeitig um das Ereignis des Herbstes kümmerte: Der Wechsel des amerikanischen Stadtkommandanten – da musste man doch unbedingt hin.

Die Berliner hatten gelernt, militärische Ereignisse als Volksfeste hinzunehmen, und so waren sie, zum Teil wenigstens, gedacht. Sorgsam achteten die westlichen Alliierten darauf, einerseits militärische Stärke gegenüber den Russen zu zeigen und andererseits den Berlinern Vertrauen einzuflößen. Nie war die Army Band öfter aufgetreten als in der zweiten Jahreshälfte 1947. Rund um die Uhr waren die Musiker im Einsatz. Mittlerweile hatte der Bandleader einen Bus beschafft, und der war auch dringend nötig, denn zwischen zwei Auftritten in ganz verschiedenen Stadtteilen gab es oft nur den Bus, um sich ein frisches Hemd anzuziehen. Und frische Hemden mussten sein! Propper, sauber, frisch – so sollte das Image der siebenundfünfzig Musiker sein, aufgeräumt wie die Märsche, die sie spielten, vorwärtsdrängend wie die Bläsersätze, in denen sie die Hits der 30er und 40er umgeschrieben hatten. Die Musiker, so wurde ihnen eingebläut, waren Botschafter der Vereinigten Staaten. Sie hatten ein Bild des friedlichen, aber disziplinierten Amerika zu vermitteln. Sie sollten zeigen, dass die Besatzungsarmee keine Bedrohung war. So kamen manchmal zwei, drei Auftritte an einem Tag zusammen, bei den Franzosen, bei den britischen Verbündeten und auf deutschen Volksfesten. In Kirchen und Bierzelten. Und zwischendurch machten sie Abstecher, einmal sogar eine kleine Tournee nach Norwegen.

Ricky fand eine neue Arbeit. An zwei Nachmittagen in der Woche saß sie bei einem Speditionsunternehmer im Kontor und füllte Lieferscheine aus. Der Mann hatte eine Konzession von den Amerikanern, mit ihnen machte er seine besten Geschäfte. Steve hatte ihr den Job verschafft, und manchmal kam er vorbei, um sie abzuholen. Dann verstummten die Kolleginnen an den anderen Schreibmaschinen, teils neidisch, teils schockiert: Ein schwarzer Mann an der Seite einer Deutschen, das war die Sorte Skandal, die wohlige Schauer über den Rücken jagte. Steve tat, als gingen ihn die aufdringlichen Blicke nichts an. Er sorgte dafür, dass in seinen Taschen immer genug Geschenke waren. Es machte ihm Spaß zu schenken. Es war nicht immer so gewesen, dass er der Großzügige sein konnte.

Rickys Leben nahm Fahrt auf. Sie bekam Chet kaum zu Gesicht, fragte sich aber immer noch, was er eigentlich tat. Warum er tagelang verschwand. Warum er manchmal vor ihrem Haus, in ihrer Straße, gesehen wurde. Dann stand sie am Fenster und schaute sinnlos hinaus – bis in ihren Hinterhof war er ja nie gekommen.

Der Tag des Kommandantenwechsels war kalt, der erste Dezember 1947, der erste Vorbote des Winters, und Ricky, Irmgard und Frau Wegener zogen alles an, was sie an warmer Kleidung auftreiben konnten. Je näher sie zum Tiergarten kamen, umso mehr Menschen begegneten ihnen. Ricky genoss dieses Gefühl, wenn Menschen, wie angesogen, auf einen bestimmten Platz zuströmten, aus allen Richtungen, man das Ziel, auf das sie zusteuerten, aber noch nicht sehen konnte. Diese Aufregung in den Gesichtern, diese Erwartung, diese Ungeduld! Man konnte sich alles mögliche vorstellen, was der Anlass der allgemeinen Eile sein könnte: die Geburt eines dreiköpfigen Kalbes im Zoo. Die Ankunft eines sagenhaften Schauspielers. Oder sie wären alle eingeladen zu einer unglaublichen Reise, die am Anhalter Bahnhof begönne. Den Anhalter Bahnhof gab es nicht mehr – oder nur noch in Ruinen. Aber es war vorstellbar, dass er wieder aufgebaut würde, oder dass ein anderer gegründet würde.

Wenn Ricky diese Menschenmassen sah, schien ihr alles möglich. Denn diese Menschen wollten ja alle dasselbe. Sie liefen Kilometer um Kilometer. Sie standen stundenlang Schlange. Sie kratzten ihr letztes Geld zusammen. Alles, um

Charles Laughton zu sehen. Oder Charlie Chaplins neuen Film. Alles, um unterhalten zu werden. Alles, um sich zu amüsieren. Es war, als müssten sie dem tödlichen Ernst der letzten Jahre die gleiche Menge an Vergnügungen entgegenstellen. Es war, als müssten sie sich alle entgiften. Aber es war eine Kur, die süß schmeckte. Die fröhlich machte. Mütter zerrten ihre Kinder vorwärts, junge Mädchen hielten einander bei den Händen. Die Kriegsversehrten beeilten sich, mitzukommen. Manch elende Gestalt stand an den Straßenecken und bettelte. Die Frauen ignorierten sie. Sie wollten jetzt keinen Ernst. Sie wollten keine Erinnerung. Weiter, weiter!

Am Eingang zum Tiergarten spielte einer auf dem Akkordeon mit rot gefrorenen Fingern. Aus einem Fass dampfte etwas und roch säuerlich: die ersten Versuche, wieder Glühwein herzustellen. Selbst Irmgard ließ sich von der allgemeinen Aufregung anstecken. Ist ja hier wie beim Gefangenenchor von *Nabucco*!, brummte sie zwar, lachte aber doch, war rotnasig, hatte die Hände tief in den Manteltaschen vergraben.

Die Prachtstraße war abgesperrt, vor der Siegessäule eine Tribüne aufgebaut. Die Menge stoppte. Hier war kein Weiterkommen. Und so sahen die Frauen nicht, wer bei den Ehrenplätzen Aufstellung nahm, welche Ehrenformation antrat, wie der berühmte General Clay das Zeichen zum Beginn der Parade gab. Sie hörten nur die anderen jubeln. Und jubelten mit. Sie sahen, wie die anderen applaudierten, und applaudierten mit. Clay übergab das Kommando an Frank L. Howley, einen Mann aus New Jersey, den die Army reaktiviert hatte, damit der den Job in Berlin übernahm. Es war wenig bekannt über Howley, der aber als *Russenfresser* galt, und tatsächlich hatten die Russen demonstrativ nur rangniedrige Offiziere als Abordnung geschickt. Aber auch das konnten die Frauen nicht sehen, sie wussten nicht, dass bald härtere Zeiten anbrechen würden, sie sahen nur Uniformen, blitzende Waffen, sogar berittene Einheiten.

Ricky hielt es nicht länger. Sie drängelte rücksichtslos nach vorn. Steve war von seinem Paradeführer zum Stellvertreter ernannt worden. Er würde deshalb ganz vorne mit dabei sein. Ricky staunte über die Amerikaner. Die Parade wurde nicht etwa vom ranghöchsten Offizier geleitet, sondern von demjenigen, der sie organisiert hatte – und das war derjenige, so hatte es ihr Steve beigebracht, der für den Job am geeignetsten erschien, also einer, der so etwas auf die Beine stellen konnte.

Seinen Job machen. Das schien das höchste Ziel dieser Leute zu sein. Ricky, die wie alle Frauen die militärischen Ränge der Wehrmacht gelernt hatte, die die Hakeleien der Offiziere und den Neid der Mannschaften aus den endlosen Erzählungen des Vaters und der Nachbarn kannte, wunderte sich über diese seltsame Armee, die da vor ihnen antrat. Aber es funktionierte. Sie hatten schließlich den Krieg gewonnen!

Plötzlich wurde es still. Die Leute reckten die Hälse. Und nun ertönte eine Fanfare. Ein einsames Instrument, weit weg, und doch hörte man jeden Ton. *Avant garde.* Ricky kannte das Repertoire der 298th Army Band nicht, sie erkannte nicht die Fanfare, und noch weniger erkannte sie den Spieler. Sie wusste nichts davon, dass ein Trompetenton so unverwechselbar ist wie die menschliche Stimme, genauso individuell. Aber sie spürte, wie sie eine Gänsehaut bekam, wie ihr etwas die Kehle zuschnürte, wie ihr die Tränen in die Augen traten. Chet Baker spielte. Die Kameraden aus der Army Band warteten auf ihren Einsatz. Sie warteten inzwischen neidlos. Sie schafften es sogar, ihm richtig zuzuhören und nicht bloß auf das Ende seines Solos zu warten.

Eben noch hatte der Junge vor Kälte gezittert, aber nun stand er da ganz ruhig, die Trompete gegen den weißen, eiskalten Himmel gerichtet, und blies hinein. Er spielte gut, obwohl er niemals sehr laut war. Eigentlich nicht laut genug für den Solotrompeter einer Armeeband. Auch war sein Tonumfang eher gering. Viel zu gering für einen Musiker, aus dem etwas werden sollte. Und doch spürten die Musiker um ihn herum, dass Chet sie alle überflügeln würde und dass es nicht mehr lange dauern würde. Aus Chet würde Chet Baker werden. Die Fanfare war der Beginn der Parade, und sie war ein Abschied.

Ricky wollte besser sehen. Sie setzte die Ellenbogen ein, dass die Leute murrten. Aber sie kam nicht durch. Und so sah sie kaum etwas von den Einheiten, die jetzt vorbeischritten, im Paradeschritt der US Army, die Augen nach links zur Tribüne gerichtet, wo ein nachdenklicher General Clay und ein stolzer Kommandant Howley sie grüßten: die Army zuerst, dann die Air Force und schließlich die Navy. Die Berliner klatschten. Es war, als klatschten sie sich Mut zu. Es war, als wüssten sie, dass sie den im nächsten Jahr brauchen würden.

Dann würden die Russen Berlin einschließen, und die Blockade würde beginnen. Und aus den amerikanischen Flugzeugen, die gerade noch ihre Kunststücke über dem Tiergarten vorführten, würden die *Rosinenbomber* werden, die lebenswichtige Fracht brachten.

Chet nahm Abschied. Er hatte Abschied genommen, seit er im Tiergarten *Avant garde* gespielt hatte. Der Tiergarten! Er erinnerte sich, wie er einmal hier mit Ricky spazieren gegangen war und wie plötzlich ein Fasan vor ihnen aufgetaucht war. Nichts Besonderes eigentlich. Solche Vögel, und andere, prächtigere noch, gab es zu Hause in Hülle und Fülle. Aber das bunte Federkleid des Vogels hatte in dieser grauen Umgebung geradezu etwas Skandalöses. Wie eine Frau im Ballkleid inmitten der Ruinen. Das hatte Chet auch einmal gesehen, es waren Modeaufnahmen gewesen, die ersten Modefotos nach dem Krieg, und die Fotografen, die für die amerikanische *Vogue* arbeiteten, waren begeistert gewesen von der Kulisse. Der Vogel stolzierte allein zwischen den abgehackten Baumstümpfen im Tiergarten herum, er suchte Gras, er zupfte verwirrt an dem wenigen Gras, das dort wuchs.

Ricky war fasziniert stehengeblieben, und sie hatten sich lange nicht gerührt, um das Tier zu beobachten. Ein Wunder, dass niemand gekommen war und den Vogel gejagt hatte! Aber er war einfach verschwunden, leise kollernd, so, wie er gekommen war, und sie hatten versucht, dieses Kollern nachzumachen, hatten gelacht und um die Wette gegurrt, sich angegurrt, und waren glücklich gewesen. Das war schon ein halbes Jahr her. Alles war nun zum letzten Mal. Der letzte Besuch im Jazzkeller, wo unbeirrbar die *Danny Banana Band* spielte. Letzte Abende mit Dick. Pokerabende. Verloren, natürlich. Pornoabende. Vergessen, natürlich.

Dick lachte und verzieh alles. Dick hatte sich entschlossen zu bleiben. Man hatte ihm die Leitung des Premierenkinos angetragen, und Dick, gerade zwanzig geworden, griff zu. Die Stadt, so sagte er, bot ihm die Chance seines Lebens. Moni war wie vom Erdboden verschwunden. Endgültig zu ihrem Schlachtergatten zurückgekehrt und mit ihm in der russischen Zone untergetaucht. Chet fragte nach ihr, aber niemand wusste etwas. Und Ricky? Ein paar Mal noch hatten sie sich getroffen, aber es war ein seltsames Gefühl. Sie war irgendwie – anders. Distanziert, geschäftig, er merkte das schon an der Art, wie sie ging. Schneller als vorher, mit festeren, größeren Schritten. Chet stellte sich ihre Füße vor, die kleinen, festen Füße, die er so oft in seinen Händen gehalten hatte, aber wenn sie sich jetzt trafen, steckten die Füße in Winterstiefeln, und die Stiefel waren von Gamaschen bedeckt. Die Stiefel waren neu. Er wusste nicht, woher sie die hatte, aber die neuen Stiefel ärgerten ihn, es versetzte ihm einen Stich, und er nutzte den erstbesten Vorwand, um zornig zu werden, und ließ sie stehen.

Schon am nächsten Tag wusste er nicht mehr, was der Anlass gewesen war. Und dann nahmen sie wirklich Abschied – er und Sergeant Glitt und die anderen von der Army Band. Er war einer unter vielen gewesen, ein neuer Trompeter würde seinen Platz einnehmen, aber sie betranken sich noch einmal gemeinsam und spielten sämtliche Hits von Glenn Miller und Duke Ellington, und nach dem vierten oder fünften Whiskey machte Chet ein paar Kapriolen mit seiner Trompete, ließ sie aufjaulen und heiser klingen und dachte dabei an Dizzy. Dizzy Gillespie. Die anderen lachten. Verrückter kleiner Kerl! Sie schlugen ihm auf die Schulter. Es zog ihn nach Hause.

Ein paar Tage später saß Chet mit anderen verkaterten Heimkehrern im Zug nach Bremerhaven. Es schneite. Aber es wurde ein milder Winter.

Chet Baker sollte später noch oft nach Deutschland zurückkehren, aber nie versuchte er, Riccarda Krampitz wiederzufinden. Er dachte nicht an sie, wenn er in Deutschland auf Tournee war. Sie gehörte nicht zu seinem Musikerleben. Er erinnerte sich vielmehr an sie, wenn er zu Hause, in Kalifornien, war, und zu den letzten Gästen gehörte, die eine Bar oder einen Nachtclub verließen. Dann erzählte er manchmal von Ricky, seinem *deutschen Fraulein*, von seinem Mädchen mit den angelegten Ohren. Die Ohren hatten ihr das Gesicht eines hungrigen, etwas gereizten kleinen Tieres gegeben, sagte er. Immer noch grübelte er manchmal darüber nach, was für ein Tier das sein könnte. Und sie hatte schöne Füße. Die Leute aber hörten ihm nicht zu, denn sein Gebrabbel war meistens unverständlich um diese Zeit. Er nahm seine ersten

Platten auf, der *Westcoast-Jazz* wurde berühmt, er spielte in Formationen, die wenig später Weltruhm erlangen sollten. Eine deutsche Sängerin namens Caterina Valente kam herüber, um mit ihm ein paar Songs aufzunehmen, und Miles Davis beschimpfte ihn als *Motherfucker*, eine hohe Auszeichnung.

Ricky heiratete ein paar Jahre später – aber nicht Steve. Steve hatte schon eine Frau, das war nicht weiter überraschend, denn er war von dieser ganz besonderen Aufmerksamkeit und Großzügigkeit gewesen, die Männer häufig zeigen, wenn sie nicht bleiben. Ricky heiratete einen anderen Amerikaner, Soldat auch er, und zog mit ihm in eine Stadt namens Gießen, lernte den Frieden der Provinz kennen, ließ sich scheiden und heiratete erneut und blieb mit dem zweiten Mann zusammen, bis er bei einem Unfall ums Leben kam.

In all den Jahren schrieb Renate weiter ihre Karten, manchmal nach Gießen, manchmal nach Berlin. In den siebziger Jahren starb zuerst Siegfried und dann Irmgard, und die Schwestern überlegten lange, ob sie die beiden beieinander bestatten sollten.

Jetzt sind wir Waisen!, sagte die inzwischen graue Renate. Wir waren doch immer Waisen, entgegnete Ricky.

Das hatte der Krieg gemacht, der Vater ein Schatten, die Mutter zerfressen von Schuldgefühlen, weil sie unbedingt hatte überleben wollen. Man hatte diesen Krieg nicht überleben können, man hatte ihn überstanden.

Renates Mann Werner richtete man Werkausstellungen ein. Er malte nicht mehr, das wurde zu anstrengend, er druckte und erzielte mit Grafiken von Tieren einen bescheidenen Erfolg. Die Kinder wurden groß und zogen aus und lebten in alle Winde verstreut. Das Leben verzog sich allmählich.

Und wieder ein paar Jahre später schlug Ricky, nun wieder

in Berlin, die Zeitung auf und las vom mysteriösen Tod des berühmten Trompeters, der in Amsterdam aus einem Hotelfenster gestürzt war. Total betrunken wahrscheinlich. Oder vollgepumpt mit Drogen. Oder beides. Rickys Hand zitterte, als sie die Zeitung zur Seite legte. Sie hatte in all der Zeit gewusst, wo er war. Sie hatte ihn nie aus den Augen verloren. Sie hat niemals über ihre Sommerliebe gesprochen.

Als sie alt wurden, zogen Ricky und Renate wieder zusammen. Renate stapelte die Bilder, die Werner ihr hinterlassen hatte, auf dem Dachboden. Einige hängten sie auf. Sie rückten die Möbel zusammen wie früher. Die Wohnung erinnerte an ein Möbellager wie früher. Nur, dass es jetzt ein Lager voller Erinnerungen war. Manchmal gingen sie im Tiergarten spazieren. Dort standen jetzt wieder Bäume wie vor dem Krieg. Der Flughafen Tempelhof sollte geschlossen werden. Von hier aus konnte man schon lange nicht mehr in die USA fliegen, sondern nach Mannheim, Saarbrücken und Friedrichshafen. Als die Amerikaner endgültig abzogen, winkten ihnen die Schwestern wie tausende anderer Berliner hinterher – und weinten ein bisschen. Der Präsident hieß jetzt Clinton und war eigens aus Washington gekommen. Berlin war nicht mehr geteilt. Berlin würde allein zurechtkommen. Wie das ganze Land, das wiedervereinigt und nun wieder groß und erfolgreich war und das einen festen Platz in Europa hatte. Es hatte so gar nichts mehr zu tun mit dem unsicheren, elenden Gebilde der Nachkriegszeit, es stand nur auf seinen Trümmern. Nach der großen Feier bummelten die Schwestern nach Hause, eingehakt, Renate inzwischen ein wenig unsicher auf den Beinen. Ricky schwieg. Am Eingang zur U-Bahn-Station blieben sie stehen, und Ricky kramte eine kleine silberne, kugelrunde Flasche aus ihrem Beutel. Die Schwestern lächelten sich an. Sie nahmen beide einen Schluck. Das Etikett, das auf die Weltausstellung 1939 hinwies, stand kopf. Sie warteten, bis sich die Wärme des Alkohols in ihnen ausbreitete. Renate wischte sich mit dem Ärmel den Mund ab. Noch einen Schluck. Dann gingen sie langsam die Stufen hinunter, immer noch eingehakt und beide ein wenig schwankend, beide gebeugt – so, als trügen sie eine Last auf den Schultern.

Danke

… an alle Fachleute:
Dr. Florian Weiss vom Alliiertenmuseum in Berlin
Thomas Merz vom Flughafen Tempelhof
James Gavin, Autor der vorzüglichen Biographie
»Deep In A Dream«
Walter Jonigkeit, Leiter des Berliner »Delphi«-Kinos

den Veteranen der 298th Army Band:
Allen Thompson
David M. Smith

AFN:
Günter Grull, AFN-Sammler
Mark White, ehemal. Programmdirektor von AFN
Dr. John Provan, Technikhistoriker, AFN

… an alle Ermutiger und Möglichmacher
Nikolaus Hansen
Peter Davor
Wolfram Hämmerling

… und besonders
an das Herrenhaus in Edenkoben (Pfalz), in dem Barbara und Konrad Stahl ermattenden Autoren mittels Stipendien Asyl gewähren.